독서스쿨
퀴즈왕

독서스쿨
퀴즈왕

초판 1쇄 인쇄 | 2011년 6월 10일
초판 1쇄 발행 | 2011년 6월 15일

지은이 | 장경실 · 윤현옥 · 이혜영 · 정현위 · 최선아
그린이 | 문주연

펴낸이 | 하광석
펴낸곳 | 자유로운 상상
등록 | 2002년 9월 11일(제13-786호)
주소 | 서울시 성북구 장위동 231-187 1층 102호
전화 | (02)392-1950 팩스 | (02)363-1950
이메일 | hks33@hanmail.net

ⓒ장경실 · 윤현옥 · 이혜영 · 정현위 · 최선아, 2011

ISBN 978-89-90805-58-4 13810

이해력 술술~ 독서력 쑥쑥~

독서스쿨
퀴즈왕

자유로운상상

부모들은 이구동성으로 "우리 아이가 책을 좋아하고 스스로 잘 읽게 하려면 어떻게 해야 할까?" 궁금해 합니다. 이는 책을 멀리하는 아이들을 책과 가까워지게 하는 방법과 다양한 분야의 책을 바르게 읽히는 방법에 대한 요구인 것입니다. 따라서 우리 아이의 독서습관을 길러주고 유능한 독자로 키우기 위해서는 적절한 시기에 아이의 독서발달이 잘 이뤄질 수 있도록 계획적이고 의도적인 독서지도가 요구됩니다.

책을 읽는다는 것은 생각하는 과정입니다. 좋은 책을 읽고 나서 깊이 생각하고, 자신의 생각을 표현하는 과정에서 아이들은 읽기 능력과 종합적 사고력을 키웁니다. 그러므로 아이들 스스로 책을 읽고 다양하게 사고할 수 있도록 도와주는 것이 무엇보다 중요합니다.

최근 들어 우리나라의 교육도 체계와 내용이 변하고 있습니다. 그 변화의 방향은 개개인의 잠재능력과 자기주도적 학습능력의 신장입니다. 자기주도 학습은 우리 아이들을 창의적이고 자율적으로 사고하는 사람으로 길러 내고자 하는 교육적 인식에 그 바탕을 두고 있습니다. 평소에 꾸준히 독서를 하는 습관이 잡힌 아이는 이미 자기주도적인 학습자라고 할 수 있습니다.

우리 아이들이 사는 세상은 과거에 비해 더 다양화되고, 더 많은 변화를 가져올 것입니다. 이 아이들이 살면서 무엇을 하든지 자신의 경험과 지식을 이해하고 활용할 줄 알아야 합니다. 이런 모든 사고능력의 바탕은 결국 독서능력에서 나옵니다.

책은 읽어야 내 것이 되고 내 생각으로 다가옵니다. 그러나 무조건 책을 많이 읽기보다는 책을 많이 읽되, 제대로 이해해야 합니다. 이런 관심을 가지고 대학입시에 '독서활동'이 아주 중요한 항목으로 포함되어 있습니다. 학교 현장에서도 학생들의 독서 습관과 흥미를 높이려는 시도가 활발히 진행되고 있습니다. 독서 인증제, 독서 이력철과 함께 교내 독후감 대회나 독서퀴즈 대회가 가장 보편적으로 진행되는 행사입니다. 그러나 학교나 가정에서도 아이들의 독서에 관심을 가지고 있지만 시간을 할애하기가 쉽지 않으며, 독서지도를 효과적으로 개입하기가 어려운 실정입니다.

이에 일선 교사나 학부모들이 손쉽게 아이들의 독서습관을 길러주고 올바른 독서가 진행되고 있는지 확인할 수 있는 체계적인 '독서퀴즈 도서'의 출판은 현실적으로 절실히 요구됩니다.

이 책은 독서가 학생들의 잠재력을 선발하는 기준이 되면서 효율적인 독서활동이 무엇인지 그 방안을 보여주고자 합니다. 효과적인 질문으로 기본적인 읽기능력 뿐 아니라 독서에 필요한 핵심 사고력을 강화할 수 있는 방법을 제시합니다. 일반 학교에서도 독서 인증을 위한 자료로 활용할 수 있습니다.

아이들은 책을 읽고 문제를 푸는 과정에서 책 내용을 제대로 파악하게 되고, 깊이 있게 바라보게 됩니다. 책을 읽을 때 생각하면서 읽는 습관은 곧 학습능력으로 직결됩니다. 또한 아이 스스로 자기주도적인 독서활동을 통하여 내면화시킬 수 있도록 적극 도와줍니다.

부모님들이나 교사들은 책을 읽고 어떻게 평가해야 하는지, 그리고 어느 선까지 어떻게 도와줘야 할지 난감해 합니다. 아이들도 책을 읽고 평가하는 것에 몹시 부담스러워합니다. 이러한 현실을 고려하여 오랜 기간 교육 현장에서 독서지도를 하고 계신 선생님들이 아이들에게 실제적인 도움이 될 수 있는 책을 만들기도 하였습니다.

아이들을 위한 독서퀴즈를 기획하고 책을 선정하고 편집하는 과정에서 다음과 같은 점을 중점적으로 고민하였습니다.

첫째, 도서선정의 기준은 교과와 관련해서 도움이 될 만한 책들을 고려하였습니다. 어린이 독서 지도에서 연령에 맞는 책읽기, 수준별 책읽기는 중요합니다. 특히 초등 3~4학년은 독서에서 중요한 시기로 꼽습니다. 이 시기의 독서력은 독서태도와 습관을 형성하고, 학습의 기초가 되는 사고력 형성에 큰 영향을 줍니다. 따라서 책을 읽고 내용에 흥미를 붙일 수 있도록 교육과정과 연계하여 선택했습니다.

둘째, 내용을 충분히 이해할 수 있도록 다양한 영역을 구성하였습니다. 책 소개에서는 책에 대한 간략한 이해를 제공하였고, 그리고 책 내용으로 들어가서는 보다 쉽고 재미있게 문제를 생각할 수 있도록 관련 자료들을 풍부하게 소개하였습니다. 아이 스스로 책의 내용을 얼마나 이해해서 자기 것으로 받아들였는지 자신의 독서능력을 진단할 수 있습니다.

셋째, 책을 읽고 상상력을 확장할 수 있도록 배려하였습니다. 책을 읽으면서 느끼고 많이 생각하도록 여러 형태의 활동을 소개하였습니다. 기본적인 읽기능력뿐 아니라 책을 읽고 능동적으로 대처할 수 있는 문제 해결력을 기르도록 돕습니다.

넷째, 아이들의 독서지도에 도움이 되도록 부모지침서를 자세히 실어놓았습니다. 부모님께서는 자녀와 함께 책을 읽은 후 독후 활동으로 활용할 수 있습니다. 아이의 특성에 맞게 활용한다면 책에 대한 체계적이고 깊이 있는 이해가 가능할 것이고, 책이 보다 재미있게 다가올 것입니다.

이 책은 아이들과 부모님, 그리고 독서지도에 대한 정보를 얻고자 하는 분들 모두가 두루 사용하실 수 있는 책입니다. 책읽기와 교육이 서로 짝을 이룰 때 우리 아이들은 풍부한 지식과 정보, 그리고 최고의 성과를 얻을 수 있을 것입니다. 아무쪼록 이 책이 책읽기를 즐기는 우리 아이들에게 조금이나마 도움이 되기를 소망합니다.

집필자 대표 장 경 실

여러 분야의 책을 통해서 초등학교 3, 4학년들이 놓쳐서는 안 될 가장 핵심적인 도서만을 선정해 묶었습니다.

본문의 구성은 다음과 같은 요소들로 구성되어 있답니다.

책 소개

도서 전반에 대한 이해를 돕기 위해 가장 핵심이 되는 내용을 강조해 두었습니다. 또한 책의 주제에 더 많은 관심을 갖도록 교과과정과 연계해 놓았습니다. 이 과정을 통해 대상 도서에 대한 호기심도 커지게 될 것입니다.

독서 퀴즈

어휘, 사실적 이해, 추론적·비판적 이해 등으로 영역을 구분해 문제를 출제했습니다. 우리 아이가 책을 읽는데 있어 그 내용을 잘 이해했는지, 내용을 바탕으로 추론적, 비판적 이해를 잘 할 수 있는지 묻는 문제를 해결하게 됩니다. 이 과정을 통해 책을 정확하게 읽는 습관을 갖게 되며, 아이의 독서능력을 향상시킵니다.

- **어휘 문제**
  정확하고 분명하게 어휘의 뜻을 알고 문장의 의미를 이해할 수 있는지 알아보기 위한 문제입니다.
  책을 읽고 알게 된 낱말을 사용해 표현하는 능력을 키웁니다.

- **사실적 이해 문제**
  책의 기본 내용을 아이가 얼마나 이해하고 있는지 알아보기 위한 문제입니다.
  책 내용을 제대로 파악하는 읽기능력을 키웁니다.

- **추론적·비판적 이해 문제**
  책의 내용을 근거로 여러 맥락에서 얼마나 잘 해석하고 있는지 알아보기 위한 문제입니다.
  글 속에 담긴 정보에 근거해서 추론을 하고 예측을 할 수 있도록 유도합니다.

- **팁**
  꼭 알고 넘어가야 할 핵심사항을 제시했습니다. 그리고 책 내용에 대한 보충 설명도 해 두었습니다.

이런 독후활동 어때요!

책을 읽은 후 더 해보면 좋을 독후활동을 제시했습니다. 독후활동을 함으로써 책의 내용을 더 많이 이해하게 되고 내용과 관련된 다양한 생각과 아이의 창의적인 생각을 이끌어낼 수 있습니다.

부모 지침서

- 더 읽어보면 좋은 책/독서지도 길라잡이
- 아이의 독서지도에 어떤 도움을 주시면 좋을지를 안내했습니다. 부록에는 참고도서 목록과 독서 이력철 등을 덧붙였습니다.

차 례

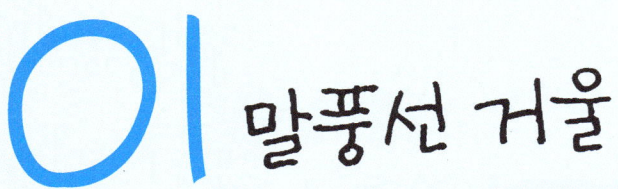

01 말풍선 거울

박효미 저 | 사계절

관련교과 3학년 1학기 국어 말하기 듣기 쓰기 7. 이야기의 세계 | 5학년 1학기 국어 말하기 듣기 쓰기 7. 상상의 날개

난이도 ★

한결이는 할아버지의 방에서 용이 새겨진 낡은 손거울을 발견한다. 그 손거울은 사람의 생각을 말풍선으로 보여주는 신기한 능력을 가지고 있다. 한결이는 우연히 선생님의 말풍선을 발견하면서 거울의 신기한 능력을 알게 되고 몰래 다른 친구의 생각을 엿본다. 그러나 결국 반 아이들에게 들키고 친구들은 한결이의 손에서 거울을 빼앗아 던지다가 깨뜨리고 만다.

때로는 다른 친구나 선생님들의 마음속을 알고 싶을 때 이런 신기한 거울이 있다면 서로의 마음을 이해하고 헤아릴 수 있어 좋을 것이다. 한결이의 말풍선 거울은 굳이 마음을 보여주지 않아도 다른 사람의 마음을 헤아릴 줄 아는 배려심이 우리에게 필요함을 이야기 하고 있다.

 독서퀴즈

| 어휘 문제 |

01 거울을 꺼내고 싶은 마음이 '굴뚝같았다'는 말은 무슨 뜻인가요?

① 거울을 꺼내고 싶었다.　　　　② 거울을 꺼내고 싶지 않았다.

③ 거울을 꺼낼까 망설여졌다.　　④ 거울을 꺼내는 것이 두려웠다.

02 '지우개는 짝꿍한테 노상 빌려 썼다.'에서 밑줄 그은 말과 같은 뜻의 낱말은 무엇인가요?

① 가끔　　　　② 이따금　　　　③ 항상　　　　④ 영원히

03 '수런거리던 목소리들이 잠잠해진다.'에서 수런거리던 대신 쓸 수 있는 흉내말을 찾아보세요.

① 중얼중얼　　　② 조용조용　　　③ 옹기종기　　　④ 소곤소곤

04 한결이가 신기한 거울을 발견하게 된 이유는 무엇인가요?

① 엄마가 준비물 살 돈이 없다고 쓰던 거울을 주셨다.

② 할아버지가 손거울이 있다며 주셨다.

③ 엄마가 안 계시는 바람에 준비물 살돈이 없어 할아버지 물건을 찾다가 발견했다.

④ 엄마가 여행을 가셔서 할 수 없이 할아버지가 가지고 계신 것을 주셨다.

05 손거울은 어떤 수업시간의 준비물인가요?

① 수학　　　　② 과학　　　　③ 국어　　　　④ 미술

06 거울이 가진 신비한 능력은 무엇인가요?

① 사람들이 생각하는 것을 말해준다.

② 사람들의 생각을 말풍선으로 보여준다.

③ 사람들의 몸속을 보여준다.

④ 사람들의 과거의 모습을 보여준다.

07 한결이가 처음으로 거울로 비춰서 본 말풍선은 누구의 것인가요?

① 담임선생님　　② 박성우　　③ 황인호　　④ 교장선생님

08 거울이 어떻게 해서 깨졌나요?

① 황인호가 박성우에게 던지다가 깨졌다.

② 황인호와 박성우가 보여 달라고 법석을 피우다 떨어뜨려서 깨졌다.

③ 선생님께 걸려서 혼나고 돌려받는 중에 한결이가 떨어뜨려 깨졌다.

④ 말풍선을 만들어보다가 그만 손에서 놓쳐 깨졌다

※아래 문장을 읽고 맞으면 〇, 틀리면 ✕로 답하세요.

09 교과서나 준비물을 안 가져오면 '세종대왕' 벌을 받는다. (　　　)

10 엄마는 나한테 화나는 일이 있으면 아빠를 빗대어 말했다. (　　　)

11 한결이는 말풍선 거울의 비밀을 반성문에 썼다. (　　　)

12 선생님의 교과서를 펴는 당번이 되었다는 것은 진짜 모범생으로 인정받았다는 증거이다. (　　　)

13 이튿날 가방 속에 준비물과 교과서를 챙겨오지 않은 한결이가 불안해서 한 행동은 무엇인가요?

① 발을 동동 굴렀다.　　　　② 머리카락을 잡아 뽑았다.

③ 이마를 탁탁 쳤다.　　　　④ 머리카락을 손으로 잡아 돌돌 말았다.

14 한결이가 쓴 반성문의 내용이 <u>아닌</u> 것은 무엇인가요?

① 황인호가 거울을 깼다는 내용

② 황인호와 싸웠다는 내용

③ 할아버지께 거울을 돌려드리지 못하게 됐다는 내용

④ 준비물을 꺼내 놓지 못한 이유

15 한결이가 반성문을 쓰면서 생각한 것이 <u>아닌</u> 것은 무엇인가요?

① 남들하고 똑 같은 것만 가질 수는 없다.

② 요즘은 운이 따라 주지 않는다.

③ 날마다 잘 할 수만은 없다.

④ 잘할 때도 있고 못할 때도 있다.

| 추론적 · 비판적 이해 문제 |

16 한결이가 준비물을 가져 왔지만 꺼내놓지 못한 이유는 무엇일까요?

① 거울이 깨질까봐 걱정돼서

② 거울을 잃어버릴까봐 걱정돼서

③ 거울의 비밀을 다른 사람이 알게 될까봐서

④ 거울이 하도 낡고 오래되어 창피해서

등장인물이 처한 상황을 머릿속에 그려보고 마음을 헤아려보면서 문제를 풀어봐!

17 한결이는 원래 덜렁거리는 아이였어요. 한결이가 꼼꼼히 자기 물건을 챙기기로 결심한 이유는 무엇일까요?

① 엄마, 아빠의 이혼으로 자신을 그렇고 그런 가정으로 보는 선생님들 이야기를 들어서

② 엄마가 아빠와 이혼하면서 한결이에게 물건을 잘 챙기라고 말해서

③ 스스로 변해야 한다고 생각했기 때문에

④ 모범생이라는 선생님의 칭찬 때문에

18 찢어진 게시판을 바라보며 머뭇거리던 선생님의 마음으로 잘못 된 것은 무엇일까요?

① 난처하다.　　② 속상하다.　　③ 힘이 솟는다.　④ 힘이 빠진다.

19 한결이가 당번의 역할을 제대로 할 수 없었던 이유는 므엇일까요?

① 자신의 거울이 만든 말풍선을 생각하느라 정신이 없어서

② 자신의 거울이 깨졌기 때문에

③ 당번을 잘해야겠다는 부담감 때문에

④ 친구들이 거울의 신기한 힘을 알게 될까봐

20 만약 나에게 말풍선 거울이 생긴다면 어떤 일을 하고 싶나요?

다른 사람의 마음을 알면 어떤 점이 좋을
지 생각해보고 답을 써봐!

이런 독후활동 어때요?

사진에 말풍선 달아보기 : 사진 기사에 나오는 인물의 표정과 상황을 잘 살펴보고 어떤 생각을 하고 있는지 상상해 본 후 말풍선을 달아보세요.

스스로 독서 - 나의 독서 태도를 점검해 보세요

　　　　　　　　　　　　　1　　　2　　　3　　　4　　　5

1. 책을 꼼꼼하게 잘 읽었나요?

2. 이야기의 줄거리를 알 수 있나요?

3. 이야기의 주제를 이해했나요?

4. 책을 통해 깨달은 점이 있나요?

5. 더 알고 싶은 점을 써보세요.

02 나는 나

배봉기 저 | 한겨레아이들

관련교과 **4학년 1학기 국어듣기 말하기 쓰기** 3. 이 생각 저 생각 | **6학년 1학기 국어 듣기 말하기 쓰기** 7. 문학의 향기

난이도 ★

윤수는 조용히 앉아서 책을 보거나 십자수 놓는 것을 좋아한다. 하지만 아빠는 그런 윤수가 못마땅하다. 윤수를 남자답게 만들려고 아빠는 아침마다 약수터에 가고 사내다워 지라고 극기 훈련도 보내신다. 가기 싫은 극기 훈련을 떠난 윤수는 잘 먹지도 못하고 잠도 제대로 잘 수 없었다. 급기야 동굴 체험을 하다가 쓰러지고 만다. 극기 훈련을 마치지 못하고 돌아온 윤수는 용기를 내 아빠에게 자신의 마음을 담은 이메일을 보내고 아빠는 윤수의 마음을 알게 된다.

어른들의 잣대로 아이들을 판단하는 것이 잘못된 것임을, 자신의 참된 모습을 찾고 용기를 내어 표현하는 것이 필요함을 알게 해주는 이야기이다.

독서퀴즈

| 어휘 문제 |

01 '자명종 시계의 꼭지를 누르고 <u>재빨리</u> 일어났다'에서 재빨리 대신 쓸 수 <u>없는</u> 낱말은 무엇인가요?

① 잽싸게   ② 부리나케
③ 활짝   ④ 후다닥

> 자명종은 정해진 시간이 되면 울려서 시간을 알려주는 시계를 가리키는 말이야.

02 '체육은 젬병이다'의 뜻은 무엇인가요?

① 체육을 못한다.   ② 체육을 제법한다.
③ 체육을 싫어한다.   ④ 체육을 제일 잘한다.

03 '해보지도 않고 포기하는 것은 비겁한 것이다'라는 말과 비슷한 뜻의 속담을 찾아보세요.

① 길고 짧은 건 대봐야 안다.   ② 가는 말이 고와야 오는 말이 곱다.
③ 천리 길도 한 걸음부터   ④ 바늘 가는데 실 따라 간다.

04 윤수가 좋아하는 것은 무엇인가요?

① 등산하는 것　　② 운동하는 것　　③ 십자수 놓는 것　　④ 춤추는 것

05 아버지가 좋아하시는 것은 무엇인가요?

① 공부 잘하는 것　　　　　　　② 사내답게 씩씩한 것
③ 싸움을 잘 하는 것　　　　　　④ 운동을 잘 하는 것

06 아버지가 윤수에게 극기 훈련을 시키려는 이유는 무엇인가요?

① 윤수가 좋아해서
② 체험학습을 통해 공부에 도움이 되라고
③ 윤수가 부탁을 해서
④ 윤수를 사내답게 만들기 위해서

※ **아래 문장을 읽고 맞으면 ○, 틀리면 ×로 답하세요.**

07 윤철이는 운동을 잘 한다. (　　　)

08 윤수가 가게 된 캠프는 통일 호랑이 캠프이다. (　　　)

09 윤수가 공포체험을 싫어하는 이유는 그곳에서 다친 경험이 있기 때문이다. (　　　)

10 윤철이는 아빠에게 이메일을 보냈다. (　　　)

11 캠프에 갔던 윤수는 어떻게 집에 돌아오게 되었나요?

① 캠프를 무사히 마치고 집으로 왔다.
② 캠프 중간에 혼자서 집으로 돌아왔다.
③ 캠프 중간에 엄마 아빠가 집으로 데려 왔다.
④ 캠프 중간에 윤철이와 집으로 돌아왔다.

12 윤수가 방학에 다니고 싶었던 학원은 어떤 학원인가요?

① 미술학원　　　　　　　　　② 애니메이션 학원
③ 수학학원　　　　　　　　　④ 요리학원

13 아빠는 왜 윤수가 사내다워 지기를 바라시나요?

① 아빠처럼 되지 말고 씩씩해야 사회생활을 잘 할 수 있기 때문에
② 엄마가 사내다워지기를 원하시기 때문에
③ 사내다워지면 하고 싶은 일을 할 수 있기 때문에
④ 윤철이가 사내답고 씩씩하지 못하기 때문에

14 이메일을 보신 아빠가 하신 말씀은 무엇인가요?

① 아빠 말을 잘 들어라.
② 너의 마음을 이해하지 못했던 것 같아 미안하다.
③ 올 여름에는 어디로 놀러가면 좋겠니?
④ 윤철이와 사이좋게 지내거라.

15 캠프에 가서 했던 훈련은 무엇인가요?

① 산악 체험　　　　　　　② 외나무 다리타기 체험
③ 귀신의 집 공포 체험　　④ 동굴 공포 체험

| 추론적 · 비판적 이해 문제 |

16 윤수가 십자수 하던 것을 들고 나가자 왜 아빠의 얼굴이 굳어졌을까요?

① 할일을 안 하고 TV를 보러 나와서
② 공부는 하지 않고 십자수를 해서
③ 사내답지 못하게 십자수를 해서
④ 숙제를 하지 않고 십자수를 해서

> 오랜 시간을 지내면서 굳어진 사고방식을 고정관념이라고 하는데 다른 말로 편견이라고 해. 윤수의 아빠는 남자가 하는 일, 여자가 하는 일이 구분 되어 있다는 편견을 가지신 분인 거 같아. 윤수의 아빠처럼 우리 사회에서 흔히 생각하는 편견에는 어떤 것이 있는지 생각해봐.

17 윤수는 아빠에게 왜 이메일을 썼을까요?

① 쓰러져서 죄송하다는 말을 하기 위해서
② 극기체험을 보내 주셔서 감사하다고 말하기 위해서
③ 윤수의 마음을 알아 달라고 부탁하기 위해서
④ 체험학습 하는 곳으로 다시 데려다 달라고 부탁하기 위해서

18 극기체험을 간 날 밤에 윤수가 잠을 못잔 이유는 무엇일까요?

① 다음날 하게 될 훈련들을 잘 할 수 있을지 두려워서
② 부모님과 떨어져 그리워서
③ 다음날의 훈련이 기대 되서
④ 모기가 윙윙거려 잠을 잘 수 없어서

19 윤수가 보낸 이메일을 읽고 아빠가 어떤 생각을 했을지 상상해서 써 보세요.

20 용기를 내어 아빠에게 이메일을 보낸 윤수에게 응원의 메시지를 보내주세요.

이런 독후활동 어때요?

윤수가 되어 일기쓰기
• 윤수가 겪은 일 중에 가장 기억에 남을 만한 사건이 무엇인지 떠올려 보세요.
• 그날의 일을 겪은 일과 느낀 점을 중심으로 일기를 써보세요.

스스로 독서 – 나의 독서 태도를 점검해 보세요

	1	2	3	4	5

1. 책을 꼼꼼하게 잘 읽었나요?
2. 이야기의 줄거리를 알 수 있나요?
3. 이야기의 주제를 이해했나요?
4. 책을 통해 깨달은 점이 있나요?
5. 더 알고 싶은 점을 써보세요.

O3 우리나라의 건국신화

김용만 저 | 청솔

난이도 ★★

우리 조상들의 건국 과정을 담은 신화, 신화에 얽힌 이야기, 신화가 주는 의미에 대해 설명하고 있다. 단군의 고조선 건국신화, 부여를 건국한 동명왕 이야기, 추모왕 탄생부터 고구려 건국까지에 얽힌 이야기, 백제의 비류와 온조 이야기, 신라를 건국한 박혁거세 신화, 가야의 건국신화, 탐라의 건국신화, 고려의 건국신화를 자세하게 다루었다.

신화는 황당한 부분도 있지만 그 가운데 역사적 사실도 담겨 있어 옛 사람들의 삶의 방식과 생각을 알 수 있다. 아이들이 신화를 통해서 역사에 대한 이해와 관심을 넓히는 계기가 됐으면 한다.

독서퀴즈

| 어휘 문제 |

01 밑줄 친 부분에 대신해서 쓸 수 있는 낱말로 연결된 것은 무엇인가요?

> **보기**
>
> 얼마 전 북한에서는 단군의 <u>뼈로 추정되는 사람의 뼈</u>와 <u>그 시대에 쓰던 물건</u>을 발굴 했다.
>   ㄱ   ㄴ

      ㄱ   ㄴ   ㄱ   ㄴ

① 유적   유물   ② 유물   유골

③ 유골   유물   ④ 유골   유적

02 아래의 보기에 쓰인 '햇곡식'과 그 의미가 <u>다른</u> 것은 무엇인가요?

> **보기**
>
> 정월이 되면 <u>햇곡식</u>을 질그릇 단지에 넣어 정성을 드렸다.

① 햇살   ② 햇과일   ③ 햇벼   ④ 햇보리

03 다음의 상황에 알맞은 속담은 무엇인가요?

> 추모는 태어날 때 울음소리가 크고 골격이 장대했으며, 태어난 지 한 달이 지나지 않아 말을 유창하게 했습니다.

① 원숭이도 나무에서 떨어질 때가 있다.
② 될 성 싶은 나무는 떡잎부터 알아본다.
③ 아니 땐 굴뚝에 연기 나랴
④ 천 리 길도 한 걸음부터

04 고구려를 건국한 인물의 이름이 <u>아닌</u> 것을 고르세요.
① 주몽   ② 추모   ③ 동명성왕   ④ 유리

| 사 실 적 이 해 문 제 |

05 고조선 건국과 관련된 이야기입니다. 잘못 된 것은 무엇인가요?
① 건국한 해는 기원전 2333년이다.
② 수도는 아사달이다.
③ 단군 혼자 천오백 년 동안 나라를 다스렸다.
④ 환웅과 웅녀 사이에 단군왕검이 태어났다.

06 '신단수'는 어떤 곳인가요?
① 단군이 살았던 곳이다.
② 하늘에 제사지내던 곳이다.
③ 백성들이 모두 모여 축제를 벌이던 곳이다.
④ 단군이 묻힌 곳이다.

07 신의 세계에서 인간 세계로 온 유화가 다른 인간과 함께 살기 위해서 어떻게 했나요?
① 자신의 외모를 사람의 외모로 바꿨다.   ② 새를 길렀다.
③ 북천에 몸을 씻었다.   ④ 자신의 긴 입술을 잘랐다.

※아래 문장을 읽고 맞으면 ○, 틀리면 ×로 답하세요.

08 '금와'라는 이름의 뜻은 금개구리라는 의미이다. (　　)

09 버드나무가 상징하는 것은 행운과 복을 상징한다. (　　)

10 주몽의 이름은 싸움을 잘한다는 의미이다. (　　)

11 추모는 부여를 탈출하기 위해서 훌륭한 말의 혀에 바늘을 꽂아두었다. (　　)

12 박혁거세의 아내인 알영은 어떻게 태어났나요?
① 하늘에서 내려온 알에서 태어났다.
② 어려서 버려졌기 때문에 어떻게 태어났는지 모른다.
③ 용이 왼편 갈비뼈 사이로 낳았다.
④ 말이 왼편 갈비뼈 사이로 낳았다.

신라는 박, 석, 김이라는 3개의 성을 가진 임금이 돌아가면서 나라를 다스렸대.

13 신라를 세운 시조는 누구인가요?
① 박혁거세, 석탈해, 해모수　　　② 박혁거세, 석탈해, 김알지
③ 석탈해, 해모수, 김알지　　　④ 박혁거세, 해모수, 김알지

14 수로왕의 아내가 된 허 왕후는 어디에서 왔나요?
① 아유타국　　　② 아미타국　　　③ 아이타국　　　④ 아비타국

15 제주도에 신과 같은 능력을 가진 세 사람과 그들이 나온 곳을 바르게 연결한 것을 찾으세요.
① 고을나, 양을나, 한을나 – 삼성현　　② 고을나, 양을나, 부을나 – 삼성혈
③ 고을나, 양을나, 부을나 – 삼선혈　　④ 고을나, 양을나, 한을나 – 삼선현

16 서해용왕을 도와준 작제건이 용왕에게 빌어서 이루어진 소원은 무엇인가요?

① 왕이 되고 싶다는 소원

② 용왕의 사위가 되고 싶다는 소원

③ 용궁에서 살고 싶다는 소원

④ 용왕이 되고 싶다는 소원

17 왕건에 대한 설명으로 <u>틀린</u> 것은 무엇인가요?

① 도선스님으로부터 군대를 지휘하고 진을 치고 사람을 잘 다스리는 방법을 배웠다.

② 후고구려의 장군이 되었다.

③ 후백제를 이긴 뒤 신라를 합쳐 통일 국가를 이루었다.

④ 궁예로부터 왕위를 이어받았다.

| 추론적 · 비판적 이해 문제 |

18 나라를 건국한 다음 인물의 공통점으로 알맞은 것은 무엇일까요?

> 주몽   김수로   김알지   박혁거세

① 동물의 몸에서 태어났다.

② 입이 새의 부리 모양이다.

③ 알에서 태어났다.

④ 하늘에서 내려왔다.

19 나라 이름과 건국한 사람의 이름이 알맞게 연결된 것을 고르세요.

① 김알지 – 백제   ② 주몽 – 고려

③ 박혁거세 – 신라   ④ 김수로 – 신라

20 건국신화에서 알이 상징하는 것은 무엇일까요?

① 태양을 상징한다.　　　　　② 날짐승을 상징한다.

③ 나라를 상징한다.　　　　　④ 특별한 의미가 없다.

21 나라를 건국한 인물들이 대부분 알에서 태어난 이유는 무엇이라고 생각하나요?

 이런 독후활동 어때요?

책 소개하기

• 소개하고 싶은 친구를 떠올려요.

• 그 친구에게 책을 소개하고 싶은 이유를 설명해보세요.

• 책에 어떤 내용이 있는지 간단히 줄거리를 이야기해 보세요.

• 책을 통해 느낀 점(재미있었던 점, 알게 된 점)을 설명해 보세요.

• 친구가 읽으면 어떤 점에서 좋을지 설명해 보세요.

스스로 독서 – 나의 독서 태도를 점검해 보세요

　　　　　　　　　　　　　　1　　2　　3　　4　　5

1. 책을 꼼꼼하게 잘 읽었나요?

2. 이야기의 줄거리를 알 수 있나요?

3. 이야기의 주제를 이해했나요?

4. 책을 통해 깨달은 점이 있나요?

5. 더 알고 싶은 점을 써보세요.

04 조커 학교가기 싫을 때 쓰는 카드

수지모건스턴 저 | 문학과지성사

관련교과 **3학년 1학기 국어 읽기** 8. 우리끼리 오순도순 | **3학년 1학기 도덕** 3. 사랑이 가득한 우리집 | **6학년 1학기 국어 읽기** 7. 문학의 향기

난이도 ★

새로 부임하신 노엘선생님이 뚱뚱하고 나이 많은 할아버지여서 아이들은 실망한다. 노엘선생님은 수업 첫날 아이들에게 선물로 조커카드를 주며 필요할 때 사용할 수 있다고 말한다. 노엘 선생님은 아이들이 이해하는 공부보다 느낄 수 있는 공부를 가르치고 싶어 한다. 아이들은 노엘선생님의 수업방식을 통해 삶에서 필요한 것들이 무엇인지 깨닫게 되고 선생님을 좋아하게 된다. 교장선생님의 질투에 노엘 선생님은 쫓겨나게 되고 아이들은 선생님에게 '행복하고 명예로운 은퇴 생활을 위한 조커'를 선물한다.

노엘선생님의 특별한 가르침은 책을 읽는 아이들에게 인생을 살아가면서 무엇이 필요한지, 모든 것에는 때가 있으니 그 시기를 놓치지 말고 즐길 줄 알아야 한다는 점을 깨우쳐 주고 있다.

| 어휘 문제 |

01 '이건 도저히 용납할 수 없는 일이예요!'에서 밑줄 그은 말과 같은 뜻을 가진 낱말은 무엇인가요?

① 용기 　　　② 용서 　　　③ 상상 　　　④ 생각

02 '교장 선생님은 학교 관사에서 아이도, 기르는 동물도 없이 혼자 살아가고 있었다.'에서 알 수 있는 느낌이 <u>아닌</u> 것은 무엇인가요?

① 쓸쓸하다. 　　　　　② 외롭다.
③ 안락하다. 　　　　　④ 허전하다.

관사란 나라에서 관리에게 빌려주어 살도록 지은 집을 말해.

23

03 '그 수업은 로랑의 그토록 바랐던 체육 수업과는 <u>사뭇</u> 달랐다'에서 밑줄 친 낱말과 같은 뜻으로 쓰인 문장은 어떤 것인가요?

'사뭇'의 여러 가지 뜻이야.
① 거리낌 없이 마구.
② 내내 끝까지.
③ 아주 딴판으로.

　　① 발소리는 <u>사뭇</u> 가까워 오고 있었다.
　　② 이번 겨울 방학은 <u>사뭇</u> 바빴다.
　　③ 그녀의 마음에는 <u>사뭇</u> 슬픔이 밀려왔다.
　　④ 그의 목소리는 생김새와 <u>사뭇</u> 달랐다.

| 사실적 이해 문제 |

04 새 학기가 되어 아이들이 만난 선생님의 모습은 어떠한가요? <u>모두</u> 골라 보세요.
　　① 나이가 많다.　　　　　　② 뚱뚱하다.
　　③ 화를 잘 낸다.　　　　　　④ 목소리가 낮고 묵직하다.

05 선생님이 얘들을 보고 처음한 말은 무엇인가요?
　　① 안녕!　　　　　　　　　② 너희들은 학교가 즐겁니?
　　③ 자리에 앉아라.　　　　　④ 너희들을 위해 선물을 준비했다.

06 선생님이 아이들에게 주신 선물은 무엇인가요?
　　① 책 한 권　　　② 수업 계획표　　③ 카드 한 벌　　④ 사탕과 과자

07 노엘 선생님이 '선생님'이 된 이유는 무엇인가요?
　　① 공부를 잘 해서 학교 선생님이 되겠다고 생각했다.
　　② 어릴 적부터 산타클로스 할아버지라고 불렸고 선물을 주는 것을 좋아해서
　　③ 어릴 적부터 아이들에게 공부를 잘 가르쳐 주어서
　　④ 어릴 적부터 부모님께서 선생님이 되라고 하셔서

08 '(　　　　)란 말을 세 번 사용하는 사람에게 그것을 선물로 주마.'에서 (　) 안에 들어갈 말은 무엇인가요?
　　① 천재지변　　　② 조커　　　③ 사랑해요　　　④ 공부해요

※아래 문장을 읽고 맞으면 ○, 틀리면 ×로 답하세요.

09 선생님이 주신 조커카드 중에 없는 것은 '책을 읽고 싶지 않을 때 쓰는 카드'이다.
　　(　　　)

10 점심시간이 끝날 무렵 선생님이 식당으로 와서 아이들에게 주신 것은 사탕이다. ( )

11 아이들 중에 처음 샤를르가 사용한 카드는 '아무 때나 목이 터져라 노래 부르고 싶을 때 쓰는 조커'이다. ( )

12 교장선생님은 학교의 아이들과 선생님에게 군대식 교육을 강요했다. ( )

13 노엘 선생님이 아이들을 가르칠 때 가지고 있는 습관은 무엇인가요?
① 아이들과 카드 게임을 한다.
② 일주일에 한 번씩 아이들을 학교 밖으로 데리고 나간다.
③ 일주일에 한 번씩 아이들과 축구를 한다.
④ 일주일에 한 번씩 아이들과 교장선생님을 만난다.

14 두 번째로 교장선생님의 호출을 받았을 때 선생님이 교장실 문 아래로 내민 카드는 어떤 카드인가요?
① 벌 받고 싶지 않을 때 쓰는 조커   ② 혼자 있고 싶을 때 쓰는 조커
③ 함께 식사하고 싶을 때 쓰는 조커   ④ 가벼운 벌을 받고 싶을 때 쓰는 조커

15 혼자서 학교에 온 샤를르에게 선생님이 왜 새로운 조커놀0를 생각해 보자고 했나요?
① 아이들에게 더 많은 조커 카드를 만들어 주고 싶어서
② 샤를르가 조커를 다 써버렸기 때문에
③ 교장 선생님에게 주고 싶었기 때문에
④ 샤를르가 심심해했기 때문에

16 노엘 선생님은 처음 '자신을 기쁘게 하고 싶을 때 쓰는 조커'를 꺼내 어떻게 사용하기로 했나요?
① 쿠스쿠스루아얄 식당에서 스스로에게 맛있는 식사를 대접하기로 마음먹었다.
② 쿠스쿠스루아얄 식당에서 교장선생님과 함께 식사를 하기로 마음먹었다.
③ 쿠스쿠스루아얄 식당에서 아이들과 식사하기로 마음먹었다.
④ 쿠스쿠스루아얄 식당에서 음식을 배달시키기로 마음먹었다.

17 선생님과 아이들이 맺은 협정은 무엇인가요?

① 1주일에 하루 저녁은 텔레비전을 보지 않는다.

② 1주일에 하루 저녁은 공부를 안 하고 쉰다.

③ 1주일에 하루 저녁은 신문을 읽는다.

④ 1주일에 하루 저녁은 선생님에게 편지를 쓴다

18 교장선생님이 노엘 선생님을 불러 보여준 편지의 내용은 무엇인가요?

① 노엘 선생님은 훌륭하신 선생님이라는 내용

② 노엘 선생님을 학교에서 내보내 달라는 내용

③ 노엘 선생님에게 벌을 주라는 내용

④ 노엘 선생님이 다른 아이들도 지도해 주었으면 좋겠다는 내용

19 학교를 떠나는 선생님이 받은 금빛 조커의 내용은 무엇인가요?

① 외롭지 않게 친구를 사귀고 싶을 때 쓰는 조커

② 화내고 싶을 때 쓰는 조커

③ 내 인생을 이야기하기 위한 조커

④ 행복하고 명예로운 은퇴 생활을 위한 조커

은퇴란 일선에서 물러나 사회활동에서 손을 떼고 한가하게 지내는 것을 말해.

| 추론적 · 비판적 이해 문제 |

20 선생님이 '인생의 시련들 시간'에 아이들에게 가르쳐주려 했던 내용은 무엇일까요?

① 살아가는데 많은 인내심이 필요하다.   ② 우체국은 붐비는 곳이다.

③ 편지를 자주 쓰는 게 좋다.   ④ 살아가는데 해야 할 일이 많다.

21 노엘 선생님의 다음 말은 어떤 뜻일까요?

> "인생에는 조커가 있다는 사실을 잊지 마라. 너희가 사용하지 않은 조커들은 너희와 함께 죽고 마는 거야."

① 내 인생에 주어진 조커를 맘껏 사용하면서 살아라.

② 모든 것은 때가 있다. 내 인생에 주어진 조커를 많이 모아라.

③ 내 인생에 주어진 조커를 사람들과 나누어라.

④ 모든 것은 때가 있다. 자신에게 주어진 행복한 삶을 살아라.

22 교장 선생님이 노엘 선생님을 쫓아낸 진짜 이유는 무엇일까요?

① 노엘 선생님이 이유 없이 미웠기 때문에

② 노엘 선생님의 수업 방식이 맘에 들지 않아 화가 나고 샘도 나서

③ 노엘 선생님반 아이들이 말썽을 많이 피워서

④ 노엘 선생님이 조커카드를 만들었기 때문에

23 노엘 선생님께 만들어 드리고 싶은 조커 카드는 어떤 카드인지 이유와 함께 써 보세요.

이런 독후활동 어때요?

교장선생님을 위한 조커카드 만들기
- 교장선생님이 처한 환경과 문제점을 떠올리고 교장선생님이 행복할 수 있으려면 무엇이 필요한지 생각해 보세요.

스스로 독서 – 나의 독서 태도를 점검해 보세요

	1	2	3	4	5

1. 책을 꼼꼼하게 잘 읽었나요?

2. 이야기의 줄거리를 알 수 있나요?

3. 이야기의 주제를 이해했나요?

4. 책을 통해 깨달은 점이 있나요?

5. 더 알고 싶은 점을 써보세요.

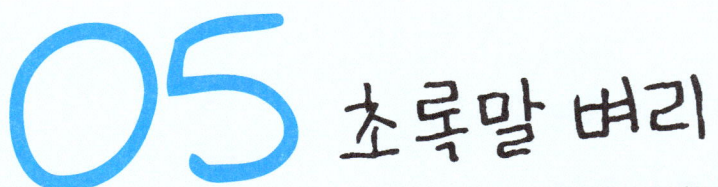

05 초록말 벼리

홍종의 저 | 샘터

관련교과 **3학년 1학기 국어 읽기** 8. 우리끼리 오순도순 | **3학년 1학기 도덕** 4. 너희가 있어 행복해 | **6학년 1학기 국어 읽기** 7. 문학의 향기

난이도 ★

경주마들의 우정과 용기, 자신과 함께 달렸던 경주마를 아끼는 기수의 이야기가 담긴 동화. 벼리는 실수로 자신을 아끼던 기수를 다치게 했다는 죄책감에 시달리며 경주마로서 빛을 잃어간다. 친구들이 다시 한 번 경주에 나갈 수 있도록 힘을 써주지만 새로 만난 기수는 벼리를 이해하지 못한다. 결국 벼리는 경주마로서의 생명을 다하지만 자신을 아끼던 예전 기수의 곁으로 돌아가 다시 힘을 얻는다. 승부를 떠나 자신이 원하는 것을 즐기는 마음의 자유를 갖는 것이 진정한 행복이라는 메시지와 함께 우정에 대해 생각해 볼 수 있는 이야기이다.

| 어휘 문제 |

※ 다음 낱말과 뜻을 알맞게 줄로 이어보세요.

01 마필관리사 •

• ㉠ 경주가 시작되면 처음부터 끝까지 선두를 달리는 말

02 조교사 •

• ㉡ 말을 보살펴 주는 사람

03 선행마 •

• ㉢ 말을 모는 사람

04 기수 •

• ㉣ 경주를 지휘하는 우두머리

05 벼리에게는 어떤 아픈 과거가 있나요?

① 경주에서 다쳤다.

② 경주에서 일등만 했다.

③ 자신이 태운 기수 아저씨가 경주에 출전해서 다쳤다.

④ 경주에서 항상 꼴등만 했다.

벼리는 경주마야. 경주마는 경주에 쓰일 목적으로 생산되는 말이야.

06 조교사는 왜 벼리를 못마땅하게 생각했나요?

① 과거의 기억으로 일등을 못해서

② 과거의 기억으로 항상 풀이 죽어 있어서

③ 과거의 기억으로 밥을 먹지 않아서

④ 과거의 기수 아저씨만 그리워해서

07 벼리를 초록말이라고 부른 사람은 누구인가요?

① 마필 관리사　　② 조교사　　　③ 친구들　　　④ 기수 아저씨

※아래 문장을 읽고 맞으면 ○, 틀리면 ×로 답하세요.

08 벼리는 털 색깔이 초록색이다. (　　　)

09 불화살이 시름시름 앓은 이유는 벼리를 경주에 내보내기 위해 일부러 아픈 척 한 것이다.(　　　)

10 벼리와 기수 아저씨가 다시 시합에 나가서 진 이유는 벼리가 달리는 것을 두려워했기 때문이다. (　　　)

11 벼리가 트럭에 실려 간 곳은 예전의 기수아저씨 집이다 (　　　)

12 벼리를 찾아온 여자아이는 누구인가요?

① 벼리의 팬

② 벼리의 옛 주인

③ 벼리와 달렸던 예전 기수아저씨의 딸

④ 벼리를 못마땅하게 생각한 조교사의 딸

13 벼리를 찾아온 기수 아저씨 딸의 마음은 무엇일까요?

① 아빠를 다치게 한 그 말을 혼내줄 거야.
② 아빠를 다치게 했으면서 아빠는 왜 그 말을 그리워할까? 궁금해.
③ 나도 벼리를 타보고 싶어.
④ 나도 아빠처럼 기수가 될 거야.

14 벼리가 시합에 나갈 수 있도록 해준 행동으로 알 수 있는 불화살의 성격은 무엇일까요?

① 침착하다.   ② 용기가 있다.
③ 배려심이 있다.   ④ 차분하다.

15 벼리는 트럭에 실려 어디론가 떠나게 되었어요. 그 이유는 무엇일까요?

① 더 이상 경주마로서 잘 달리기 힘들다고 생각했기 때문에
② 다른 사람이 비싼 돈을 주고 벼리를 샀기 때문에
③ 다른 곳에서 경주마로 달리게 하기 위해서
④ 너무 늙어 경주마로 달리기 힘들다고 생각했기 때문에

16 예전의 기수아저씨를 다시 만났을 때 벼리는 어떤 생각을 했을까요?

① 더 이상 달릴 수 없어 속상했다.
② 예전에 아저씨와 함께 지내게 되어 행복했다.
③ 다시 친구들 곁으로 가고 싶었다.
④ 경주마 시절로 되돌아가고 싶다.

17 불화살을 진정한 친구라고 할 수 있는 이유가 <u>아닌</u> 것은 무엇일까요?

① 벼리가 힘들 때 용기를 주었다.
② 벼리에게 바보처럼 운다고 화를 냈다.
③ 벼리를 위해 경주에 나가는 것을 포기한다.
④ 벼리가 쫓겨날 것 같아 걱정했다.

18 벼리의 주변인물들이 벼리를 위해 한 일로 알맞은 것을 찾아보세요.

① 조교사 – 벼리에게 격려를 해주었다.
② 수선화 – 벼리를 걱정해주고 안타까워했다.
③ 마필관리사 아저씨 – 벼리가 강해질 수 있도록 훈련을 시켰다.
④ 불화살 – 벼리에게 먹이를 갖다 주었다.

19 진정한 친구란 어떤 친구인지 써 보세요.

진정한 친구란 --다.

그 이유는 --

20 벼리에게 진정한 친구는 누구라고 생각하는지 이유와 함께 말해보세요.

이런 독후활동 어때요?

벼리에게 칭찬의 댓글 달기
• 벼리의 아픔을 위로하는 말을 쓰고 다시 힘을 내라는 응원의 말을 해주세요.

스스로 독서 – 나의 독서 태도를 점검해 보세요

　　　　　　　　　　　　　1　　　2　　　3　　　4　　　5

1. 책을 꼼꼼하게 잘 읽었나요?
2. 이야기의 줄거리를 알 수 있나요?
3. 이야기의 주제를 이해했나요?
4. 책을 통해 깨달은 점이 있나요?
5. 더 알고 싶은 점을 써보세요.

06 리틀 수학 천재가 꼭 알아야 할 수학이야기

신경애 저 | 교학사

관련교과 **수학 4학년, 5학년, 6학년** 전 과정

난이도 ★ ★ ★

수학하면 어렵고 재미없고 지루하다고 생각하기 쉽다. 그러나 우리가 알고 있는 수학 계산법의 숨겨진 이야기나 관련된 배경지식을 알게 되면 수학에 대한 새로운 재미에 눈을 뜰 수 있게 될 것이다. 숫자의 비밀에서는 수에 관련된 재미있는 풍습과 수에 얽힌 규칙을 소개하고 있다. 맛있게 나눠 먹는 케이크로 분수를 배우고, 추리로도 수학이 가능하다는 신기한 이야기도 있다. 재미있는 에피소드를 수학 원리와 연결 지어 설명했기 때문에 이야기 속에 빠져 상상하다 보면 어느 새 수학의 즐거움에 푹 빠지게 될 것이다.

독서퀴즈

| 어휘 문제 |

01 수를 십의 단위로 셈하는 방법을 무엇이라고 하나요?

① 이진법   ② 오진법   ③ 십진법   ④ 육진법

02 '측량 단위'의 뜻으로 알맞은 것은 무엇인가요?

① 물건의 길이를 재거나 넓이를 잴 때 무게를 잴 때 기준이 되는 단위.
② 물건의 질을 판단할 때 기준이 되는 단위.
③ 물건의 모양이 어떤지 판단할 때 기준이 되는 단위.
④ 물건의 양을 잴 때만 기준이 되는 단위.

03 '1과 자신 외에 다른 수로 나눠지지 않는 수'를 무엇이라고 하나요?

① 홀수   ② 소수   ③ 짝수   ④ 분수

04 십진법이 생겨난 이유는 무엇인가요?

① 발가락이 10개이기 때문에　　② 발견한 사람이 10을 좋아해서
③ 손가락이 10개이기 때문에　　④ 이유를 알 수 없다.

05 삼각수가 가지고 있는 비밀은 무엇인가요?

① 삼각수는 삼의 배수이다.
② 삼각형을 만든 수를 모두 더하면 바로 다음 삼각형의 수가 나온다.
③ 삼각수는 사의 배수이다.
④ 삼각형을 만든 수에서 이전 삼각형을 만든 수를 빼면 다음 삼각형의 수가 나온다.

06 아라비아 숫자 중에 가장 나중에 발견된 수는 무엇인가요?

① 1　　　　　　② 4　　　　　　③ 9　　　　　　④ 0

※아래 문장을 읽고 맞으면 ○, 틀리면 ×로 답하세요.

07 원의 둘레를 구하는 공식은 '반지름 × 원주율 × 2'이다 . (　　　　)

08 두 개의 2로 시작해서 앞에 있는 숫자 2개를 더하면 바로 뒤에 나오는 수가 되는 수들을 피보나치수열이라고 한다. (　　　)

09 황금비는 1 : 1.618…이다. (　　　)

10 축구공은 정오각형 12개와 정육각형 20개로 만든다. (　　　)

11 암호에 대한 설명으로 알맞은 것은 무엇인가요?

① 가장 오래된 암호는 페르시아 전쟁에서 만들어졌다.
② 암호는 발전할수록 과학과 깊은 관련을 맺었다.
③ 오늘날 암호를 만들고 푸는 역할은 모두 컴퓨터가 한다.
④ 암호를 만드는 직업이 있다.

12 1부터 100까지 수를 차례대로 쓴 다음 합성수를 지워나가서 소수를 찾아낸 방법을 무엇이라고 하나요?

① 테라토스의 체　　　　　② 에라토스티네스의 체
③ 피타고라스의 정리　　　④ 피보나치 수열

13 디오판토스의 나이를 알아내는 문제를 푸는 방법으로 가장 적당한 방법은 무엇인가요?

① 방정식   ② 덧셈식   ③ 곱셈식   ④ 뺄셈식

14 탈레스가 피라미드의 높이를 구한 방법은 무엇을 이용한 것인가요?

① 수학의 도형   ② 수학의 비례

③ 수학의 황금비   ④ 수학의 피보나치수열

15 지구의 둘레를 계산한 사람은 누구인가요?

① 피타고라스   ② 에라토스테네스

③ 테라토스테네스   ④ 탈레스

16 '한붓그리기가 가능한 도형은 (㉠)이 (㉡)나 (㉢)만 있어야 한다.'
( )에 알맞은 답으로 짝지어진 것을 고르세요.

	㉠	㉡	㉢		㉠	㉡	㉢
①	짝수 점	1	2	②	짝수 점	0	2
③	홀수 점	0	1	④	홀수 점	0	2

| 추론적 · 비판적 이해 문제 |

17 측량단위를 전 세계적으로 통일하면 좋은 점이 <u>아닌</u> 것은 무엇일까요?

① 외국에 물건을 팔 때 혼란스럽지 않다.

② 외국에서 물건을 사올 때 혼란스럽지 않다.

③ 외국 사람과 더 쉽게 친해 질 수 있다.

④ 우리나라의 건축기술을 가지고 외국에서 건물을 지을 수 있다.

18 한붓그리기가 가능한 것은 무엇일까요?

①   ②   ③   ④

19 〈리틀 수학 천재가 꼭 알아야 할 수학 이야기〉를 읽고 새롭게 알게 된 낱말이나 수학이론을 써 보고 친구들에게 설명해 주세요.

20 수학을 잘 하면 좋은 점을 아는 대로 써보세요.

이런 독후활동 어때요?

독서 감상문 쓰기
- 이 책을 읽게 된 동기는 무엇인가요?
- 책에는 어떤 내용이 들어 있나요?
- 가장 신기하게 생각한 내용이나 새롭게 알게 된 내용은 무엇인가요?
- 이 책을 통해 어떤 도움을 받았나요?
- 수학에 대한 자신이 생각이 어떻게 바뀌었는지 설명해 보세요.

스스로 독서 – 나의 독서 태도를 점검해 보세요

	1	2	3	4	5
1. 책을 꼼꼼하게 잘 읽었나요?					
2. 이야기의 줄거리를 알 수 있나요?					
3. 이야기의 주제를 이해했나요?					
4. 책을 통해 깨달은 점이 있나요?					
5. 더 알고 싶은 점을 써보세요.					

01 박씨부인 전

정출헌 저 | 한겨레아이들

난이도 ★★

흉한 겉모습 때문에 구박을 받고, 여자라는 이유로 무시를 당했던 박씨부인. 하지간 허물을 벗고 다시 태어난 박씨부인은 어려움을 꿋꿋하게 극복하고 위기에서 나라를 구한다. 뛰어난 능력과 신기한 재주로 우리나라를 침략한 외적을 물리치는 모습은 시원하기만 하다.
역사적 사실과 다른 이야기 이지만 상상만 해도 통쾌한 병자호란의 결말과 제대로 대우받지 못했던 박씨부인의 용감한 활약은 나라의 위기에 제대로 대처하지 못한 임금과 양반의 무능함을 비판하고 여성을 차별했던 조선의 부끄러운 모습을 풍자하고 있다.

 독서퀴즈

| 어휘 문제 |

01 '흉측한'의 낱말과 다른 뜻을 가진 낱말은 무엇인가요?
① 보기 싫다.　　② 끔찍하다.　　③ 어이없다.　　④ 흉하다.

02 '사람은 겉모습만으로 평가하지 말라'는 뜻의 속담은 무엇인가요?
① 작은 고추가 맵다.　　　　　　② 아니 땐 굴뚝에 연기 나랴
③ 서당 개 삼 년이면 풍월을 읊는다.　　④ 천리 길도 한걸음부터.

03 '대감의 눈에 이슬이 맺혔다'의 뜻으로 알맞은 것은 무엇인가요?
① 대감의 눈에 눈병이 났다.　　② 대감의 눈에 눈물이 맺혔다.
③ 대감의 눈에 빗방울이 맺혔다.　　④ 대감의 눈에 물이 묻었다.

04 신부를 맞은 시백이 깜짝 놀란 이유는 무엇인가요?

① 신부가 너무 아름다워서

② 신부가 자신이 예전에 알던 사람이어서

③ 신부가 너무 흉측해서

④ 신부가 너무 키가 작아서

이야기 속에 이 시백은 실제 인물이래. 조선 인조와 효종 때 벼슬을 지냈고 병자호란 때는 혼란한 나라를 수습하는데 공을 세웠대.

05 이씨 집안으로 시집을 간 박씨부인은 어떤 대우를 받았나요?

① 남편 이시백은 아내를 불쌍히 여겼다.

② 안방마님은 사사건건 박씨부인을 구박했다.

③ 이대감은 며느리가 미워서 쳐다보지도 않았다.

④ 하인들은 박씨부인을 하늘같이 떠받들었다.

06 임금님은 박씨부인의 사정을 어떻게 알게 되었나요?

① 이대감이 임금님에게 며느리에 대해 이야기 했다.

② 박씨부인의 소문이 대궐까지 알려졌다.

③ 박씨부인이 임금님께 편지를 썼다.

④ 이대감의 관복에 놓은 수를 보고 추측했다.

※ **아래 문장을 읽고 맞으면 ○, 틀리면 ×로 답하세요.**

07 이 대감이 며느리 감을 얻기 위해 간 곳은 금강산이었다. (   )

08 박씨부인의 별당을 피화당이라고 했다. (   )

09 과거 시험을 보는 이시백에게 박씨부인은 붓을 주었다. (   )

10 박씨 부인은 옥황상제에게 벌을 받아 흉측한 모습을 했었다. (   )

11 이시백은 어떻게 과거에 급제할 수 있었나요?

① 공부를 열심히 했다.

② 이대감이 몰래 급제 할 수 있도록 부탁했다.

③ 박씨부인이 도술로 도움을 주었다.

④ 안방마님이 몰래 급제 할 수 있도록 부탁했다.

12 청나라 군사가 쳐들어오자 인조 임금이 피신한 곳은 어디인가요?

① 강화도 　　　　　　　　② 피화당

③ 한양 　　　　　　　　　④ 남한산성

병자호란은 1636년 조선 인조 때 청나라가 조선을 침략한 난리를 말해.

13 박씨부인이 적을 물리친 순서가 알맞은 것을 찾으세요.

① 용골대 – 기홍대 – 용울대 – 김자점

② 용울대 – 기홍대 – 용골대 – 김자점

③ 기홍대 – 용골대 – 용울대 – 김자점

④ 기홍대 – 용울대 – 김자점 – 용골대

| 추론적 · 비판적 이해 문제 |

14 이시백은 왜 박씨부인을 멀리했을까요?

① 박씨부인의 성격이 사나워서　　② 박씨부인이 너무 흉측하게 생겨서

③ 박씨부인을 대하기가 어려워서　　④ 박씨부인을 보면 답답해서

15 임금이 박씨부인에게 충렬부인이라는 이름을 내려준 이유는 무엇일까요?

① 박씨부인이 도술을 부릴 줄 알아서　　② 박씨부인이 너무 예뻐서

③ 박씨부인이 어려움에 처한 나라를 구해서　④ 박씨부인이 바느질을 잘해서

16 박씨부인이 피화당에 나무를 심은 이유는 무엇일까요?

① 나라가 위기에 처할 것을 미리 내다보고 대비하기 위해서

② 피화당을 보기 좋게 꾸미기 위해서

③ 세상 사람들이 자신을 볼 수 없게 하려고

④ 나무를 심으면 건강에 좋기 때문에

17 청나라가 조선을 쳐들어온 이유는 무엇일까요?

① 조선과 친해지고 싶어서　　② 조선에 뛰어난 인물이 많아 두려워서

③ 조선이 청나라를 불쾌하게 해서　　④ 조선에 있는 보물을 가져가려고

18 박씨부인의 성격으로 가장 적당한 것은 무엇일까요?

① 소심하고 이기적이다.　　② 차분하고 용감하다.

③ 조용하고 무섭다.　　　　④ 얌전하고 소심하다.

19 박씨부인이 한 말 중 그 뜻이 <u>다른</u> 것을 고르세요.

① 서방님, 어제의 저와 오늘의 저는 다른 사람이 아닙니다.

② 나비와 애벌레는 같은 거랍니다.

③ 겉모습에 혹해서 일을 그르칠 뻔했습니다.

④ 날아다니는 것 가운데 제일 가벼운 게 뭐지요?

이시백의 아내에 대한 태도가 왜 변했는지 잘 생각해 봐

20 책을 읽고 느낀 점을 말한 친구 중 <u>잘못</u> 말한 사람은 누구일까요?

① 은영 : 박씨부인은 정말 처음에 못생겼던 것 같아.

② 현아 : 나라를 버리고 도망간 인조 임금을 보니 화가 나던 걸.

③ 주현 : 박씨부인은 외모가 흉측하게 생겼다는 이유만으로 구박을 받아서 속상했어.

④ 미진 : 박씨부인이 도술을 부려서 청나라를 물리칠 때는 정말 내 속이 후련했어.

21 박씨부인이 흉측하게 생겼다고 멀리한 시백에게 해주고 싶은 말을 써 보세요.

이런 독후활동 어때요?

박씨부인에게 수여하는 상장 만들기
• 박씨부인이 세운 업적이나 훌륭한 점을 떠올려보며 상장의 제목을 만들어보세요.
• 그 상장을 왜 주고 싶은지 이유도 생각해 보세요.

스스로 독서 – 나의 독서 태도를 점검해 보세요

	1	2	3	4	5

1. 책을 꼼꼼하게 잘 읽었나요?
2. 이야기의 줄거리를 알 수 있나요?
3. 이야기의 주제를 이해했나요?
4. 책을 통해 깨달은 점이 있나요?
5. 더 알고 싶은 점을 써보세요.

08 쓰레기의 행복한 여행

제라르 베르톨리니, 클레르 드라랑드 저 | 유향경 옮김 | 사계절

난이도 ★★

쓰레기의 뜻, 처리과정, 쓰레기가 어떻게 분류되며, 재활용되기까지 어떤 과정을 거치는지 등을 상세하게 이야기 했다. 어렵고 지루한 쓰레기 이야기를 재미있는 그림과 함께 이야기한다. 자세하게 소개되고 있는 쓰레기의 역사와 처리 과정들을 따라 가다보면 자연스럽게 환경을 생각하게 만드는 책이다.

특히 일상생활 속에 버려지는 쓰레기를 바르게 버리는 방법과 내가 버린 쓰레기가 어떻게 처리되고 재활용 되는 지에 대한 과정을 상세히 소개함으로써 재활용의 보람을 간접적으로 느낄 수 있다.

 독서퀴즈

| 어휘 문제 |

01 다른 사람이 버린 것을 주워 되파는 일을 했던 사람들을 무엇이라고 하나요?

① 넝마주이　　　② 거지　　　③ 종이장수　　　④ 사업가

02 플라스틱이 없이 단 하루도 살 수 없게 된 인간을 가리키는 말은 무엇인가요?

① 호모 일렉트로니쿠스　　　② 호모 에렉투스
③ 호모 플라스티쿠스　　　④ 호모 사피엔스

03 썩은 사과나 마른 나뭇가지처럼 자연에서 비료로 쓰여 흙 속의 작은 동물과 미생물에 영양을 공급하는 쓰레기를 무엇이라고 하나요?

① 폐기물 쓰레기　　　② 일회용 쓰레기
③ 재활용 쓰레기　　　④ 유기 쓰레기

04 쓰레기가 생기는 장소에 따라 쓰레기를 알맞게 나눈 것은 무엇인가요?

① 음식물 쓰레기와 재활용 쓰레기　② 생활쓰레기와 사업장쓰레기

③ 폐기물 쓰레기와 유기 쓰레기　④ 폐기물 쓰레기와 재활용 쓰레기

05 우리나라에서 좀 더 적극적으로 환경을 보호하기 위해 1986년에 시행한 법은 무엇인가요?

① 폐기물 관리법　② 쓰레기통 설치법

③ 음식물 쓰레기 법　④ 재활용법

06 세계 최초의 쓰레기통에 대한 설명으로 잘못 된 것은 무엇인가요?

① 푸벨이라는 사람이 만들었다.

② 독일에서 만들어 졌다.

③ 푸벨은 쓰레기통이라는 뜻이다.

④ 녹이 슬지 않도록 철에 아연을 입혀서 만들었다.

07 환경에 해를 끼치는 위험한 쓰레기가 아닌 것은 무엇인가요?

① 건전지　② 수정 펜　③ 신문　④ 약

08 다음 〈보기〉는 무엇을 재활용한 것인가요?

> **보기**
>
> 차량용 밧줄, 등산로, 운동장 트랙 포장, 손수레 바퀴

① 냉장고　② 유리병　③ 종이　④ 타이어

09 음식물 쓰레기를 재활용하는 이유가 아닌 것은 무엇인가요?

① 심한 악취와 침출수를 만들어 내기 때문에

② 환경을 오염시키지 않기 때문에

③ 우리나라 음식에 소금기가 많아 시설에 나쁜 영향을 주기 때문에

④ 소각한다고 해도 많은 열에너지가 소모되기 때문에

※ 아래 문장을 읽고 맞으면 ○, 틀리면 ×로 답하세요.

10 세계 최초의 쓰레기통은 인도 사람 푸벨이 만들었다. (　　　)

11 옛날에는 쓰레기를 모아두는 쓰레기장이 따로 없었다. (　　　)

12 쓰레기를 땅에 묻는 것을 재활용이라고 한다. (　　　)

13 '생태발자국'이란 집의 크기, 먹는 음식, 버린 쓰레기, 이동과 소비에 필요한 에너지를 비롯해 인간의 활동이 지구 생태계에 미친 영향을 토지 면적으로 환산한 것이다. (　　　)

14 제품을 설계할 때부터 친환경적인 면을 고려하는 것을 에코디자인이라고 한다.
(　　　)

15 우리 나라 최초의 쓰레기 처리법은 '오물 청소법'이다. (　　　)

| 추론적 · 비판적 이해 문제 |

16 환경을 생각하는 올바른 태도가 <u>아닌</u> 친구를 찾아보세요.
① 한선 : 약을 먹고 남은 것은 한꺼번에 모아두었다가 쓰레기통에 버린다.
② 재범 : 음식물 쓰레기는 음식물 전용쓰레기봉투에 버린다.
③ 써니 : 재활용 마크를 확인하고 물건을 산다.
④ 닉쿤 : 음식을 먹을 때는 가능한 남기지 않는다.

17 옛날에 비해 오늘날 쓰레기가 많아진 이유가 <u>아닌</u> 것은 무엇일까요?
① 물건을 대량으로 만들기 시작하면서 싸게 많이 살 수 있어서
② 사람들이 점점 편안함을 쫓아 많은 물건을 사게 되어서
③ 보이기 위해 지나치게 많은 포장을 하기 때문에
④ 사람들이 재활용을 많이 하기 때문에

18 쓰레기를 버릴 때 환경보호 입장에서 생각한 것은 무엇일까요?
① 이 물건이 얼마였는가?
② 고쳐서 다시 쓰거나 다른 용도로 사용할 수 있는가?
③ 이 물건을 버리고 무엇을 살까?
④ 이 물건을 어디에 버릴까?

19 재활용이 가능한 물건이 <u>아닌</u> 것은 무엇일까요?

　① 신문　　　　② 페트병　　　③ 형광등　　　④ 유리병

20 내가 오늘 버린 쓰레기를 분류해 보세요.

　음식물 쓰레기　　　　　재활용 쓰레기　　　　　버리는 쓰레기

이런 독후활동 어때요?

'쓰레기 줄이기를 실천하자'는 내용을 담은 포스터 만들기
- 포스터는 말하고자 하는 내용을 간결한 그림과 표어로 나타내는 걸 말합니다.
- 하고자 하는 말을 간결한 그림으로 표현하고 16자 이내로 간단한 문구를 생각해 보세요.

스스로 독서 – 나의 독서 태도를 점검해 보세요

　　　　　　　　　　　　　1　　　2　　　3　　　4　　　5

1. 책을 꼼꼼하게 잘 읽었나요?
2. 이야기의 줄거리를 알 수 있나요?
3. 이야기의 주제를 이해했나요?
4. 책을 통해 깨달은 점이 있나요?
5. 더 알고 싶은 점을 써보세요.

09 파브르 곤충기

앙리 파브르 | 중앙출판사

관련교과 **3학년 1학기** 국어 읽기 2. 아는 것이 힘 | **3학년 1학기** 과학 3. 동물의 한 살이 | **6학년 1학기** 과학 4. 생태계와 환경

난이도 ★★

과학의 고전이라고 할 수 있는 책이다. 파브르는 30년에 걸쳐 총 10권으로 된 곤충의 관찰기록을 출판했다. 그는 곤충들의 생활을 자세히 관찰했다. 벌, 호리허리벌 등의 벌목과 딱정벌레, 갑충 류, 투구벌레 등의 딱정벌레목, 그리고 메뚜기, 귀뚜라미 등의 메뚜기목 곤충에 관한 연구는 아주 중요한 가치를 지니고 있다.

파브르는 곤충을 관찰하는 과정에서 수많은 실험과 예측을 통해 자신의 생각을 증명했다. 또 다른 학자의 이론에 언제나 비판적인 의문을 가졌으며 확실한 근거가 나올 때까지 관찰과 실험을 거듭했다. 이 책은 놀라운 곤충의 습성을 통해 자연의 신비함을 느끼게도 하지만 이를 세밀히 연구하고 관찰한 파브르의 노력에 경탄을 하게 만든다.

곤충에 대한 과학적 배경지식을 넓히고, 파브르의 탐구하는 자세도 배울 수 있는 명작이다.

독서퀴즈

| 어휘 문제 |

01 낱말과 뜻이 바르게 연결된 것은 무엇인가요?

① 생태 – 생물의 몸 전체나 그 일부에 적당한 처리를 가하는 것.

② 표본 – 생물이 살아가고 있는 모습.

③ 해부 – 생물체의 일부나 전부를 헤쳐 그 내부 구조와 각 부분 사이의 관계 등을 조사하는 일

④ 방부제 – 미생물이 활발히 활동하도록 도와주는 약

02 '널리 찾아서 얻거나 캐거나 잡아 모으는 일'의 뜻을 가진 낱말을 <u>모두</u> 고르세요.

① 채집   ② 모집   ③ 수집   ④ 소집

03 '몸집이 큰 메뚜기 앞에서는 잔뜩 긴장하여 싸울 (   )를 갖춥니다.'에서

    (   )에 들어갈 알맞은 낱말은 무엇인가요?

    ① 위치　　　　　　② 태세　　　　　③ 장소　　　　　④ 행세

| 사 실 적 이 해 문 제 |

04 파브르는 자신이 하고 싶었던 일을 어떻게 찾았나요?

    ① 신문을 보고　　　　　　　　② 동화책을 읽고

    ③ 뒤프르의 논문을 읽고　　　　④ 선생님의 권유로

05 비단벌레노래기벌은 어떤 종류의 벌인가요?

    ① 여왕벌　　　　　② 사냥벌　　　　③ 일벌　　　　　④ 꿀벌

06 흑노래기벌에 대한 설명 중 <u>틀린</u> 것을 고르세요.

    ① 흑노래기벌은 9월 하순경 집을 짓는다.

    ② 흑노래기벌은 암컷만 일한다.

    ③ 흑노래기벌은 집을 완성하는데 2~3일 정도 걸린다.

    ④ 흑노래기벌은 해마다 새로 집을 짓는다.

※ 아래 문장을 읽고 맞으면 ○, 틀리면 ×로 답하세요.

07 노래기벌의 먹이로 좋은 것은 갑충이다. (   )

08 쇠똥구리는 뒷다리로 똥을 굴린다. (   )

09 굼벵이가 자라면 매미가 된다. (   )

10 사마귀는 메뚜기나 잠자리 같은 곤충만 잡아먹는다. (   )

11 굼벵이는 왜 나무뿌리가 있는 곳에 자신의 방을 만드나요?

    ① 나무뿌리에 먹이가 매달려 있어 배를 채우기 위해서

    ② 나무뿌리에 흙이 단단해서 안전하기 때문에

    ③ 나무뿌리의 물을 빨아먹고 오줌주머니를 채우기 위해서

    ④ 나무뿌리의 물을 빨아먹어 배를 채우기 위해서

12 나방에 대한 설명으로 알맞은 것은 무엇인가요?

① 수컷이 암컷만 알 수 있는 냄새를 뿜어낸다.
② 흐리고 무더운 날 밤이면 더 많이 볼 수 있다.
③ 암컷이 수컷을 찾아간다.
④ 수컷이 암컷을 찾아간다.

13 송장벌레에 대한 설명으로 <u>틀린</u> 것은 무엇인가요?

① 몸의 크기에 알맞은 시체만 골라서 먹는다.
② 자신의 가족을 위해 열심히 일하고 다른 집의 일을 돕기도 한다.
③ 송장벌레 애벌레는 성장이 빠르다.
④ 애벌레가 다 자라게 되면 어른 송장벌레들은 이유 없이 서로 싸우고 잡아먹는다.

14 다음 설명으로 알맞은 곤충은 무엇인가요?

> 모양과 색이 아름다워 수집가들이 좋아한다. 전 세계에 약 2만여 종이 있으며, 더듬이가 가장 큰 특징이다. 몸길이의 반이 넘는 더듬이는 여러 마디로 되어 있다. '끽끽'소리를 내는데 이곳을 발음판이라고 한다.

① 송장벌레   ② 매미   ③ 하늘소   ④ 비단벌레

15 검은배 독거미는 어떻게 사냥을 하나요?

① 거미줄로 똘똘 감는다.   ② 급소를 물어 단숨에 죽인다.
③ 긴다리로 목을 조인다.   ④ 독침을 몸에 놓는다.

16 파리 애벌레들은 먹이를 어떻게 먹나요?

① 먹이를 썩혀서 먹는다.   ② 먹이를 조금씩 갉아 먹는다.
③ 먹이를 산채로 먹는다.   ④ 먹이를 녹여서 먹는다.

17 귀뚜라미는 어떻게 노래하나요?

① 뒷다리를 비벼서 노래한다.   ② 가슴에 울림통이 있어서 통을 울려 노래한다.
③ 날개를 이용해 노래한다.   ④ 앞다리를 비벼서 노래한다

18 나비와 나방의 차이점으로 잘못 된 것은 무엇인가요?

① 나비는 날개를 포개거나 세우거나 수평으로 펴고 앉는다.

② 나방은 날개를 포개거나 세우거나 수평으로 펴고 앉는다.

③ 나비는 낮에 활동한다.

④ 나방은 밤에 활동한다.

19 다음 곤충의 특징과 이름을 바르게 연결한 것은 무엇인가요?

① 구슬을 만드는 – 쇠똥구리　　　② 한여름의 가수 – 귀뚜라미

③ 시체청소부 – 검은배독거미　　　④ 날개로 노래하는 – 매미

20 새끼를 키우기 위해 열심히 일을 하고나면 거칠어지는 곤충들을 바르게 묶은 것은 무엇인가요?

① 송장벌레, 귀뚜라미　　　　　　② 송장벌레, 뿔가위벌

③ 흑노래기벌, 하늘소　　　　　　④ 하늘소, 배추흰나비

| 추론적 · 비판적 이해 문제 |

21 흑노래기벌이 사냥할 때 신경절에 침을 쏘는 이유는 무엇일까요?

① 먹잇감이 빨리 죽어서

② 먹잇감을 신선하게 오래 두고 먹을 수 있어서

③ 먹잇감을 부드럽게 해서 먹으려고

④ 특별한 이유가 없다.

22 송장벌레 부부가 열심히 일을 할 때 다른 벌레들이 도와주는 이유는 무엇일까요?

① 나중에 도움을 받기 위해서

② 이웃이기 때문에

③ 본능이기 때문에

④ 도와주지 않으면 공격하기 때문

23 책을 읽고 감상을 제대로 말하지 <u>못한</u> 친구는 누구일까요?

① 미진 : 파리 애벌레는 너무 더러워.

② 준영 : 파브르는 의지가 대단해. 그 작은 곤충은 정말 세밀하게 관찰했어.

③ 세은 : 새끼를 잘 키우려는 노력은 작은 곤충이나 사람이나 똑 같은 것 같아.

④ 지선 : 거미는 모두 거미줄을 친다고 생각했는데 검은배독거미는 그렇지 않
　　　　다는 사실이 놀라웠어.

24 파브르에게서 배울 점은 무엇인지 써 보세요.

25 파브르 곤충기를 읽고 새롭게 알게 된 점을 세 가지만 써 보세요.

이런 독후활동 어때요?

파브르에게 편지쓰기

- 편지를 쓴 이유를 떠올려보세요.
- 파브르곤충기를 읽고 느낀 점을 간단히 이야기해 보세요.
- 파브르에게 궁금한 점은 무엇인지 떠올려 보세요.

스스로 독서 - 나의 독서 태도를 점검해 보세요

　　　　　　　　　　　　　　　　　　1　　2　　3　　4　　5

1. 책을 꼼꼼하게 잘 읽었나요?
2. 이야기의 줄거리를 알 수 있나요?
3. 이야기의 주제를 이해했나요?
4. 책을 통해 깨달은 점이 있나요?
5. 더 알고 싶은 점을 써보세요.

10 산 너머 산 이야기 너머 이야기

우봉규 저 | 해와나무

관련교과 **3학년 1학기** 국어 읽기 7. 이야기의 세계 | **4학년 1학기** 국어 읽기 5. 알아보고 떠나요 | **4학년 1학기** 사회 1. 우리지역 현장 답사

난이도 ★ ★

백두대간의 첫머리인 백두산을 비롯하여 일곱 개의 산을 소개하며 산에 얽힌 옛 이야기를 감칠 맛 나게 엮은 책이다. 늘 옆에 있는 친구처럼 산을 좋아하는 우리 민족, 필요한 자원을 얻을 수 있는 삶의 터전으로, 고단한 삶의 휴식처로, 산신령 같은 신적 존재를 만날 수 있는 신성한 곳으로 여겨졌던 우리의 산, 그 산에는 우리 민족의 얼과 혼이 담긴 소중한 이야기들이 담겨져 있다. 백두산 아래 민족들에게 참된 도를 전한 하늘함, 산적 떼를 한 번에 잡아들이는 산신령 할멈이야기, 사람의 일생을 비춘다는 명경대 이야기를 통해 착하게 살고자 하는 마음을 갖게 하려는 우리 조상들의 삶의 지혜와 재치를 엿볼 수 있다.

또한 지도를 통해 산과 그 주변의 지리도 쉽고 재미있게 알 수 있고, 산에 대한 상식과 산에 남아있는 문화 유적도 알기 쉽게 소개하고 있어 보다 흥미롭게 읽을 수 있는 책이다.

 독서퀴즈

| 어 휘 문 제 |

> 고승은 그 꽃들 속에서 산방 덕을 찾았습니다. ㉠(　　) 아무리 쳐다보아도 어느 것이 산방덕의 꽃인지 알 수가 없었습니다. 절망한 고승은 무릎 위에 얼굴을 파묻고 산방 덕의 얼굴을 그려 보고 있었습니다. ㉡(　　) 다시는 산방덕을 만나지 못한다는 ㉭조바심이 들었습니다.
> ㉢(　　) 갑자기 날이 점점 흐려지더니 아주 캄캄한 밤처럼 되었습니다.
> ㉣(　　) 차가운 비가 ㉺흩날리기 시작하더니 세찬 바닷바람이 휘몰아쳤습니다. 온 산을 날려 버릴 기세였습니다. 작은 ㉻나무가지들이 부러지고 ㉼돌맹이들이 하늘을 ㉽나랏습니다.

※ 아래 글을 읽고 물음에 답하세요.

01 (　　)안에 들어갈 낱말로 바르게 짝지은 것은?

| | ㉠ | ㉡ | ㉢ | ㉣ | | ㉠ | ㉡ | ㉢ | ㉣ |

① 그러나 – 이제 – 그 때 – 드디어　　② 드디어 – 이제 – 그 때 – 그러나

③ 이제 – 드디어 – 그 때 – 그러나　　④ 그 때 – 이제 – 드디어 – 그러나

02 위의 글을 읽고 <u>잘못</u> 된 낱말을 바르게 고치세요.

① ⓜ 흔날리기 – (   )   ② ⓗ 나무가지 – (   )

③ ⓢ 돌맹이 – (   )   ④ ⓞ 나랏습니다 – (   )

03 ㉔<u>조바심이 들었습니다.</u>를 넣어 짧은 글을 지어보세요.

| 사 실 적 이 해 문 제 |

04 아래의 글은 어느 산을 설명하고 있나요?

> 우리나라에서 가장 높은 산이며 민족의 영산으로 숭배 받는 산이다. 공기 중 습도가 많고 지형이 높아 연중 264일은 늘 안개가 끼어 있어 신비함을 더한다. 러시아 한류와 태평양 난류가 교차하는 곳이기 때문에 날씨가 자주 바뀌고 변화무쌍한 구름을 볼 수 있다. 산꼭대기에는 '천지'라는 자연 호수가 있는데 쉽게 갈 수 없는 곳이라 천연의 아름다움을 간직하고 있다.

① 한라산   ② 금강산   ③ 설악산   ④ 백두산

05 하늘함이 족장으로 있는 마을사람들은 석전놀이에서 이겼어요. 석전놀이에 대한 설명이 <u>아닌</u> 것은 무엇인가요?

① 친목을 도모하기 위해서 마을과 마을끼리 명절에 하는 놀이이다.

② 마을과 마을끼리 돌을 무기로 전쟁을 벌이는 싸움이다.

③ 이 싸움에서 이기면 마을의 영광이었고 지면 마을의 수치였다.

④ 석전놀이에서 이긴 족장이 다스리는 마을은 평안한 생활을 했다.

06 노인이 되어 힘이 약해진 하늘함은 왜 백두산 꼭대기에 오르게 되었나요?

① 모험심이 강한 마음에 한번 확인하고 싶어서

② 손자들은 예쁘고 귀엽지만 너무 귀찮게 해서

③ 백두산 꼭대기 큰 바다의 물을 한 모금 마시기만 하면 천하를 다스릴 수 있는 힘이 생길 것이라는 믿음이 있었기 때문에

④ 마을 사람들에게 예전의 젊음을 되찾아 과시하고 싶어서

07 인간세계로 다시 돌아온 하늘함이 백성들에게 전한 도의 내용은 무엇인가요?

① 백두산 하늘아래 사는 부족은 모두 같은 민족이다.

② 백두산에 가면 모두 신선이 될 수 있다.

③ 백두산에 있는 신선을 믿어야 한다.

④ 하늘함 자신을 신으로 모셔야 한다.

08 염라대왕 앞에 선 스님이 한 행동이 <u>아닌</u> 것은 무엇인가요?

① 하나 밖에 없는 옷을 가난한 여인에 주었다.

② 지옥에서 고통 받는 이들과 괴로움을 나누겠다며 지옥으로 보내달라고 했다.

③ 극락으로 보내겠다는 염라대왕의 말에 미소를 지었다.

④ 지옥 사람들과 같은 고통을 느끼며 그들을 돕겠다고 했다.

09 성자와 같은 스님을 보며 염라대왕이 생각해 낸 것은 무엇인가요?

① 스님을 다시 극락으로 보낼 생각

② 인간 세계에 염라국에서 죽은 자들을 심판하는 도습을 바위로 만들 생각

③ 인간 세계에 염라국의 사자들을 많이 보낼 생각

④ 인간 세계에 멋진 바위를 찾아낼 생각

10 염라대왕이 인간세계에 만든 것이라 전해지는 곳은 어디인가요 ?

① 명경대   ② 귀면암   ③ 총석정   ④ 삼불암

11 눈이 많이 와 한겨울을 절에서 혼자 지낸 설정 스님의 조카가 관세음 보살님의 보살핌이라는 걸 알게 된 설정스님은 절 이름을 어떻게 지었나요?

① 관음암   ② 귀면암   ③ 오세암   ④ 삼불암

12 염라대왕 앞 벌거숭이로 선 스님이 한 이야기와 관계 <u>없는</u> 것은 무엇인가요?

① 평생에 좋은 일을 못하고 게을러서 옷 한 별도 없다.

② 매서운 눈보라 속을 헤매는 거지 여자에게 자신의 옷을 벗어 주었다.

③ 극락보다는 지옥에 가서 고통 받는 사람들과 그 고통을 나누고 싶다.

④ 불속에 들어가도 데이지 않는 특별한 능력을 가진 스님이 되고 싶지 않다.

13 기암괴석과 폭포, 못이 있고 경치가 매우 아름다운 금강산은 계절마다 다른 이름을 갖고 있어요. 잘못 짝지어진 것은 무엇인가요?

① 봄 – 금강산　② 여름 – 봉래산　③ 가을 – 풍악산　④ 겨울 – 한라산

14 금강산의 봉우리를 왜 일만 이천 봉우리라고 했나요?

① 옛 조상님들이 세어 본 산봉우리가 일만 이천 봉우리였다.

② 옛 사람들은 그 수를 셀 수 없다하여 일만 이천 봉우리라고 했다.

③ 일만 이천 봉우리라고 전설처럼 전해지고 있다.

④ 단군할아버지가 일만 이천 봉우리로 만드셨다.

15 눈과 얽힌 아름다운 전설이 많이 있는 이 산의 이름은 설산, 설봉산, 설화산으로 불려지기도 했다. 생태계가 잘 보존되어 유네스코의 세계 생물권 보존지역으로 지정된 이 산의 이름은 무엇인가요?

① 한라산　　　② 관악산　　　③ 북한산　　　④ 설악산

16 대청봉에서 절까지 이르는 길에 '백 개의 웅덩이'가 있다하여 붙여진 이 절의 이름은 무엇인가요?

① 백담사　　　② 오세암　　　③ 구룡사　　　④ 신흥사

17 한반도의 등뼈와도 같은 산맥의 이름은 무엇인가요?

① 소백산맥　　② 태백산맥　　③ 차령산맥　　④ 히말라야산맥

18 산신령 할멈이 원님에게 귀엣말을 하고 외쳤던 "다자구야, 들자구야"는 어떤 뜻인가요?

① 다자구야 – 도적들이 모두 잠들었다.
　들자구야 – 도적들이 아직 잠을 자지 않는다.

② 다자구야 – 모두 지금 준비하라.
　들자구야 – 이제 모두 들어오라

③ 다자구야 – 도적들이 모두 있다
　들자구야 – 도적들이 아직 덜 모였다.

④ 다자구야 – 도적들이 모두 나갔다
　들자구야 – 도적들이 들어오는 시간이다.

19 소백산 아래에 있는 문화유적이 <u>아닌</u> 것은 무엇인가요?

① 부석사　　　　② 희방폭포　　③ 소수서원　　④ 경복궁

20 신라의 왕자였던 심지 스님의 옷섶에 미륵보살님이 진표 큰스님에게 주신 간자가 끼어 있었어요. 이 일로 인해 심지 스님이 머물게 되는 속리산의 길상사는 지금의 어느 절일까요?

① 백담사　　　　② 법주사　　　③ 전등사　　　④ 부석사

21 속리산의 문화유적지가 <u>아닌</u> 것은 무엇인가요?

① 법주사　　　　② 정이품송　　③ 행주산성　　④ 삼년산성

22 다음에 설명하는 장소는 현재 어디인가요?

> 옛날 지리산에서 가장 큰 절이었던 어둔절에 섣달그믐날이면 선녀가 나타나 스님 한 사람씩을 데려갔어요. 신선이 되고 싶은 스님들은 그 날을 학수고대하며 기다렸는데 운학 스님의 죽음으로 이무기의 조화였음을 알게 되었어요.

① 구룡사　　　　② 화엄사　　　③ 뱀사골　　　④ 천은사

23 고승이 사랑한 산방 덕은 누구인가요?

① 선녀　　　　　　　　　② 제주도 할망
③ 한라산 산신령　　　　　④ 산방산의 여신

24 산마다 특별한 이야기가 전해오는 이유는 무엇일까요?

25 산에 얽힌 우리 민족의 이야기를 통해서 깨달은 점은 무엇인가요?

이런 독후활동 어때요?

산에 얽힌 옛이야기 만들기
- 가보았거나 잘 알고 있는 산을 정하고 산의 특징을 떠올려 보세요.
- 특징에 알맞은 이야기를 간단히 정리해보세요.
- 간단히 정리한 내용을 바탕으로 자세한 이야기의 내용을 써보세요.

스스로 독서 – 나의 독서 태도를 점검해 보세요

                          1   2   3   4   5

1. 책을 꼼꼼하게 잘 읽었나요?
2. 이야기의 줄거리를 알 수 있나요?
3. 이야기의 주제를 이해했나요?
4. 책을 통해 깨달은 점이 있나요?
5. 더 알고 싶은 점을 써보세요.

11 고추아저씨 발명왕 되다

박남정 저 | 청어람미디어

관련교과 **3학년 1학기 국어 읽기** 2. 아는 것이 힘 | **4학년 2학기 사회** 1. 경제생활과 바람직한 선택

난이도 ★★

나는 커서 무엇이 될까?

"농부가 되고 싶다"고 자랑스럽게 이야기 하는 농부 이해극! 그는 충북 제천시 봉양면에서 친환경 농사를 짓고 있다. 어릴 적부터 그는 조상 대대로 살아온 고향을 떠나지 않고 살 수 있는 직업으로는 농부가 제격이라고 생각한다. 남들이 가려고 하는 길이 아닌, 자신이 걷고 싶은 길을 걷는 사람이다. 실제 농촌은 점점 사람들이 떠나는 공간이 되고, 농부란 직업은 점점 사라져 간다. 아이들에게 "커서 무엇이 되고 싶냐" 물으면 농부가 되고 싶다는 아이는 찾기 쉽지 않다.

이 책은 이해극이 자신의 꿈을 이루기 위해 가족의 반대에도 농업고등학교를 가고, 농부가 되는 과정을 담고 있다. 농사가 즐거워 농부가 되었고, 농사를 덜 힘들게 짓고자 여러 가지 농자재를 발명한 그의 이야기를 통해 우리 아이들도 자신이 좋아하는 일을 하며, 행복하게 살 수 있는 꿈을 갖게 되길 바란다.

독서퀴즈

| 어휘 문제 |

01 낱말과 뜻이 바르게 연결되지 <u>않은</u> 것은 무엇인가요?

① 이삭 : 곡식이나 과일, 나물 따위를 거둘 때 흘렀거나 빠뜨린 것

② 타작 : 곡식의 이삭을 떨어서 낟알을 거두는 일

③ 마지기 : 논밭 넓이의 단위

④ 제초제 : 병을 옮기는 해충을 없애는 약

02 '화학비료와 제초제, 살충제 등 농약을 일절 사용하지 않는 농사법'을 무엇이라고 하나요?

① 무기농법　　　② 유기농법　　　③ 천연비료　　　④ 유전농법

03 다음 글을 읽고 밑줄 친 낱말의 뜻으로 알맞은 것은 무엇인가요?

> 그날도 해극이는 학교는 가지 않고 친구들이랑 <u>콩서리</u>도 하고 밤도 주워 까먹으면서 실컷 놀다 해질 무렵 집으로 돌아왔습니다.

① 여럿이 남의 물건을 훔쳐다 먹는 장난   ② 아침에 콩을 줍는 일

③ 여럿이 콩을 구워먹는 일   ④ 콩으로 하는 놀이

| 사실적 이해 문제 |

04 아래 〈보기〉는 무엇에 관한 이야기인가요?

> **보기**
>
> "나무판자 밑에 양쪽 발이 닿는 데에 막대기를 덧붙였고요. 막대기 가운데에는 철사로 날을 만들어 박았어요. 그리고 손잡이는 둥근 막대기에 끝이 날카롭도록 못을 거꾸로 박았던데요."

05 학교에 가지 않고 냇가에서 놀려고 하는 아이들이 해극이 눈치를 살피는 이유가 <u>아닌</u> 것은 무엇인가요?

① 해극이는 물고기를 잘 잡는다.

② 해극이는 엉뚱하고 신나는 일을 잘도 만들어 낸다.

③ 해극이가 있어야 더 재미있게 놀 수 있다.

④ 해극이는 무척 힘이 세다.

06 1960년대 우리나라 농촌의 청소년들 대부분이 가입한 단체는 무엇인가요?

① 3H   ② 4H

③ 5H   ④ 6H

이 단체는 실천을 통하여 배운다는 취지 아래 설립된 세계적인 청소년 단체야.

07 해극이가 제천농업고등학교 학생이었을 때 활동하던 4H 맹세는 무엇이며, 결심한 것은 무엇인가요?

08 평생 농사를 지으며 살겠다는 해극이의 결심에 가족들이 반대하는 이유는 무엇인가요?

09 농업고등학교 '축산과'에 입학했지만 3년 내내 젖소 한 마리 보지 못한 이유는 무엇인가요?

① 학교의 청결을 유지하기 위해서
② 학교에서 멀리 떨어진 곳에 축산 실습장이 있어서
③ 학교에서 대학을 많이 보내기 위해 공부만 해서
④ 나라가 가난하던 때라 학교에 제대로 된 축산 실습장이 없었기 때문에

10 해군에 지원한 해극이가 적성검사에서 나온 뜻밖의 결과는 무엇인가요?

① 목장 일이 잘 맞는다. ② 전기 쪽이 잘 맞는다.
③ 해양 관련 일이 잘 맞는다. ④ 나무 연구하는 일이 잘 맞는다.

11 태국을 방문했을 때 해극이의 가슴 한 켠에 우뚝하니 자리를 잡게 한 식물은 무엇인가요?

① 고추나무 ② 토마토 ③ 수박 ④ 대추나무

12 〈보기〉에서 설명하는 것은 무엇인가요?

> **보기**
> 소 열 마리가 한꺼번에 쟁기를 끄는 것만큼 힘이 셌습니다. 또 논밭에서 수확한 농작물을 실어 나를 수도 있었습니다. 그리고 보리나 벼 타작도 할 수 있었지요.

13 고추 농사에 실패한 해극이가 새로 찾은 방법은 무엇인가요?

① 모 굳히기 ② 땅 굳히기 ③ 비료 만들기 ④ 비닐하우스

14 고생하는 아내에게 해주고 싶은 해극이의 특별한 선물은 무엇인가요?

① 집에 수도를 놓는 것 ② 집을 새로 짓는 것
③ 냉장고를 새로 바꿔주는 것 ④ 에어컨을 설치해주는 것

15 무엇이든 응원하고 도왔던 아내가 처음으로 반대하고 나섰던 일은 무엇인가요?

　　① 육백마지기의 땅을 살려보겠다고 결심한 것

　　② 육백마지기의 땅을 팔겠다고 결심한 것

　　③ 땅을 팔아 젖소를 사겠다는 것

　　④ 땅을 더 사 고추농사를 짓겠다는 것

16 비닐하우스 농사에 힘이 많이 든 아내를 보고 해극이 발명한 것은 무엇인가요?

17 선생님과 제자가 모두 한마음으로 열심히 일한 덕분에 북한 사람들에게 큰 자랑거리가 된 곳은 어디인가요?

18 북한 교육생들의 자세로 틀린 것은 무엇인가요?

　　① 수업에 집중하고, 거침없이 질문한다.

　　② 채소 심을 때에도 자로 잰 듯 정확히 한다.

　　③ 비닐하우스 온도도 정확히 시간을 맞춘다.

　　④ 무슨 일이든 대가를 요구한다.

| 추론적 · 비판적 이해 문제 |

19 아래 〈보기〉의 글은 무엇을 의미하나요?

> **보기**
>
> "병든 사람에게는 하룻밤이 길고, 고달픈 사람에게는 한걸음이 멀며, 알고자 애쓰지 않는 사람에게는 인생이 지루하다."

20 아래 〈보기〉에서 밑줄 친 해극이의 마음은 무엇일까요?

> **보기**
>
> "아버지는 아무런 말씀도 없이 한참동안 가만히 쳐다보십니다. 해극이의 가슴이 다시 콩닥콩닥거리고 손바닥에는 땀이 절로 맺혔습니다."

21 아래 〈보기〉의 글은 해극과 병사들이 필리핀 어느 식당에서 겪었던 일입니다. 해극이와 병사들이 느낀 점은 무엇일까요?

> **보기**
>
> "여러분은 어느 나라에서 왔습니까? 일본? 아니면 중국?"
> 주인인 듯한 남자가 물었습니다.
> "아니오. 저희들은 한국에서 왔습니다.
> "한국이라고요? 어디에 있는 나라인가?"
> 주인은 고개를 갸우뚱하더니 가 버렸습니다.

22 고추 농사에 실패한 해극이가 아버지 말씀을 듣고 터득한 것은 무엇일까요?
① 고추는 따뜻한 봄에 심어야 잘 큰다.
② 고추농사를 그만두고 다른 농사를 짓겠다.
③ 고추 농사는 비료를 많이 주어야 잘 큰다.
④ 고추도 사람처럼 여러 가지 어려움을 미리 맛보아야 잘 큰다.

23 농약, 제초제, 화학비료로 인해 산화된 죽은 땅을 어떤 방법으로 회복시켰나요?

24 농부인 해극은 왜 많은 것들을 발명하게 되었나요?
① 농민 발명가 상을 받으려고
② 생활 속 작은 불편을 해결하기 위해서
③ 유명한 농부로 성공하고 싶어서
④ 발명하는 시간이 행복해서

25 북한에 간 해극이 농장의 교육생들에게 알게 해주고 싶은 것은 무엇일까요?
① 북한에 사는 사람들은 불쌍하다.
② 많은 지식을 가르치고 싶었다.
③ 농사가 희망과 꿈을 심는 일임을 알게 해 줘야겠다.
④ 한국이 얼마나 발전했는지 알게 해 줘야겠다.

26 이해극 아저씨는 왜 "농부가 되고 싶다"는 어릴 적 꿈을 바꾸지 않았나요?

① 나와 잘 맞는다.

② 내가 잘 할 수 있다.

③ 내가 잘 할 수 있는 일이기 때문에 더욱 신난다.

④ 한번 결심한 꿈은 바꾸지 않는다.

27 이해극 아저씨처럼 꿈을 이루기 위해 내가 해야 할 노력들을 이야기해 보세요.

이런 독후활동 어때요?

꿈을 이루기 위한 자신의 연표 만들기

• 내가 주인공이 되어 꿈을 이루기 위한 과정을 연표 식으로 쓰고 간단히 설명을 하세요.

스스로 독서 – 나의 독서 태도를 점검해 보세요

	1	2	3	4	5

1. 책을 꼼꼼하게 잘 읽었나요?

2. 이야기의 줄거리를 알 수 있나요?

3. 이야기의 주제를 이해했나요?

4. 책을 통해 깨달은 점이 있나요?

5. 더 알고 싶은 점을 써보세요.

12 비나리 달이네 집

권정생 | 낮은산

관련교과 **3학년 1학기 국어 읽기** 4. 마음을 전해요 | **6학년 1학기 사회** 3. 환경을 생각하는 국토 가꾸기

난이도 ★

경상도 어느 깊은 산골 비나리라는 마을에 농사꾼 신부님과 강아지 달이가 살고 있다. 달이는 다리 가 세 개 밖에 없는 말을 하는 강아지이다. 달이는 덫에 걸려 다리 하나를 잃어버렸지만 달이의 눈은 어린이의 눈처럼 맑고 순수하다. 달이가 하늘을 보며 가끔 눈물짓는 것도 사람들 때문이란다. 덫을 놓아 약한 짐승들을 잡고 전쟁을 일으키고 거짓말을 하고, 화를 내고 쓰레기를 몰래 버리는 사람들. 달이가 바라는 세상은 진정으로 작은 생물 하나도 사랑하는 따뜻한 마음이다.

독서퀴즈

| 어휘 문제 |

01 '아직 예순 살이 덜 되었는지, 어정쩡한 할아버지 같기도 하고, 아직 새파란 젊은이 같기도 합니다.'에서 밑줄 친 의미로 쓰이지 않은 것은 무엇인가요?

글을 읽다가 잘 모르는 낱말이 나오면 앞뒤 문맥을 살펴 그 뜻을 헤아려봐!

① 짧지도 길지도 않은 어정쩡한 머리 길이 때문에 고민이야.
② 나와 친한 수진이는 어정쩡한 관계이다.
③ 앉아있는 것도 아니고 서 있는 것도 아닌 어정쩡한 자세 때문에 꾸중을 들었다.
④ 나는 반대도 찬성도 하지 않은 채 어정쩡한 대답단 되풀이했다.

02 '듣는 사람들 귀가 영 간지러울 때도 있지요'와 비슷한 의미로 쓰인 것은 무엇인가요?

① 나는 말하고 싶어 입이 간지러웠지만 꾹 참았다.
② 나는 등이 간지러워 긁고 싶었다.
③ 엄마의 손길이 겨드랑이에 갈 때마다 간지러워 돔을 이리저리 비틀었다.
④ 부드러운 바람에 살갗이 간지러웠다.

03 '오도카니'라는 낱말이 <u>잘못</u> 쓰인 것은 무엇인가요?

① 고양이가 방 안에 혼자 <u>오도카니</u> 앉아 있었다.
② 푸릇푸릇한 보리밭에 <u>오도카니</u> 서 있는 까마귀 한 마리가 눈에 띄었다.
③ 사자들이 동물원 마당에서 <u>오도카니</u> 뛰어 다녀요.
④ 마당에 할머니 혼자 <u>오도카니</u> 서 계세요.

| 사 실 적 이 해 문 제 |

04 달이가 다른 개들과 <u>다른</u> 점은 무엇인가요?

05 비나리 마을에 사는 달이네 집에 대하여 올바르게 설명하지 <u>않은</u> 것은 무엇인가요?

① 달이네 집은 경상도 북쪽에 있는 어느 깊고 깊은 산골에 있다.
② 달이네 집은 비나리 마을 한쪽 가장자리 개울가에 있다.
③ 달이네 집은 낙엽송 통나무로 지은 납작한 집이다
④ 달이네 집에는 세 식구가 살고 있다.

06 통나무 집 아저씨는 어떻게 생겼다고 했나요?

① 험상궂게 생겼다.　　　　② 보통 사람처럼 생겼다
③ 여자처럼 생겼다.　　　　④ 아이처럼 생겼다.

07 달이는 왜 다리를 다쳤나요?

① 자동차에 치였다.　　　　② 노루 잡는 갈고리 같은 덫에 치였다
③ 누가 돌멩이로 때렸다　　④ 뛰어 놀다 골짜기에서 미끄러졌다.

08 비쩍 마른 장승같은 아저씨를 사람들이 믿는 이유는 무엇인가요?

① 신부님이어서　　　　　② 마음씨가 착해서
③ 열심히 일해서　　　　④ 달이를 잘 돌봐줘서

09 달이는 다리가 세 개뿐인데도 옛날처럼 잘 걸어 다니고 잘 뛰어다녔어요. 하지만 사고 후 달라진 점은 무엇인가요?

① 혼자 있을 때, 하늘을 쳐다보고 가만히 뭔가 생각을 하는 것
② 밤에 아저씨만 보면 우는 것
③ 사람들을 무서워하는 것
④ 다른 동물과 싸우는 것

10 통나무집 아저씨는 찾아오는 사람들에게 달이 자랑을 합_다. 아저씨가 달이를 자랑할 때 비유한 사람이 <u>아닌</u> 것은 무엇인가요?

① 스님   ② 도사님   ③ 예수님   ④ 왕

11 과자를 왜 안주냐고 묻는 달이를 보고 신부님은 어떤 생각을 하게 되나요?

① 어떤 과자를 주어야 하는지
② 미사나 영성체 같은 걸 사람끼리만 해야 하는지
③ 다른 동물들도 과자를 좋아하는지
④ 다른 나라에서는 어떻게 주는지

12 아저씨 신부님이 농사꾼이 되고 나서 변한 것이라고 할 수 <u>없는</u> 것은 무엇인가요?

① 손바닥이 딱딱하게 굳은살이 박였다.
② 옷을 홀랑 벗고 개울물에 멱도 감는다.
③ 경운기도 끌고 호미로 김도 매고, 콩 타작도 했다
④ 일요일마다 도시로 여행을 떠나 얼굴도 새까맣게 그을었다.

13 달이 아빠(통나무집 아저씨)는 어릴 때 무슨 일을 겪었_요?

14 달이가 꾼 꿈은 어떤 것인가요?

등장인물이 처한 상황을 머릿속에 그려보고 마음을 헤아려보면서 문제를 풀어봐!

| 추론적 · 비판적 이해 문제 |

15 달이의 이름은 왜 달이일까요?

16 통나무집 아저씨가 농사꾼이 된 것도 달이하고 같은 생각 때문이라고 합니다. 달이와 통나무집 아저씨는 어떤 생각이 같을까요?

① 욕심내는 사람들을 불쌍하고 안타깝게 생각하는 점
② 산 속에서 살고 싶은 점
③ 강아지를 좋아하는 점
④ 널따란 풀밭을 좋아하는 점

17 달이가 다리를 잃은 장소는 어디일까요?

① 밭   ② 논   ③ 산   ④ 도로

18 아저씨는 농사꾼이 되어 행복했을까요?

다른 사람의 마음을 알면 어떤 점이
좋을 지 생각해보고 답을 써봐!

19 왜 아저씨는 달이를 절집 스님, 훌륭한 도사, 예수님 같다고 했을까요?

20 이 책에서 가장 인상 깊은 구절을 찾아 적어 보세요.

이런 독후활동 어때요 ?

애완동물 책갈피 만들기
- 내가 좋아하는 예쁜 애완동물의 사진이나 그림을 보고 붙여보고 싶은 이름과 하고 싶은 말을 간단히 써서 책갈피로 만들어 보세요.

스스로 독서 – 나의 독서 태도를 점검해 보세요

　　　　　　　　　　　　　　　1　　　2　　　3　　　4　　　5

1. 책을 꼼꼼하게 잘 읽었나요?
2. 이야기의 줄거리를 알 수 있나요?
3. 이야기의 주제를 이해했나요?
4. 책을 통해 깨달은 점이 있나요?
5. 더 알고 싶은 점을 써보세요.

13 아낌없이 주는 나무

쉘 실버스타인 저 | 시공주니어

관련교과 **4학년 1학기 도덕** 4. 함께 사는 세상 | **4학년 2학기 국어 읽기** 4. 이럴 때는 이렇게

난이도 ★

소년에게 시원한 그늘을 만들어 주고, 놀이 상대가 되어 주었던 나무.
하지만 어른으로 성장한 소년은 고마움을 잊은 채 그 나무를 잘라 팔아 버린다. 나무는 소년이 원하는 것은 무엇이든지 해주려고 한다. 우리의 부모님처럼. 나무는 자신의 모든 것을 아낌없이 소년에게 주지만 소년은 그런 나무의 마음을 모른다.
소년에게 바치는 나무의 무조건적인 사랑 이야기가 어른들의 가슴까지
뭉클하게 하는 실버스타인의 대표적인 동화이다.

| 어휘 문제 |

01 '나무그늘에서 단잠을 자기도 했지요.'에서 밑줄 친 낱말은 무슨 뜻인가요?

　① 단것을 먹은 후 자는 잠　　② 딱 한 번만 자는 잠
　③ 아주 곤히 자는 잠　　④ 자주 깨며 자는 잠

02 다음 밑줄 친 낱말이 <u>잘못</u> 된 것은 무엇인가요?

　① 나뭇가지에 <u>메달려</u> 그네도 뛰고 놀자
　② 내 가지들을 <u>베어다가</u> 집을 짓지 그래.
　③ 나를 먼 곳으로 <u>데려갈</u> 배 한척이 있었으면 좋겠어.
　④ 소년은 시키는 <u>대로</u> 했습니다.

03 다음 띄어쓰기가 <u>잘못</u> 된 것은 무엇인가요?

　① 그리고 사과도 <u>따먹곤</u> 했습니다.　② <u>떠나 간</u> 소년은 돌아오지 않았습니다.
　③ 내게 돈을 <u>좀 줄 수 없겠어?</u>　④ 오랜 세월이 <u>지난 뒤에</u> 소년이 돌아 왔습니다.

04 사물을 세는 단위를 <u>잘못</u> 표현한 것은 무엇인가요?

① 나무 한 그루는 나무가 하나 있다는 말입니다.
② 고등어 한 손은 고등어 2마리라고 했습니다.
③ 마늘 한 접은 마늘 50개를 이르는 말입니다.
④ 낙지 한 코나 북어 한 쾌의 숫자는 같습니다.

| 사 실 적 이 해 문 제 |

05 소년이 매일 나뭇잎을 주워 모았습니다. 모은 나뭇잎으로 무엇을 했나요?

① 집으로 가져가 친구들과 소꿉놀이했다.　② 책갈피에 넣어 말렸다.
③ 나무 밑둥에 덮어주었다.　　　　　　　④ 왕관을 만들어 왕자노릇을 했다

06 아낌없이 주는 나무는 어떤 나무인가요?

① 복숭아나무　　② 사과나무　　③ 자두나무　　④ 배나무

07 나무 옆에서 소년이 한 놀이가 <u>아닌</u> 것은 무엇인가요?

① 나무줄기 타고 올라가기　　　② 나무 그늘 아래서 단잠자기
③ 숨바꼭질　　　　　　　　　④ 나뭇가지에 줄을 매달아 그네뛰기

08 돈이 필요한 소년에게 나무는 무엇을 주었나요?

① 나무 열매를 팔라고 주었다.
② 나뭇잎을 약초로 쓰라고 했다
③ 나뭇가지를 회초리로 팔라고 있다
④ 줄기에서 뽑은 고로쇠 물을 팔라고 했다.

09 따뜻한 집이 필요한 소년에게 나무는 무엇을 주었나요?

① 나무의 줄기　　② 나무의 가지　　③ 나무의 새순　　④ 나무의 껍질

10 소년이 무엇을 구해 달라고 해서 나무는 줄기를 베어가라고 했나요?

① 앉아서 쉴 긴 의자　　　② 물건을 쌓아둘 창고
③ 집에 필요한 가구　　　　④ 먼 곳으로 가기 위한 배

11 나이 들고 늙은 소년은 무엇이 필요했나요?

① 배고픔을 해결하는 것　　② 잠 잘 수 있는 그늘

③ 앉아서 쉴 조용한 곳　　④ 이를 고칠 수 있는 치과

12 오랜 세월이 지난 뒤에 찾아온 소년이 예전처럼 놀자는 나무의 말에 소년의 대답이 <u>아닌</u> 것은 무엇인가요?

① 나무에 올라 놀기에는 다 커버렸어.

② 나무에 올라 갈 만큼 한가하지 않아.

③ 나무에 올라가 노는 것은 재미가 없어.

④ 나이가 들고 비참해서 놀 수가 없어.

13 나무는 소년에게 모든 것을 주고 어떤 감정을 느꼈나요?

① 어이없다.　　② 행복했다.

③ 화가 났다.　　④ 당황했다.

14 '아낌없이 주는 나무'를 쓴 지은이는 누구인가요?

① 셸 실버스타인　　② 생텍쥐베리

③ 존 버닝햄　　④ 윌리엄 재스퍼슨

※ **아래 문장을 읽고 맞으면 ○, 틀리면 ×로 답하세요.**

15 나무의 친구는 소년이다. (　　)

16 늙어버린 소년에게 나무는 아무것도 줄 것이 없어 미안해했다. (　　)

17 늙어버린 소년에게 필요한 것은 튼튼한 이 뿐이었다. (　　)

18 나무가 소년에게 마지막으로 준 것은 뿌리이다. (　　)

19 나무는 왜 소년에게 모든 것을 주었을까요?

내가 가장 아끼던 것을 가족이나 친구에게 주었던 마음을 생각해봐!

20 나무와 소년 중 누가 더 행복했을까요? 그 이유는 무엇인가요?

이런 독후활동 어때요?

나무의 입장에서 동화 다시 쓰기

• 나무는 소년이 달라고 하는 것은 다 내어줍니다.
  여러분이 나무의 입장이 되어 동화를 다시 써보세요.
• 소년에게 하고 싶은 말, 나무가 느끼는 감정 등을 자세히 써보세요.

스스로 독서 – 나의 독서 태도를 점검해 보세요

| 1 | 2 | 3 | 4 | 5 |

1. 책을 꼼꼼하게 잘 읽었나요?
2. 이야기의 줄거리를 알 수 있나요?
3. 이야기의 주제를 이해했나요?
4. 책을 통해 깨달은 점이 있나요?
5. 더 알고 싶은 점을 써보세요.

14 이중섭과 세발자전거 타는 아이

엄광용 | 산하

관련교과 **4학년 미술** 6. 상상 표현 9. 『미술관 탐방』 | **4학년 2학기 도덕** 3. 따스한 손길, 행복한 세상

난이도 ★★★

〈이중섭과 세발자전거 타는 아이〉는 순수하고 아름다운 그림뿐만 아니라 화가 이중섭의 삶을 이야기 형식으로 들려준다. 이중섭은 사랑하던 가족과 함께 살지 못할 정도로 극심한 가난에 시달렸던 화가였다. 일제 강점기 초기였던 1916년에 태어나 외국 유학을 가서 그림공부를 했지만 이중섭의 그림은 거의 팔리지 않았다.

동화에 등장하는 '세발자전거 타는 아이'나 '영숙이'는 상상 속의 인물이다. 이중섭이 그린 '세발자전거 타는 아이'는 동화 작가 장학수의 집에서 42년만에 다시 발견되고, 장학수는 이 그림을 팔아 심장병 어린이를 도우려고 한다. 과연 이 그림은 어떤 운명과 마주하게 될까? 책에서는 등장하는 그림들을 통해 이중섭에 대한 이해를 돕고 있다. 이중섭이 어떤 사람인지, 어떤 마음으로 그림을 그렸는지를 느끼고 감상하는 시간을 갖는다.

독서퀴즈

| 어휘 문제 |

01 낱말과 그 낱말의 뜻이 <u>잘못</u> 연결된 것은 무엇인가요?

① 관람 : 연극, 영화, 경기, 미술품 등을 구경함

② 무명화가 : 세상에 이름이 널리 알려져 있지 않은 화가

③ 소장가 : 원작 그림을 그대로 옮겨 그린 미술 작품

④ 화랑 : 그림 등 미술품을 전시하는 곳.

02 원작 그림을 그대로 옮겨 그린 가짜 그림을 무엇이라 부르나요?

① 모사품 　　　② 진품 　　　③ 화백 　　　④ 초상화

03 '카메라를 든 기자들은 회장님과 나를 함께 찍느라 <u>여념</u>이 없었습니다.' 밑줄 친 낱말의 뜻과 같은 것은 무엇인가요?

① 다른 카메라 　　② 다른 생각 　　③ 다른 회장님 　　④ 다른 자리

04 〈이중섭과 세발자전거〉동화에 등장하는 '나'는 누구를 말하나요?

① 이중섭

② 영술이

③ 〈세발자전거 타는 아이〉그림

④ 장학수 선생님

이중섭(1916~1956)은 생활고로 그림 그릴 종이가 없어 담뱃갑 은종이에 많이 그렸어.

05 장학수 선생님이 쓴 동화책 〈늘 푸른 하늘〉의 책갈피에서 우연히 발견된 그림은 무엇인가요?

① 황소

② 나무 위의 노란 새

③ 두 어린이와 사슴

④ 세발자전거 타는 아이

06 영술이가 태어난 지 일곱 해를 채우지 못하고 세상을 떠난 이유는 무엇인가요?

① 먹을 것이 없어서

② 심장병을 앓고 있어서

③ 불어난 강물에 빠져서

④ 전쟁 중에 폭격을 당해서

07 꿈에 나타난 영술이가 진정으로 바라는 마음은 무엇인가요?

① 땅에 사는 아픈 아이들을 도울 방법을 생각하는 것

② 장학수 선생님이 쓴 동화가 많이 팔리는 것

③ 이중섭의 그림이 널리 알려지는 것

④ 장학수 선생님이 이중섭의 이야기를 쓰는 것

08 장학수 선생님이 미술관 회장님에게 1억을 받고 그림을 판 이유는 무엇인가요?

① 심장병 어린이를 돕기 위해

② 가난한 어린이를 돕기 위해

③ 이중섭의 그림을 널리 알리기 위해

④ 선생님이 돈이 필요해서

09 그림을 훔친 도둑은 누구에게 그 그림을 팔았나요?

① 장학수 선생님

② 미술관 회장님

③ 화랑 주인

④ 장물아비

10 환경 미화원 아저씨의 딸인 정아가 앓고 있던 병은 무엇인가요?

① 백혈병 　　　 ② 심장병 　　　 ③ 폐렴 　　　 ④ 뇌막염

11 이중섭의 그림만이 가지고 있는 독특한 표현 방법은 무엇인가요?

① 금박지에 그린 그림 　　　 ② 은박지에 그린 그림
③ 나무에 그린 그림 　　　 ④ 벽에 그린 그림

12 이중섭이 제주도에 머무르는 동안 그가 주로 그린 그림에 등장하지 <u>않는</u> 것은 무엇인가요?

① 게 　　 ② 물고기 　　 ③ 바닷가에서 노는 아이들의 모습 　　 ④ 비행기

13 황소그림이 고향이 생각날 때마다 즐겨 부른 노래는 무엇인가요?

① 윤동주 – 또 다른 고향 　　　 ② 정지용 – 향수
③ 방정환 – 만년셔츠 　　　 ④ 이원수 – 고향의 봄

14 이중섭이 일본인 아내에게 지어 준 한국 이름은 무엇인가요?

① 이순희 　　　 ② 이남덕 　　　 ③ 이남순 　　　 ④ 이말자

15 이중섭의 생애에 대한 정보가 <u>아닌</u> 것은 무엇인가요?

① 1916년 평안남도 평원에서 태어났다.
② 스무 살이 되던 해에 일본으로 가 그림을 공부했다.
③ 소에 대한 그림을 많이 그렸다.
④ 일본에서 가족을 만나 행복하게 살았다.

16 폐결핵에 걸려 생명이 위험하게 된 친구를 위해 이중섭이 그려준 그림은 무엇인가요?

① 달과 까마귀 　　 ② 비둘기 　　 ③ 흰 소 　　 ④ 천도복숭아

17 금고에서 만난 세종대왕 할아버지는 돈이 무엇과 같다고 했나요?
① 음식 ② 우정 ③ 욕심 ④ 집

18 이중섭 선생님은 독창적인 기법으로 자기만의 그림 세계를 발전시켰는데, 프랑스의 어느 화가와 비교가 되었나요?
① 미켈란젤로 ② 고흐 ③ 루오 ④ 레오나르도 다빈치

| 추론적 · 비판적 이해 문제 |

19 이중섭이 태어났을 때 우리나라의 상황으로 알맞은 것을 찾아보세요.
① 일본의 식민지 ② 해방 ③ 6·25 전쟁 ④ 조선 시대

20 그림을 대하는 인물들의 생각이 <u>아닌</u> 것은 무엇일까요?
① 장학수 선생님 : 소중한 그림이지만 아픈 어린이들을 도울 수 있다면 팔 수 있다.
② 모사 화가 : 그림 속 아이의 순수한 눈빛을 보니 더 이상 가짜 그림을 그릴 수가 없다.
③ 화랑 주인 : 가짜 그림을 그려서라도 돈만 많이 벌면 된다. 그림이 어찌 되든 상관없다.
④ 미술관 회장님 : 그림을 상당히 비싸게 샀지만, 아픈 어린이들 돕는 거니까 더 잘 되었다.

21 〈세발자전거 타는 아이〉 그림을 창밖으로 던진 무명 화가의 마음은 무엇일까요?
① 경찰에 들킬까봐 ② 가짜 그림을 그린 자신이 부끄러워
③ 이중섭의 진짜 그림이 아니어서 ④ 이중섭의 그림이 싫어서

22 이중섭의 그림의 특징을 설명한 것 중에서 <u>잘못</u> 된 것은 무엇일까요?
① 소를 잘 그린다. ② 가족이나 아이들을 많이 그렸다.
③ 사진처럼 정밀하게 그린다. ④ 옷을 벗은 사람들을 많이 그렸다.

23 이중섭의 마음을 생각해보고, 그의 입장이 되어 가족들에게 엽서를 써 봅시다.

24 이중섭이 어떤 사람이라고 생각하는지 자신의 의견을 간단히 써보세요.

똑같은 책을 읽어도 누구와 어떤 생각을 나누었는가에 따라 사고하는 힘에 차이가 생긴단다.

이런 독후활동 어때요?

이중섭 그림으로 이야기 만들기
- 재미있거나 인상 깊은 부분을 네 장면으로 나누어 순서를 정해 이야기를 만들어 보세요.

스스로 독서 – 나의 독서 태도를 점검해 보세요

	1	2	3	4	5

1. 책을 꼼꼼하게 잘 읽었나요?
2. 이야기의 줄거리를 알 수 있나요?
3. 이야기의 주제를 이해했나요?
4. 책을 통해 깨달은 점이 있나요?
5. 더 알고 싶은 점을 써보세요.

15 그림 속 신기한 그림 세상

조이 리처드슨 | 다림

관련교과 **4학년 미술** 3. 작품 감상 | **5학년 1학기 국어 읽기** 7. 상상의 날개

난이도 ★ ★ ★

이 책은 미술 작품과 화가 소개를 비롯하여 그림에 담겨 있는 이야기나 상징, 그림의 다양한 요소 등을 자세하게 설명한다. 그 밖에 그림을 보며 궁금해 할 것들이 무엇인지 신기한 그림 속으로 우리를 안내한다. 미술관이 어떻게 생기게 되었으며, 시대에 따라 그림의 쓰임새가 어떻게 달라졌는지 그림의 복원은 어떻게 이루어지는지 등의 궁금증을 쉽게 풀어내 미술 분야의 다양한 지식을 제공한다. 그림에 호기심을 가지고 있다면 마음에 드는 그림의 제목과 작가를 찾아 읽도록 한다. 이제 어느 미술관에서건 명화를 만나면 더 큰 감동을 받을 수 있는 준비를 하자.

독서퀴즈

| 어휘 문제 |

01 사물의 형태가 보는 사람의 눈으로부터 거리가 멀어질수록 점점 크기가 작아지게 그리는 기법은 무엇인가요?

① 선   ② 밑칠   ③ 구성   ④ 원근법

02 금방 굳어서 짧고 가느다란 붓으로 조금씩 재빨리 붓질하여 그려야 하는 것으로 달걀로 안료를 녹여 그리는 그림을 무엇이라고 하나요?

① 템페라   ② 소묘   ③ 유화   ④ 캔버스

| 사실적 이해 문제 |

03 파올로 우첼로는 이탈리아의 피렌체에서 활동했던 화가예요. '우첼로' 그림의 특징이 <u>아닌</u> 것은 무엇인가요?

① 형태와 색채를 가지고 재미있는 무늬를 만들기 좋아했다.
② 우첼로 그림에서는 오른쪽과 왼쪽이 대비가 된다.
③ 못된 악룡은 우중충한 색깔을 칠했다.
④ 우첼로 그림에서는 위와 아래가 대비가 된다.

04 아래 〈보기〉의 이야기가 그려져 있는 그림의 제목은 무엇인가요?

> **보기**
> "페르세우스를 질투한 피네아스가 한 무리를 이끌고 결혼식장에 쳐들어 왔다. 그러자 페르세우스는 메두사의 머리를 부대자루에서 꺼내서 돌로 만들어 버렸다."

① 페네아스와 추종자들을 돌로 변하게 하는 페르세우스 – 루카 조르다노
② 제인 그레이의 처형 – 폴 들라로쉬
③ 올리브 산의 기도 – 안드레아 만테냐
④ 성 게오르기우스와 악룡 – 파올로 우첼로

05 네덜란드의 화가인 얀 반 에이크가 그린 '아르놀피니 부부의 초상'에 숨겨진 상징과 그 의미가 일치하지 <u>않는</u> 것은 무엇인가요?
① 오렌지 – 신랑신부가 오래 살길 기원하는 뜻이다
② 촛불 – 결혼을 축복한다는 뜻이다.
③ 강아지 – 신랑신부의 정절과 충성을 뜻한다.
④ 신발을 벗음 – 신성한 의식이 진행된다는 뜻이다.

06 '아르놀피니 부부의 초상'에 그려져 있는 거울 위의 글자의 <u>내용</u>은 무엇인가요?

07 16세기에는 공방에서 그림을 그릴 준비를 할 때 사용할 소묘를 아주 크게 그렸어요. 이런 준비 소묘를 가리켰던 말은 무엇인가요?
① 카툰   ② 밑칠   ③ 판화   ④ 니스 칠

08 원래 빨강을 얻으려고 실험을 하다가 우연찮게 이 색을 발견했다고 합니다. 이 색은 무엇인가요?

이 색깔은 수백 년 동안 화가들의 골칫거리가 되었던 색이었다고 해. 트누아르는 자신의 그림에서 이 색을 활용하여 칠했지.

09 공방이나 아틀리에에서 벗어나 야외에서 그림을 그릴 수 있게 된 발명품은 무엇인가요?

10 갈색, 빨강, 노랑을 값싸게 만들어 쓸 수 있는 안료는 무엇인가요?

11 네덜란드 화가 렘브란트는 성서에 나오는 이야기를 그림의 소재로 그렸어요. 〈보기〉에 나오는 그림의 제목은 무엇인가요?

> **보기**
>
> "바빌로니아의 왕 벨사살은 어느 날 세상에서 가장 방탕한 잔치를 연다. 그리고 성전에서 약탈한 황금 식기와 술잔을 꺼내 포도주를 따라 마신다. 그때 궁정 연회장의 벽에 하느님이 진노하셨다는 글씨가 나타났다. 벨사살은 그 날 밤을 넘기지 못하고 부하들에게 목숨을 빼앗기고 만다."

① 벨사살 왕의 연회   ② 동방박사의 경배
③ 콘서트   ④ 새를 이용한 공기 펌프 실험

12 '미들하니스의 가로수 길'을 보면 그림을 보는 사람이 가로수 길 한복판에 서서 그림 속으로 걸어 들어가고 있는 기분이 들게 합니다. 이처럼 회화나 설계도에서 물체의 연장선을 연결하여 선과 선이 만나는 점을 무엇이라고 하나요?

① 소실점   ② 공간점   ③ 시선점   ④ 상징점

13 모네는 빛에 의한 자연의 변화를 표현하는 데 심혈을 기울인 화가입니다. 빛을 그리고자 한 화가들을 어떻게 부르나요?

① 인상파   ② 미래파   ③ 초현실주의   ④ 사실주의

14 "나는 눈앞에 보이는 색채를 있는 그대로 그리지 않는다. 나는 색채를 내 느낌을 분명하게 표현하는 수단으로 삼았다" 누가 한 말인가요?

① 모네   ② 반 고흐   ③ 피카소   ④ 티치아노

15 15세기 르네상스 미술을 대표하는 천재적 미술가이자 과학자이기도 한 그는 '화가가 하나의 세상을 창조 한다'고 생각했어요. 누구인가요?

① 레오나르도 다 빈치   ② 렘브란트
③ 빈센트 반 고흐   ④ 존 콘스터블

16 작곡을 할 때 음표가 필요한 것처럼, 화가가 그림 속에 여러 가지 소재를 배치하는 방법을 무엇이라고 하나요?

① 선   ② 형태   ③ 색채   ④ 구성

17 미술 작품을 감상하는 방법 중 적절하지 <u>않은</u> 것은 무엇일까요?

① 작품 전체에서 느껴지는 것들을 감상한다.

② 다른 작품과 서로 비교해 가며 감상한다.

③ 색채나 그림의 의미 등으로 나누어 작품을 감상한다.

④ 작품을 직접 분해해 상품가치를 따져본다.

사람마다 같은 그림을 바라보고 있더라도 그 사람의 배경지식, 사상, 취미, 흥미도, 상상력 등에 따라 달래!

18 회화의 기본 요소로 알맞은 것은 무엇인가요?

① 점, 선, 면, 형, 색채　　② 점, 선, 면, 형, 의자

③ 캔버스, 선, 면, 형, 색채　　④ 점, 선, 나무, 형, 색채

19 이것은 그림에서 공간이 정돈되어 보이게 하거나, 멀고 가까움을 느끼는 효과를 주는 기법입니다. 카를로 크리벨리의 〈성 에미디우스가 있는 예수 탄생의 예고〉 마인데르트 호베마의 〈미들하니스의 가로수 길〉 등에 이 기법이 잘 드러나 있어요. 르네상스 시대부터 그림 그리는 데 자주 쓰이던 이 기법은 무엇일까요?

20 네덜란드 화가 헨드리크 아버캄프의 그림 〈성 근처에서 스케이트를 지치는 겨울 풍경〉에는 스케이트를 타려고 나온 사람들의 모습이 잘 드러나 있어요. 스케이트를 타는 곳이 어디인지 알 수 있는 증거를 찾아보세요.

21 이 화가는 한 장소를 여러 차례 되풀이해서 그림을 그렸어요. 시간에 따라 달라지는 정원의 모습을 그리는 일을 즐겼지요. 하루에도 수없이 표정을 바꾸는 풍경들에 마음을 빼앗겨서 그것들을 화폭에 옮기려 애썼답니다. 〈수련 연못〉 등의 그림을 그린 이 화가는 누구인가요?

22 작품은 시간이 흐르면서 훼손되거나 손상됩니다. 복원어 대한 필요성과 문제점에 대해 생각해보세요.

23 콘스터블은 "그림을 그리려면 느낌부터 가져라"라고 말했어요. 내가 보는 것, 아는 것, 느낀 것을 그림으로 표현해 보세요.

이런 독후활동 어때요?

큐레이터 되어 보기
• 그림 한 점을 선택해 그림을 감상하는 방법과 그림의 특징, 작가에 대해 설명해 보세요.

스스로 독서 – 나의 독서 태도를 점검해 보세요

                                    1   2   3   4   5

1. 책을 꼼꼼하게 잘 읽었나요?
2. 이야기의 줄거리를 알 수 있나요?
3. 이야기의 주제를 이해했나요?
4. 책을 통해 깨달은 점이 있나요?
5. 더 알고 싶은 점을 써보세요.

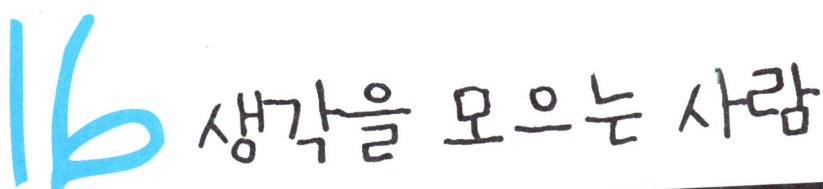

16 생각을 모으는 사람

모니카 페트 | 풀빛

관련교과 **3학년 2학기 도덕** 2. 감사하는 생활 | **4학년 1학기 국어 읽기** 3. 이 생각 저 생각

난이도 ★

우리의 '생각'은 어디서 오는 것일까? 모두 다 알고 있지만 어떻게 생겼는지, 어떻게 만들어지는 것인지 알 수 없다. 여기 부루퉁 씨라는 괴상한 이름을 가진 아저씨가 있다. 아저씨는 생각을 모으는 사람이다. 아침 여섯 시 반이면 아저씨는 어김없이 가죽 끈이 반질반질 해진 아주 낡은 배낭을 메고 길을 나선다. 거리를 돌아다니며 예쁜 생각, 미운 생각, 즐거운 생각, 조용한 생각, 슬기로운 생각, 어리석은 생각 …… 이렇게 매일 매일 다양한 생각들을 모아, 정리하고, 다시 정성껏 화단에 심는다. 그러면 다음 날 꽃이 되어 하늘로 부서져 아직 잠든 모든 사람들의 머릿속으로 들어가 또 다른 생각을 만들어 내는 것이다.

"…… 만약 생각을 모으는 사람이 없다면, 생각들은 줄곧 되풀이되다가 언젠가 완전히 사라질지도 모릅니다." 내 생각과 타인의 생각이 얼마나 소중하고 고마운 일인가를 전하고 있는 책이다.

 **독서퀴즈**

| 어휘 문제 |

글을 읽을 때 비슷한 말을 찾으면서 읽으면 글을 더 잘 이해할 수 있어!

01 '데퉁맞다'의 뜻과 거리가 <u>먼</u> 것은 무엇인가요?

① 거칠다   ② 퉁명스럽다   ③ 뻣뻣하다.   ④ 부드럽다

02 '내색'이란 무슨 뜻인가요?

① 어떤 느낌을 얼굴에 드러냄   ② 내 안에 드는 생각
③ 내가 만들어낸 색깔   ④ 내가 좋아하는 얼굴

| 사실적 이해 문제 |

03 〈내〉가 사는 동네에 부루퉁 아저씨가 나타나는 시간은 몇 시 인가요?

① 여섯 시 반 정각   ② 일곱 시 반 정각
③ 다섯 시 반 정각   ④ 아홉 시 반 정각

04 부루퉁 아저씨의 차림이 <u>아닌</u> 것은 무엇인가요?

① 베레모를 이마 깊숙이 눌러 쓰고 있다.　② 불룩한 배낭을 메고 있다.

③ 날마다 멋진 외투를 입고 다닌다.　　④ 외투가 낡아 무릎 주변이 닳았다.

05 부루퉁 아저씨가 중요하게 모으는 것은 무엇인가요?

06 아저씨가 생각들을 배낭 속에 들어오게 하는 방법은 무엇인가요?

① 생각의 소리가 들리면 휘파람을 분다.

② 생각의 소리가 들리면 피리를 분다.

③ 생각의 소리가 들리면 달려간다.

④ 생각의 소리가 들리면 노래를 부른다.

07 아저씨가 집에 돌아와서 서로 엉켜 있는 생각을 풀어서 선반에 정리할 때 아저씨한 테서 도망치려고 하는 생각이 <u>아닌</u> 것은 무엇인가요?

① 건방진 생각　　　　　　　② 제멋대로 구는 생각

③ 아름다운 생각　　　　　　④ 못된 생각

08 모아 온 생각들을 아저씨는 어떻게 하는지 순서를 연결해 보세요.

가. 큰 보자기 위에다 생각들을 붓는다.

나. 서로 엉켜 있는 생각들을 풀어 놓는다.

다. 생각들을 정리해 선반에 갖다 놓는다.

라. 생각들을 흙 속에 심는다.

09 흙 속에 심은 생각들은 무엇으로 변하나요?

① 꽃　　　　　② 물　　　　③ 구름　　　　④ 공기

10 생각들의 특징은 무엇인가요?

① 수줍음이 많다.　　　　　② 시끄럽다.

③ 나서길 좋아한다.　　　　④ 적극적이다.

11 생각들이 잘 읽은 과일처럼 무르익는데 드는 시간은 얼마나 걸리나요?

① 한 시간　　　② 두 시간　　③ 세 시간　　④ 네 시간

12 아저씨는 정원에 심은 생각들이 어떻게 된다고 믿고 있나요?

① 사람들의 이마에 내려앉아 새로운 생각으로 자라난다고
② 집집마다 흩어져 아름다운 꽃들로 피어난다고
③ 아저씨에게 새로운 일자리를 찾아준다고
④ 아저씨를 외롭지 않게 한다고

13 아저씨는 정리한 생각들이 잘 익은 과일처럼 즙이 많아지게 하려고 어떻게 하나요?

① 생각들에게 물을 뿌려 준다.
② 생각들이 기운을 차릴 수 있도록 영양제를 준다.
③ 생각들이 잠시 쉴 수 있게 선반에 그대로 놓아둔다.
④ 생각들을 밖으로 옮겨 바람을 쐬게 한다.

14 노인들이 곧잘 자기 주위에 조심스럽게 쌓아 놓는 것은 무엇인가요?

① 가구　　　　　② 책　　　　　③ 시간　　　　　④ 그림이나 도자기

15 아저씨에게 일어나는 생각의 멋진 광경을 〈나〉는 왜 볼 수 없었나요?

① 생각들은 아저씨만 좋아해서　　　　　② 나쁜 마음이 많아서
③ 낯선 사람이 있으면 꼭꼭 숨어버려서　　　　　④ 잠이 많아서

16 아저씨는 무르익은 생각들을 어떻게 하나요?

| 추론적 · 비판적 이해 문제 |

17 〈보기〉에서 밑줄 친 뜻은 무엇일까요?

> **보기**
>
> 밤 늦은 시간에 아저씨가 내 방을 떠날 때면, 때때로 아주 조금이지만 생각 꽃의 향기를 맡은 것만 같아. <u>그러면 나는 스르르 긴장이 풀리며 생각이 텅 빈 채 잠이 든단다.</u>

① 〈나〉는 생각을 하기 싫어하므로　　② 새로운 생각을 받아들일 수 있으므로
③ 생각이 없어야 잠이 오므로　　④ 아저씨가 생각을 가져가서

18 부루퉁 아저씨는 어떤 사람일까요?

    ① 괴팍하고 엉뚱한 사람   ② 혼자 있어서 날카로운 사람

    ③ 자상하고 신중하여 마음이 깊고 넓은 사람   ④ 무섭고 괴상한 사람

19 무게가 250그램보다 더 나가는 생각들이 많다는 건 어떤 뜻일까요?

20 아저씨는 왜 생각을 모으러 매일 배낭을 메고 떠나나요?

    ① 아저씨만이 할 수 있는 일이기 때문에   ② 생각이 사라질까봐

    ③ 유명해지고 싶어서   ④ 할 일이 없어서

21 '생각을 모으는 사람'이 이야기하고 있는 것은 무엇일까요?

'생각을 모으는 사람'은 왜 생각을 모을까? 생각을 모아서 어떻게 할까?

이런 독후활동 어때요?

생각을 모으는 아저씨와 보내는 하루 계획 세우기 : 생각을 모으는 아저씨와 함께 가고 싶은 곳과 그곳에서 하고 싶은 일을 떠올려 보세요.

스스로 독서 – 나의 독서 태도를 점검해 보세요

                           1   2   3   4   5

1. 책을 꼼꼼하게 잘 읽었나요?

2. 이야기의 줄거리를 알 수 있나요?

3. 이야기의 주제를 이해했나요?

4. 책을 통해 깨달은 점이 있나요?

5. 더 알고 싶은 점을 써보세요.

17 애니의 노래

미스카 마일즈 | 새터

관련교과 **3학년 2학기** **도덕** 3. 생명을 존중해요 | **4학년 1학기** **과학** 4. 모습을 바꾸는 물

난이도 ★

'사람은 어디에서 와서 어디로 가는가.' 이 책은 인디언 소녀 애니가 생명과 죽음에 대해 이해해 가는 과정을 그린다. 애니는 할머니의 죽음을 막기 위해 자신이 할 수 있는 모든 것을 다 해본다. 그런 애니에게 할머니는 생명의 탄생에서 죽음에 이르기까지의 신비한 현상들을 설명한다. 마침내 애니는 그 생명의 신비함에 감동을 받고 할머니의 이야기를 이해하게 된다.

독서퀴즈

| 어휘 문제 |

01 씨실과 날실에 대한 설명으로 맞는 것은?

① 씨실은 천을 짤 때 세로방향으로 놓인 실을 말한다.
② 날실은 천을 짤 때 가로방향으로 놓인 실을 말한다.
③ 씨실과 날실을 반복해서 짜면 천이 된다.
④ 씨실만으로도 다양한 천을 만들 수 있다.

02 다음 단어 중 말의 느낌이 <u>다른</u> 것은 무엇인가요?

① 쿵쿵   ② 철렁철렁
③ 둥둥   ④ 살금살금

소리흉내말과 모양
흉내말의 차이를
생각해봐!

| 사실적 이해 문제 |

03 애니가 사는 인디언 마을의 이름은 무엇인가요?

① 바이칼 호   ② 나바호   ③ 휴런 호   ④ 미시간 호

04 북미 인디언의 집으로 진흙이나 때 등으로 덮은 집의 종류는 무엇인가요?

① 게르   ② 이글루   ③ 유르트   ④ 호간

05 아침이 되면 애니가 스스로 하는 일이 아닌 것은 무엇인가요?

① 울타리 문을 활짝 열어 양들이 풀을 뜯어 먹으러 가게 한다.
② 양들이 다른 곳으로 가지 않게 지키는 일을 한다.
③ 옥수수 밭으로 물동을 나른다.
④ 버스정류장으로 걸어가 노란 스쿨버스를 기다린다.

06 할머니와 애니가 시간을 같이 보내면서 했던 일이 아닌 것은 무엇인가요?

① 할머니는 옛날이야기를 자주 들려주셨다.
② 애니는 할머니와 함께 있으면 친구처럼 느껴졌다.
③ 힘없이 가만히 않아 있을 때면 어깨를 주물러드렸다.
④ 사소한 일에도 자주 웃고 즐거워하였다.

07 할머니가 애니에게 "베틀 짜는 법을 배워야 할 때가 됐다."고 하면 대답 대신 애니가 한 행동은 무엇인가요?

① 두 손을 크게 펴서 할머니를 꼭 안았다.
② 할머니를 향해 찡긋 웃어 보이며 나갔다.
③ 따뜻한 담요로 할머니의 가느다란 무릎을 덮어주었다.
④ 할머니 얼굴에 패인 주름을 살며시 만졌다.

08 애니의 아버지가 은과 불을 가지고 만든 것은 무엇인가요?

① 귀걸이   ② 목걸이   ③ 팔찌   ④ 발찌

09 가뭄과 홍수로 어려움을 겪었던 할머니의 이야기가 떠오른 때는 언제인가요?

① 호박과 옥수수가 익어가는 것을 보고
② 양들이 토실토실 살이 오른 것을 보고
③ 천을 짜고 있는 엄마의 손놀림을 보고
④ 할머니의 깊은 주름이 많아진 것을 보고

10 나바호 인디언들을 지키는 '하나님의 개'라는 전설이 있는 동물은 무엇인가요?

① 코요테   ② 하이에나   ③ 살쾡이   ④ 늑대

11 저녁식사가 끝나고 할머니가 가족들을 모아 하신 말씀은 무엇인가요?

① 양탄자를 시장에 팔아 그 돈으로 멀리 여행을 갈 것이다.
② 지금 짜고 있는 양탄자가 다될 즈음 나는 땅의 어머니에게로 갈 것이다.
③ 양탄자를 다 짜면 고마운 분들에게 선물을 할 것이다.
④ 양탄자가 다 되면 모두에게 갖고 싶어 하는 물건을 줄 것이다.

12 할머니가 애니에게 주신 물건은 무엇인가요?

① 은 허리띠   ② 파란보석   ③ 양탄자   ④ 베틀 짜는 막대기

13 '할머니는 양탄자를 다 짜게 되면 땅의 어머니에게로 가게 된다.'는 것에 대해 엄마의 대답이 <u>아닌</u> 것은 무엇인가요?

① "할머니처럼 나이 많이 드신 분들은 다 알고 있다."
② "사막에서 살다보면 자연의 시간을 잘 알게 된다."
③ "땅과 코요테 나무와 하늘의 새들과 함께 사시는 분이기 때문이다."
④ "평생 학교에서 배우는 것보다 더 많은 것을 알고 있다."

14 사막 이곳저곳에 있는 높지 않은 바위로 된 산의 이름은 무엇인가요?

① 메카   ② 메두사   ③ 메사   ④ 메타

15 엄마가 양탄자를 짜지 못하도록 하기 위해서 애니가 한 일이 <u>아닌</u> 것은 무엇인가요?

① 체육시간에 선생님의 신발을 숨겼다.   ② 할머니께 가서 부탁을 드렸다.
③ 대장 양을 문 밖으로 풀어주었다.   ④ 양탄자의 실을 풀어버렸다.

16 시간을 되돌릴 수 없다고 한 말과 관련이 <u>없는</u> 것은 무엇인가요?

① 시작과 끝은 똑 같다.   ② 해는 뜨고 진다.
③ 선인장은 영원히 활짝 필 수 없다.   ④ 꽃잎은 말라서 땅에 떨어진다.

※ 아래 문장을 읽고 맞으면 ○, 틀리면 ×로 답하세요.

17 나바호는 간간이 잔물결을 일으키는 얕은 호수다. (   )

18 할머니는 애니에게 밥 짓는 법을 배워야 할 때라고 말하셨다. (   )

19 엄마는 할머니께 부드럽고 포근한 양탄자를 선물로 받았다. (   )

20 애니는 학교가 세워지지 않았을 땐 할머니와 양들을 돌보고 대장양의 목 방울의 맑은 소리를 들었다. (   )

21 체육시간에 선생님의 신발을 숨긴 것은 선생님이 애니의 마음을 몰라주어서이다. (   )

| 추론적 · 비판적 이해 문제 |

22 "땅의 어머니에게로 돌아갈 것이다."라고 한 말의 의미는 무엇일까요?

23 베틀 짜는 것을 배우지 않겠다고 했던 애니가 생각이 달라진 이유는 무엇일까요?

이런 독후활동 어때요?

애니가 되어 할머니께 엽서 보내기
- 할머니께 드리고 싶은 선물을 그림으로 그리고 할머니에게 하고 싶은 말을 써보세요.
- 할머니께 드리고 싶은 선물과 그 이유도 엽서의 내용에 써 보세요.

스스로 독서 – 나의 독서 태도를 점검해 보세요

                                    1   2   3   4   5

1. 책을 꼼꼼하게 잘 읽었나요?
2. 이야기의 줄거리를 알 수 있나요?
3. 이야기의 주제를 이해했나요?
4. 책을 통해 깨달은 점이 있나요?
5. 더 알고 싶은 점을 써보세요.

18 종이밥

김중미 | 낮은산

관련교과 **3학년 1학기 국어 읽기** 4. 마음을 전해요 | **4학년 1학기 도덕** 4. 함께 사는 세상

난이도 ★★

송이네 동네는 산등성이까지 아파트촌이 들어서서 이제는 산꼭대기에 섬처럼 남아 있는 판자촌이다. 송이는 그곳에서 오빠 철이, 할아버지, 할머니와 살고 있다. 할아버지와 할머니가 일 나가고, 오빠 철이마저 학교에 가고 나면 송이는 밖에서 문이 채워진 채 하루 종일 방에서 혼자 보내야만 한다. 혼자 있으면서 심심하고 배고플 때 송이는 종이를 먹는다.

이제 초등학교 입학을 앞둔 송이는 학교 갈 날을 손꼽아 기다리지만, 정작 송이가 가야 할 곳은 학교가 아니라 절이다. 어린 철이는 동생을 떠나보내고 싶지 않지만 철이가 할 수 있는 일은 아무것도 없다. 가슴 아픈 현실 속에서도 서로를 보듬어내려는 안타까운 마음이 묻어난다.

| 어휘 문제 |

01 다음 문장에서 밑줄 친 부분의 맞춤법이 <u>잘못</u> 된 것은 무엇인가요?

① 송이는 <u>금새</u> 마음을 바꿨다.

② 송이는 <u>시큰둥하게</u> 대답했다.

③ 다솜이는 엉덩방아를 <u>찧었다.</u>

④ 철이는 <u>퉁명스럽게</u> 물었다.

02 다음 밑줄 친 낱말 중에서 형태가 <u>다른</u> 것은 무엇인가요?

① 한 아이가 껌을 <u>질겅질겅</u> 씹으며 걸어갔다.

② 철이는 저녁때가 다 되어서야 <u>터덜터덜</u> 집으로 들어왔다.

③ 학교 운동장엔 <u>군데군데</u> 얼음이 얼어 있다.

④ 아기가 엄마에게 <u>뒤뚱뒤뚱</u> 걸어갔다.

모습을 흉내 내는 말(의태어), 소리를 흉내 내는 말(의성어)을 넣어 짧은 글짓기를 해 보는 것은 어떨까?

03 '메다'의 쓰임이 올바르지 <u>않은</u> 것은 무엇인가요?

① 어깨에 배낭을 메고 소풍을 갑니다.

② 사냥꾼이 총을 메고 걸어갑니다.

③ 우리는 나라의 장래를 메고 나갈 어린이랍니다.

④ 풀어진 매듭을 단단하게 메고 있어요.

| 사 실 적 이 해 문 제 |

04 철이는 동생 송이 이야기를 동시로 써 주지만, 송이는 오빠가 써 준 동시가 마음에 들지 않습니다. 그래도 지우라는 말을 하지 않는 송이의 속마음은 무엇인가요?

① 오빠 동시에는 항상 송이만 등장하기 때문에

② 오빠가 심하게 화를 내기 때문에

③ 다시 동시를 쓴다면 송이 혼자 놀아야 되기 때문에

④ 지우는 것을 송이가 해야 하기 때문에

05 철이는 학교에서 나눠 준 농산물 상품권을 할머니께 다 드리지 않은 것을 후회합니다. 그 이유로 가장 알맞은 것은 무엇인가요?

① 동생 송이에게 주려고 했기 때문에

② 할머니 몰래 모으고 있었기 때문에

③ 친구들과 게임으로 다 써 미안함 때문에

④ 쌀통의 쌀이 다 떨어져 가는 것을 보고 죄책감 때문에

06 송이는 할아버지가 아프더라도 장사를 해서 빨간색 푸 가방을 사줬으면 좋겠지만 할머니한테는 책가방을 사 달라고 조르지 못합니다. 그 이유는 무엇인가요?

① 할머니한테 혼나는 것이 무서웠기 때문에

② 오빠가 할머니한테 조르는 것을 알면 잔소리하기 때문에

③ 할아버지가 송이를 귀여워하는 것을 알고 있기 때문에

④ 할아버지 때문에 돈을 많이 썼다는 것을 알고 있기 때문에

07 송이가 학교 갈 날을 물어보면 철이의 마음이 아픈 이유는 무엇인가요?

① 학교가 아니라 절에 가야 하기 때문에

② 내년에 학교에 가야 하기 때문에

③ 할머니가 아프기 때문에

④ 동생 송이가 너무 어리기 때문에

08 송이가 바깥에서 혼자 노는 이유로 적당하지 <u>않은</u> 것은 무엇인가요?

① 할아버지의 기침소리가 듣기 싫다.

② 친구들이 다른 곳으로 다 이사 가고 없다.

③ 친구들이 판자촌에 산다고 놀린다.

④ 바깥에서 혼자 노는 것을 좋아한다.

09 다솜이와 싸운 송이는 아직은 다솜이에게 사과할 생각이 없습니다. 송이는 언제 화해하려고 생각하고 있나요?

① 입학식날 입을 새 옷과 책가방이 생긴 후에

② 다솜이와 아파트 놀이터에서 만났을 때

③ 다솜이에게 미안한 마음이 들 때

④ 다솜이가 전화해서 화해를 신청할 때

10 철이가 친구들과 게임방에 가는 걸 포기한 이유는 무엇인가요?

① 할아버지가 장사를 나간 것이 걱정이 되어서

② 게임할 돈이 부족해서

③ 송이가 귀찮게 따라오겠다고 해서

④ 할머니께 송이가 일러바친다고 해서

11 동네 시장에서 장사하시는 할아버지의 모습을 보고 철이는 <u>목이 꽉 막히는 것 같았습니다.</u> 밑줄 친 말의 의미가 <u>아닌</u> 것은 무엇인가요?

① 할아버지의 주름살과 검버섯을 보고

② 장사하시는 할아버지가 창피해서

③ 할아버지가 파는 물건이 몹시 초라해 보여서

④ 할아버지의 모습이 청승맞아 보여서

12 할머니가 송이를 절에 보내는 이유는 무엇인가요?

 ① 송이가 고생을 많이 할까봐

 ② 할아버지 병이 심해져서

 ③ 송이가 자꾸 귀찮게 해서

 ④ 할머니의 관절염이 심해져서

등장인물이 처한 상황을 머릿속에 그려보고 마음을 헤아려보면서 문제를 풀어봐!

13 철이는 송이를 절에 보내려는 할머니를 미워했어요. 할머니의 어떤 모습을 보고 생각을 바꾸었나요?

 ① 할머니의 검버섯을 보고

 ② 할머니의 몰래 우는 모습을 보고

 ③ 할머니가 병이 나서

 ④ 할머니 연세가 많아서

14 가족사진을 찍기 싫어하는 철이의 마음은 무엇인가요?

 ① 가족사진을 찍고 엄마 아빠가 사고를 당했던 기억 때문에

 ② 할머니 할아버지가 너무 늙고 초라해서

 ③ 할아버지 할머니의 꾀죄죄한 모습을 사진에 담고 싶지 않아서

 ④ 사진을 찍고 나면 송이와 영영 이별할 것만 같아서

15 절로 떠난 송이 생각을 머릿속에서 없애기 위해 생각한 철이의 방법은 무엇인가요?

 ① 모은 농산물 상품권을 세어 본다.

 ② 가방을 메어 본다.

 ③ 종이를 씹는다.

 ④ 할아버지의 병간호에 신경을 쓴다.

16 절에서 돌아온 송이가 계속 재잘거려도 듣기 싫지 <u>않은</u> 철이의 마음은 무엇인가요?

 ① 송이가 철이에게 듣기 좋은 말만 했기 때문에

 ② 다시는 못 볼 줄 알았던 송이가 돌아왔기 때문에

 ③ 그동안 송이가 철이 많이 들었기 때문에

 ④ 송이 목소리가 예뻐졌기 때문에

인물의 마음이 어떻게 바뀌는지 생각해 봐!

17 철이 눈에는 아무 말 없이 눈물만 흘리고 있는 할머니가 어떻게 보였나요?

① 부처님처럼 보였다.　　　　② 예수님처럼 보였다.

③ 목사님처럼 보였다.　　　　④ 선생님처럼 보였다.

| 추론적 · 비판적 이해 문제 |

18 철이가 아무 맛도 나지 않는 종이를 하루 종일 씹은 까닭은 무엇일까요?

① 밥풀 냄새가 나는지 궁금해서

② 껌이 씹고 싶어서

③ 송이가 그리워서

④ 할아버지 아픈 것이 속상해서

19 철이는 할아버지와 송이가 철부지라는 생각이 들었습니다. 왜 그렇게 생각했나요?

20 송이의 꿈 이야기를 듣고 철이가 마음속으로 다짐한 것은 무엇일까요?

21 '이런저런 생각을 하느라 철이는 자장면 한 그릇도 다 못 먹고 남기고 말았다.'에서 밑줄 친 생각의 의미는 무엇일까요?

① 송이도 철이, 할아버지, 할머니가 없어도 살 수 있을까?

② 정말 송이가 자장면 한 그릇을 다 먹을 수 있을까?

③ 송이가 절에서 어떻게 생활했을까?

④ 송이가 아기였을 때 처음 식구들끼리 자장면을 먹었는데

22 송이에게 종이밥은 어떤 의미가 있나요?

이 글의 내용은 무엇이고, 작가는 무엇을 말하고 있는지 생각해 봐!

23 다음 글을 읽고, 힘든 친구의 마음을 이해하면서 따뜻한 마음을 전해 보는 댓글을 달아 보세요.

> "내 동생, 절에 보낼 거예요. 거기서 학교도 다니고 어른이 될 때까지 살 거예요. 이제 나는 오락실에도 날마다 갈 수 있어요. 이제 자유예요. 자유! 나는 하나도 슬프지 않아요. 정말이에요."

이런 독후활동 어때요?

송이와 철이에게 일어난 일 중 하나를 골라 신문기사 형식으로 써 보세요.
- 기사의 제목을 떠올려 보세요.
- 기사의 내용은 육하원칙(누가, 언제, 어디서, 무엇을, 어떻게, 왜)에 맞춰 정리해 보세요.

스스로 독서 – 나의 독서 태도를 점검해 보세요

<table>
<tr><td></td><td>1</td><td>2</td><td>3</td><td>4</td><td>5</td></tr>
</table>

1. 책을 꼼꼼하게 잘 읽었나요?
2. 이야기의 줄거리를 알 수 있나요?
3. 이야기의 주제를 이해했나요?
4. 책을 통해 깨달은 점이 있나요?
5. 더 알고 싶은 점을 써보세요.

19 로빈슨 크루소

다니엘 디포 | 삼성출판사

관련교과 **4학년 2학기 국어 읽기** 4. 이럴 때는 이렇게 | **3학년 2학기 사회** 2. 이동과 의사소통

난이도 ★ ★

〈로빈슨 크루소〉는 영국의 작가 대니얼 디포가 1719년에 발표한 작품이다. 로빈슨 크루소는 선장이 되고 싶어서 부모님 몰래 배를 탔지만 배가 가라앉는 사고를 당한다. 무인도에서 혼자 28년 간 의지와 용기를 가지고 꿋꿋하게 생활하다 구출되는 이야기를 담고 있다.

소설이 발표될 당시의 영국은 식민지 개척이 한창이었다. 영국의 젊은이들에게 바다는 새로운 모험과 부를 얻을 수 있는 기회의 장이었다. 그런데 1709년에 한 선원이 무인도에서 5년간 표류를 한 뒤 영국에 돌아온 일이 알려진다. 〈로빈슨 크루소〉는 이 실화를 바탕으로 한 이야기이다. 우리가 무인도에서 혼자 살게 된다면 어떨까? 로빈슨 크루소는 이런 어렵고도 흥미진진한 물음을 던져주는 작품이다. 어떤 어려움이 닥쳐도 포기하지 않는 로빈슨 크루소의 삶의 태도를 생각해 볼 수 있는 기회가 될 수 있다.

독서퀴즈

| 어 휘 문 제 |

01 '옷이 모두 <u>해져서</u> 누더기가 되었다.'에서 밑줄 친 뜻과 <u>다른</u> 것은 무엇인가요?

① 옷소매가 너덜너덜하게 해지다.　② 해진 양말을 깁다.

③ 신발이 해어지다.　④ 해지기 전에 집에 갔다

02 아래 낱말과 그 뜻이 <u>잘못</u> 연결된 것은 무엇인가요?

① 조류 : 밀물과 썰물 때문에 일어나는 바닷물의 흐름

② 밀물 : 조수의 간만으로 해면이 상승하는 현상

③ 썰물 : 달의 인력으로 바닷물이 밀려 나가서 해면이 낮아지는 현상

④ 조류 : 아침에 바닷물이 밀려오는 현상

03 로빈슨 크루소는 어려서부터 어떤 꿈을 키워오고 있었나요?

    ① 변호사   ② 교사   ③ 선장   ④ 건축가

04 기니 지방으로 항해를 다니던 로빈슨 크루소가 무엇으로 많은 돈을 벌게 되었나요?

    ① 해적선으로 물건들을 빼앗아서

    ② 토인들과 무역을 통해서

    ③ 총과 화약을 만들어서

    ④ 금광을 개발해서

영국의 젊은이들에게 바다는 모험과 부를 얻을 수 있는 기회의 장이었다고 해.

05 해적들로부터 자신과 함께 탈출한 흑인 소년 줄리를 선장에게 넘겨 준 이유가 <u>아닌</u> 것은 무엇인가요?

    ① 자신을 구해준 선장에 대한 고마움   ② 선장이 줄리를 원해서

    ③ 훌륭한 선원이 되기를 바라는 마음에서   ④ 줄리와 다니는 것이 불편해서

06 로빈슨 크루소가 무인도에서 살아가는 데 결정적인 도움이 되는 물건들이 <u>아닌</u> 것은 무엇인가요?

    ① 총   ② 망원경   ③ 화약   ④ 장갑

07 자신이 타고 왔던 배에서 데려온 동물은 무엇인가요?

    ① 개   ② 고양이   ③ 원숭이   ④ 비둘기

08 집을 지으면서 문을 달지 않고 사다리를 걸쳐 두고 드나 든 이유는 무엇인가요?

    ① 짐승들이나 야만인들이 넘어오지 못하게   ② 짐승들을 많이 잡기 위해

    ③ 뜨거운 햇볕을 피하기 위해   ④ 구원 요청을 하기 위해

09 로빈슨 크루소는 어떤 동물의 기름으로 촛불을 만들었나요?

　　① 염소　　　　　② 개　　　　　③ 고래　　　　　④ 말

10 슬픔을 이겨내기 위해 행복한 점에 대해 적은 내용이 <u>아닌</u> 것은 무엇인가요?

　　① 배에 탄 사람들 중에 나만 살아남았다.
　　② 먹을 것이 있으니 굶어 죽을 일은 없다.
　　③ 열대지방이므로 옷이 없어도 춥지 않다.
　　④ 나를 괴롭히는 사람이 아무도 없다.

11 로빈슨 크루소가 무인도에서 혼자서 한 일이 <u>아닌</u> 것은 무엇인가요?

　　① 스스로 집도 짓고 질그릇도 만들었다.
　　② 농사도 짓고, 야생 염소를 가축으로 만들었다.
　　③ 사냥도 하고 요리도 했다.
　　④ 무전기도 만들었다.

12 단단한 그릇을 만드는 방법은 무엇인가요?

　　① 염소 기름을 칠하는 방법　　　　② 소금물에 담가 두는 방법
　　③ 불에 굽는 방법　　　　　　　　④ 쇳가루를 넣는 방법

13 무인도를 떠나면서 가져간 것이 <u>아닌</u> 것은 무엇인가요?

　　① 염소 가죽으로 만든 우산과 모자　　② 금화
　　③ 앵무새 폴　　　　　　　　　　　④ 자신이 만든 의자와 책상

14 로빈슨 크루소가 무인도에 머물렀던 기간과 고향 집을 떠났다가 다시 고향으로 돌아온 기간은 각각 얼마인가요?

　　① 27년, 35년　　　　　　　　　② 20년, 15년
　　③ 20년, 20년　　　　　　　　　④ 30년, 37년

15 로빈슨 크루소는 왜 항해를 하려고 했나요?

    ① 돈을 많이 벌기 위해서　　　② 세계적인 항해사가 되고 싶어서

    ③ 부모에게 벗어나고 싶어서　　④ 노예를 갖고 싶어서

16 로빈슨이 무인도에서 살아남을 수 있었던 생활 방식과 태도를 알아보세요.

> 로빈슨은 혼자서 의식주를 해결하고 자신을 안전하게 지키기 위해 어떻게 했을까?

17 로빈슨이 프라이데이를 야만인으로 생각한 이유는 무엇일까요?

    ① 사람을 잡아먹는다.　　　　② 어리석은 종교를 가지고 있다.

    ③ 농사를 짓지 않는다.　　　　④ 혼자 산다.

18 로빈슨이 혼자서 살아갈 수 있었던 이유를 바르게 설명한 것은 무엇일까요?

    ① 주변 환경을 극복하고 개선하며 강인하게 삶을 개척해 나간다.

    ② 로빈슨은 외로움과 두려움을 몰랐다.

    ③ 로빈슨은 가족과 친구들을 그리워하지 않았다.

    ④ 로빈슨은 동물들을 사랑했다.

19 로빈슨 크루소와 프라이데이가 동등한 친구 사이가 <u>아닌</u> 것을 보여주는 것은 무엇일까요?

    ① 로빈슨에게 '주인님'이라고 부르도록 했다.

    ② 프라이데이가 믿고 따르던 문화를 야만적이라고 생각했다.

    ③ 프라이데이와 많은 대화를 나누었다.

    ④ 프라이데이에게 영어를 가르쳐 주었다.

20 로빈슨이 했던 일 중에서 내 힘으로 완전히 해낼 수 있는 일을 적어보세요.

당시 유럽인들은 유색인종들을 모두 미개한 야만인이라 여겼단다.

21 만약 여러분이 로빈슨 크루소와 같은 상황에 처한다면 어떻게 행동했을지에 대해 생각해 보세요.

이런 독후활동 어때요?

로빈슨 인터뷰하기
• 로빈슨에게 어떤 질문을 할지 질문 목록을 간단히 정리해 보세요.
• 내가 로빈슨이라면 어떤 대답을 할지 상상해 보세요.

스스로 독서 – 나의 독서 태도를 점검해 보세요

	1	2	3	4	5

1. 책을 꼼꼼하게 잘 읽었나요?
2. 이야기의 줄거리를 알 수 있나요?
3. 이야기의 주제를 이해했나요?
4. 책을 통해 깨달은 점이 있나요?
5. 더 알고 싶은 점을 써보세요.

20 석유가 뚝!

신정민 | 파란자전거

관련교과 **4학년 1학기 과학** 2. 지표의 변화 | **4학년 2학기** 2. 지층과 화석 | **6학년 1학기** 생태계와 환경

난이도 ★★

〈석유가 뚝!〉은 우리 생활 곳곳에 쓰이는 귀중한 에너지 '석유'의 소중함을 일깨우는 동화이다. 5개의 장으로 구성된 이 책은 각 장마다 에너지에 관련된 동화와 그에 따른 정보면이 짝을 이룬다. 아이들이 꼭 알아야 할 구체적인 지식을 동화 속에 풀어내 주제를 심화시켜 주고 있다. 인류가 처음 불을 사용하기 시작한 이야기부터 연료의 종류, 화석연료인 석탄과 석유의 생성과 쓰임새 등의 정보가 이어진다. 다양한 에너지에 대한 정보와 그 쓰임으로 인해 생기는 장단점을 알고 새로운 에너지에 대해 생각할 수 있을 것이다.

독서퀴즈

| 어휘 문제 |

01 에너지에 관련된 낱말과 뜻을 알맞게 줄로 이어보세요.

① 화석연료 •　　　　• ㉠ 오래 전에 살았던 동물이나 식물이 땅 속에 묻혀 높은 열과 압력을 받아 만들어진 연료

② 유전 •　　　　• ㉡ 배가 지나다닐 수 있는 물길

③ 운하 •　　　　• ㉢ 석유가 고여 있는 땅 속 깊은 곳

④ 유조선 •　　　　• ㉣ 석유를 옮기기 위해 만든 큰 터널처럼 생긴 관

⑤ 부이 •　　　　• ㉤ 땅 속에서 퍼 올린 원유를 쓰임에 맞게 만드는 과정

⑥ 원유 •　　　　• ㉥ 석유를 담아 둘 수 있는 통을 갖춘 배

⑦ 정제정유 •　　　　• ㉦ 공장과 가까운 바다 위에 있는 석유 저장시설

⑧ 송유관 •　　　　• ㉧ 땅 속에서 퍼 올려 아무런 과정도 거치지 않은 기름

02 '겨우 비료 포대를 깔고'에서 밑줄 친 단어의 뜻이 바르게 쓰이지 <u>않은</u> 것은 무엇인가요?

① 시험에 겨우 합격하다

② 오늘에야 겨우 방학숙제를 끝냈다.

③ 어려운 수학시험을 1분만에 겨우 풀었다.

④ 역전의 역전을 거듭한 끝에 겨우 이겼다.

| 사실적 이해 문제 |

03 '화석연료'가 <u>아닌</u> 것은 무엇인가요?

① 석유   ② 석탄

③ 천연 가스   ④ 바위

04 최초의 연료인 나무를 사용하게 된 후 사람들의 변화돈 생활이 <u>아닌</u> 것은 무엇인가요?

① 동물의 위협으로부터 자신을 보호하고 사냥을 잘하게 되었다.

② 음식도 익혀 먹게 되었다.

③ 그릇을 만들고 도구를 만들어 쓰게 되었다.

④ 이곳저곳 자유롭게 다닐 수 없게 되었다.

05 우리 생활 속에서 석유의 쓰임이 적절하지 <u>못한</u> 것은 무엇인가요?

① 난방 연료   ② 약품

③ 옷   ④ 과자

06 전기 에너지를 만드는 방법과 그 특징으로 <u>잘못</u> 된 것은 무엇인가요?

① 화력발전소에서는 화석연료로 전기를 만들어요.

② 전기를 만들어 내는 곳을 발전소라고 해요.

③ 수력발전소는 물의 힘으로 전기를 얻어요.

④ 원자력 발전소는 방사선을 연소시켜 전기를 만들어요.

전기는 석탄이나 석유처럼 땅에 묻혀 있지 않아 다른 에너지를 이용하여 전기를 만드는 거야.

07 정제 과정을 거친 여러 종류의 석유를 쓰임에 맞게 연결한 것은 무엇인가요?

① 발전소 – 중유   ② LPG – 승용차

③ 휘발유 – 도로   ④ 경유 – 보일러

※ **아래 문장을 읽고 맞으면 ○, 틀리면 ✕로 답하세요.**

08 인류는 약 79만 년 전에 우연히 불을 발견했어요. (　　)

09 기원전 5세기 무렵 일본에서 최초로 석탄을 사용했다고 해요. (　　)

10 땅속에 묻힌 생물들이 오랜 세월 열과 압력을 받으면서 조금씩 성질이 변하여 석유가 되지요. (　　)

11 우리나라는 석유가 고일 수 있는 지하 구조를 갖고 있지 않아요. (　　)

12 석유는 그 양이 한정되어 있고, 전 세계 석유의 절반 이상이 중동 지역에 묻혀 있어요. (　　)

13 석유와 석탄 같은 화석연료를 쓸수록 공기 중에 산소가 많아져요. (　　)

14 지구가 뜨거워지면 반대로 바닷물의 온도가 내려가요. (　　)

15 한여름에 눈이 내리고 봄가을에 찜통더위가 닥치는 등 이상한 날씨가 나타나는 것을 '기상 이변'이라고 해요. (　　)

16 자연을 이용한 에너지는 그 양이 한정되어 언젠가는 모두 없어질 수밖에 없어요.

(　　)

17 석유나 석탄을 대신할 새로운 에너지를 '대체 에너지' 또는 '그린 에너지'라고 불러요. (　　)

18 석탄이나 석유 등의 화석 연료가 환경을 오염 시키는 예를 찾아 써 보세요.

원유가 바다에 유출되면 바다도 오염되지만 생태계가 파괴되겠지.

19 화석연료를 대신할 미래의 대체 에너지에 대해 이야기해 보세요.

태양을 에너지로 만들어서 전기로 쓴단다.

이런 독후활동 어때요?

에너지의 발전 역사책 만들기
• 에너지가 발전해 온 순서대로 정리하고 그 특징을 담0- 작은 책으로 만들어 보세요.

스스로 독서 – 나의 독서 태도를 점검해 보세요

1 2 3 4 5

1. 책을 꼼꼼하게 잘 읽었나요?
2. 이야기의 줄거리를 알 수 있나요?
3. 이야기의 주제를 이해했나요?
4. 책을 통해 깨달은 점이 있나요?
5. 더 알고 싶은 점을 써보세요.

21 이렇게나 똑똑한 식물이라니!

김순한 | 토토북

관련교과 **4학년 2학기 과학** 1. 식물의 세계 | **5학년 1학기 과학** 3. 식물의 구조와 기능

난이도 ★★

〈이렇게나 똑똑한 식물이라니〉에서는 식물에 대한 다양한 정보를 얻을 수 있다. 식물은 동물과 더불어 우리와 함께 살아가는 생물이다. 식물은 의식주 모든 면에서 인간 생활에 밀접한 관계에 있다. 식물에 대한 관심이 동물에 비해 상대적으로 적은 어린이들에게 식물에 대한 다양한 정보를 얻을 수 있는 책이다. 식물도 동물처럼 온종일 숨 쉬고 먹고 자손을 퍼뜨린다. 뿐만 아니라 다른 식물과 경쟁하는 모습을 보면서 식물이 얼마나 영리한지 느낄 수 있다. 식물의 기본 생김새와 구조, 식물의 생태, 식물들의 생존 전략, 식물의 진화 등을 알고 우리의 생활이 식물과 어떤 관련을 맺고 있는 지 생각해 보는 시간을 갖는다.

| 어휘 문제 |

01 '한겨울에는 땅속의 흙까지 꽁꽁 언다.' 밑줄 친 낱말의 의미와 <u>다르게</u> 쓰인 것은 어느 것인가요?

① <u>한</u>낮에는 햇볕이 뜨겁다.　　　② 유행도 <u>한</u>철이다.

③ 바다 <u>한</u>가운데 섬이 있다.　　　④ <u>한</u>여름의 매미 소리가 우렁차다.

02 '곡식과 더불어 우리는 <u>채소</u>도 길러서 먹어요.' 밑줄 친 낱말과 <u>다른</u> 것은 어느 것인가요?

① 야채　　　　② 푸성귀　　　　③ 남새　　　　④ 초비

03 '<u>짜디짠</u> 바닷가에서 사는 맹그로브' 밑줄 친 어법과 같이 쓰이지 <u>않은</u> 문장은 어느 것인가요?

① 하루라도 <u>달디 단</u> 음식을 안 먹으면 집중할 수 없다.

② 날파리들이 <u>자디잘기도</u> 하다.

③ 쉐쿼이아 나뭇가지가 <u>길디길다.</u>

④ 한복 색깔이 <u>곱디곱다.</u>

04 식물마다 씨앗을 퍼뜨리는 방법이 달라요. 잘못 설명된 것은 어느 것인가요?

① 민들레 열매는 갓털이 달려 있어서 바람을 타고 날아간
다.

② 야자나무 열매는 바닷물에 실려 씨앗을 퍼뜨린다.

③ 봉숭아나 괭이밥은 씨앗이 여물면 열매가 터지면서 그
힘으로 씨앗을 퍼뜨린다.

④ 찔레나 청래미 덩굴은 사람이나 동물 몸에 달라붙어 씨
앗을 퍼뜨린다.

> 식물은 씨앗에서 싹을
> 틔우고 꽃을 피워. 그
> 리고 곤충 등에 의해
> 가루받이를 한단다.
> 그리고 다시 씨와 열
> 매를 맺지

05 식물이 자라는 자연환경이 잘못 연결된 것은 어느 것인가요?

① 고산지대 – 에델바이스　　② 사막 – 선인장

③ 남극 – 뿌리혹박테리아　　④ 열대지방의 바닷가 – 맹그로브

06 다음 설명 중 틀린 것은 어느 것인가요?

① 식물의 잎에는 녹색을 띠는 엽록소, 붉은색을 띠는 카로티노이드, 노란색을
띠는 안토시안이 모두 들어있다.

② 나무는 겨울을 나기 위해 나뭇잎을 스스로 떨어뜨린다.

③ 가을이 되어 기온이 내려가면 식물의 잎자루와 가지 사이에 '떨켜' 라는 층이
생긴다.

④ 겨울 동안 나무는 성장을 멈추고 겨울눈을 보호하면서 쉰다.

07 사탕수수에서 설탕을 맨 처음 뽑아낸 나라는 어디인가요?

① 마케도니아　　② 인도　　③ 그리스　　④ 로마

08 식물을 본떠 만든 발명품은 무엇인가요?

① 우엉 열매 – (　　　　　　　)　　② 단풍나무 열매 – (　　　　　　　)

09 식물로 만든 원료가 잘못 짝지어진 것은 어느 것인가요?

① 카카오나무 – 초콜릿　　② 목화 – 면

③ 치자나무 – 진통제　　④ 올리브 – 식용유

10 설명에 맞는 낱말을 〈보기〉에서 찾아 써 보세요.

> **보기**
> ㉮ 증산작용　㉯ 광합성　㉰ 갈래꽃　㉱ 통꽃　㉲ 갖춘꽃　㉳ 기생식물
> ㉴ 속씨식물　㉵ 가루받이　㉶ 버섯

1) 식물이 햇빛을 이용해 물과 이산화탄소로 살아가는 데 필요한 영양분을 만드는 것 (　　)

2) 뿌리에서 빨아올린 물이 수증기로 바뀌어서 기공을 통해 공기 중으로 나가는 것 (　　)

3) 꽃잎, 꽃받침, 암술, 수술이 모두 있는 꽃 (　　)

4) 꽃잎이 하나로 이어져서 통처럼 되어 있는 꽃 (　　)

5) 꽃잎이 한 장씩 따로따로 떨어져 있는 꽃 (　　)

6) 씨앗이 열매 안에 들어 있는 식물 (　　)

7) 광합성을 하지만 양분이 모자라서 다른 나무에 뿌리를 내리고 사는 식물 (　　)

8) 식물도 동물도 아닌 균류에 속하고 '숲 속의 청소부'로 불리는 것 (　　)

9) 식물이 씨앗을 맺기 위해 수술의 꽃가루가 암술머리에 묻는 것 (　　)

11 아래 문장을 읽고 맞으면 ○, 틀리면 ×로 답하세요.

1) 식물은 햇빛과 물, 이산화탄소를 이용해 필요한 영양분을 만든다. (　　)

2) 고사리는 홀씨를 만들어 자손을 퍼뜨린다. (　　)

3) 광합성이 일어나는 동안 식물은 이산화탄소를 공기 중으로 내보낸다. (　　)

4) 버섯은 스스로 양분을 만들어 살아간다. (　　)

5) 벌레잡이 식물은 무기물을 보충하려고 작은 동물이나 곤충을 잡아먹는다. (　　)

6) 식물의 몸속에는 빛을 느끼는 색소인 피토크롬이 들어 있다. (　　)

7) 다윈은 8,000종 가까이 되는 식물을 분류했다. (　　)

8) 속씨식물보다 한 걸음 더 진화한 식물은 겉씨식물이다. (　　)

9) 아주 오랜 세월을 거치는 동안 동물과 식물의 시체가 석유와 천연가스로 바뀐 것이다. (　　)

10) 은행나무는 먼 옛날부터 지금까지 변하지 않는 모습을 하고 있어서 '화석식물'이라고 부른다. (　　)

12 꽃에 대한 설명으로 <u>틀린</u> 것은 무엇인가요?

① 꽃잎, 꽃받침, 암술, 수술이 모두 있는 꽃을 갖춘꽃이라 한다.

② 꽃의 구실은 씨앗을 만들어서 자손을 남기는 일이다.

③ 식물이 씨앗을 맺으려면 수술의 꽃가루가 암술머리에 굳어야 한다.

④ 꽃가루를 운반하는 가장 중요한 운반자는 사람이다.

세상에서 가장 큰 꽃은 인도네시아에 있는 타이탄 아룸이라고 해!

13 식물의 삶을 바르게 연결한 것은 무엇인가요?

① 씨앗 – 꽃 – 가루받이 – 씨(열매)

② 씨앗 – 가루받이 – 꽃 – 씨(열매)

③ 가루받이 – 씨앗 – 꽃 – 씨(열매)

④ 꽃 – 씨앗 – 가루받이 – 씨(열매)

14 식물의 특징과 해당 식물의 연결이 잘못 짝 지어진 것은 무엇인가요?

① 자신을 지키는 무기를 가진 식물 – 엉겅퀴의 가시

② 다른 생물과 도움을 주고 받는 식물 – 개미와 아카시아

③ 주인식물의 영양분을 빼앗는 식물 – 겨우살이

④ 물에 살기 알맞도록 몸을 바꾼 식물 – 새삼

오랜 세월동안 식물이 어떤 과정을 거쳐 진화했는지 생각해 봐!

15 식물의 진화과정의 순서가 올바르게 연결된 것은 무엇인가요?

① 원시 박테리아 – 남조류 – 이끼류 – 양치류 – 겉씨 식물 – 속씨식물

② 원시 박테리아 – 이끼류 – 남조류 – 양치류 – 겉씨 식물 – 속씨식물

③ 원시 박테리아 – 남조류 – 이끼류 – 양치류 – 속씨 식물 – 겉씨식물

④ 남조류 – 원시 박테리아 – 이끼류 – 양치류 – 겉씨 식물 – 속씨식물

16 식물이 없으면 다른 생명체가 살 수 있을지 생각해 보세요.

이런 독후활동 어때요?

새롭게 알게 된 사실을 바탕으로 과학 독서 감상문쓰기
• 이 책을 읽으면서 새롭게 알게 된 점을 떠올려 보세요.
• 처음 : 제목에 대한 느낌을 써요.
• 가운데 : 새로 알게 된 사실을 써요.
• 끝 : 내 생각과 느낌을 써요.

스스로 독서 – 나의 독서 태도를 점검해 보세요

	1	2	3	4	5

1. 책을 꼼꼼하게 잘 읽었나요?
2. 이야기의 줄거리를 알 수 있나요?
3. 이야기의 주제를 이해했나요?
4. 책을 통해 깨달은 점이 있나요?
5. 더 알고 싶은 점을 써보세요.

22 지구를 구한 꿈틀이 사우루스

캐런 트래포드 | 현암사

관련교과 **3학년 2학기** **과학** 2. 동물의 세계 | **5학년 1학기** 4. 작은 생물의 세계 | **6학년 1학기** 1. 사회 환경을 생각하는 국토 가꾸기

난이도 ★

지렁이의 입장에서 지켜봐 온 지구. 그리고 그 지구를 위해서 이들이 해낸 어마어마한 업적. 인간들이 지난 백 년 동안 망쳐 놓은 지구 환경에 대한 경종. 그리고 지렁이의 고마움을 깨닫기 시작한 인간의 변화상을 차례차례 '연대기적으로' 구성하고 있다.

인간은 농업혁명을 이룰 욕심에 화학비료를 창조해 내었고, 그 결과 무수한 살충제와 화학비료로 인해 흙이 병들고 지렁이가 떠나게 만들었다. 흙이 망가지니 식물이 다시 동물이, 그리고 인간이 망쳐질 수밖에 없었다. 인간이 뿌린 씨앗이었다.

지렁이는 똥을 먹고 다시 지렁이 똥을 배설한다. 이 지렁이 응가에 식물이 좋아하는 영양분이 듬뿍 들어 있다. 그 식물을 동물이 먹고 그 동물의 배설물을 다시 지렁이가 먹는 순환과정. 이러니 지렁이가 지구를 구한 것은 자기 자신이라고 자랑스러워 할만하다.

| 어휘 문제 |

01 지렁이는 새끼를 낳는 데 필요한 수컷의 특징과 암컷의 특징을 한 몸에 지니고 있어요. 그건 남자인 동시에 여자라는 뜻이에요. 이러한 것을 무엇이라고 하나요?

① 자웅동체   ② 자웅일체   ③ 암수동체   ④ 암수일체

02 다음 단어에 알맞은 설명이 무엇인지 연결하여 보세요.

① 균류   •

• ㉠ 몸이 하나의 세포로 이루어진 가장 작고 하등한 미생물

② 박테리아 •

• ㉡ 광합성도 하지 않고, 엽록소도 없다

03 지렁이가 지구에 처음 나타난 것은 언제인가요?

① 공룡시대   ② 선사시대   ③ 빙하시대   ④ 원시시대

04 지렁이는 하룻밤에 얼마나 멀리 갈 수 있을까요?

① 3km   ② 10m   ③ 10km   ④ 30km

05 보통 지렁이 한 마리 몸 속에는 몇 마리의 박테리아가 살고 있을까요?

① 5억 마리   ② 1억 마리   ③ 5천억 마리   ④ 50억 마리

06 다른 동물은 코로 숨을 들이마셔서 폐에 저장하지요. 하지만 지렁이는 많은 산소를 얻기 위해 공기를 어디로 들이마실까요?

① 입   ② 꼬리   ③ 머리   ④ 피부

07 다음 인물에 맞는 내용을 줄로 이어보세요.

① 클레오파트라 •

② 아리스토텔레스•

③ 다윈   •

• ㉠ '지구의 창자'라고 부르며 지렁이의 중요성을 강조한 사람

• ㉡ 나일강변에 있는 논밭을 기름지게 만든다는 것을 안 사람

• ㉢ '지렁이의 활동이 어떻게 식물의 부식토를 만드는가'라는 책을 쓴 사람

08 식물을 더 빨리 키우고, 열매도 많이 맺게 하려고 인간이 사용한 것은 무엇인가요?

① 박테리아   ② 미생물   ③ 화학비료   ④ 균류

09 지렁이는 왜 병에 걸리지 않을까요?

① 박테리아 때문에   ② 뼈가 없기 때문에
③ 쓰레기를 먹기 때문에   ④ 더럽기 때문

10 식물이 건강하게 자라고 좋은 열매를 맺는 진짜 비결은 무엇인가요?

① 지렁이와 땅 속 생물들 때문에   ② 화학비료 때문에

③ 햇볕 때문에   ④ 쓰레기 때문에

11 끝없이 넘쳐나는 쓰레기를 안전하고 자연스럽게 처리할 방법은 무엇인가요?

① 지렁이 양식장   ② 동물 농장

③ 물고기 양식장   ④ 하천 정비

12 아무리 많은 쓰레기를 주어도 지렁이는 모두 처리할 수 있답니다. 그 이유로 적절하지 <u>않은</u> 것은 무엇인가요?

① 쓰레기를 모두 처리할 수 있을 만큼 알을 낳아서

② 쓰레기를 모두 처리할 수 있을 만큼 식욕이 왕성해서

③ 쓰레기를 모두 처리할 수 있을 만큼 흙을 가져와서

④ 쓰레기 먹는 걸 너무 좋아해서

13 지렁이 농장을 만들면 좋은 점이 <u>아닌</u> 것은 무엇인가요?

① 자신의 쓰레기를 스스로 처리할 수 있어요

② 신선한 흙을 얻을 수 있어요

③ 쓰레기 매립지에 버려지는 쓰레기를 줄일 수 있어요.

④ 지렁이 농장에 쓰레기가 많아져요.

14 지렁이를 키울 때 주의할 점이 <u>아닌</u> 것은 무엇인가요?

① 양파나 마늘류는 주지 않는다.

② 먹이를 너무 많이 주거나 너무 조금 줘도 안 된다.

③ 내용물은 언제나 알맞게 건조해야 한다.

④ 절대로 새를 키워서는 안 된다.

15 다음 글과 가장 알맞은 속담은 무엇일까요?

> "우리 지렁이는 화학 비료로 뒤덮인 흙에서 필사적으로 도망쳤어요. 그 이유는 아주 단순하죠. 떠나지 않으면 죽으니까요. 우리가 흙을 떠나자 흙도 함께 죽어 버렸어요. 비로소 인간은 화학 약품이 흙에 해로운 독약이라는 걸 깨닫기 시작했어요."

① 소 잃고 외양간 고친다. – 평상시에 준비를 소홀히 하다가 일을 당한 뒤에 대비한다.

② 될성부른 나무는 떡잎부터 알아본다. – 크게 될 사람은 어려서부터 남다르다

③ 하늘이 무너져도 솟아날 구멍은 있다. – 아무리 큰 재난을 당해도 그 일을 해결할 방법이 있다.

④ 낮말은 새가 듣고 밤 말은 쥐가 듣는다. – 아무리 비밀히 하는 말도 새어 나가기 쉬우니, 말을 항상 조심해서 하라.

16 '우리 지렁이가 두 발로 걷는 동물보다 똑똑하다는 군요'라는 말은 무엇을 뜻하는 것일까요?

17 지렁이 응가를 최초의 비료라고 하는 이유는 무엇일까요?

> '독한 화학 약품이 우리가 살고 있는 환경에 어떤 영향을 끼치는지 한번 둘러보십시오. 흙이 죽어갑니다. 오염된 흙에서 자란 씨앗을 먹고 새들도 죽어갑니다. 화학 약품이 강물을 더럽히고 물고기마저 죽이고 있습니다.'

18 위의 기사가 말하고 싶은 것은 무엇일까요?

① 화약 약품이 해충의 수를 줄여준다.

② 화학 약품은 절대 쓰면 안 된다.

③ 화학 약품이 모든 생물을 죽인다.

④ 화학 약품은 우리의 환경을 죽이고 있다.

19 꿈틀이 사우루스가 우리에게 하고 싶은 말은 무엇일까요?

20 그동안의 역경을 견뎌온 지렁이에게 마음을 전해 보세요.

이런 독후활동 어때요?

환경을 지킬 수 있는 방법을 제시한 캠페인 송 만들기
• 내가 알고 있는 노래를 선택하여 그 곡에 맞춰 가사를 쓰세요.

스스로 독서 – 나의 독서 태도를 점검해 보세요

	1	2	3	4	5
1. 책을 꼼꼼하게 잘 읽었나요?					
2. 이야기의 줄거리를 알 수 있나요?					
3. 이야기의 주제를 이해했나요?					
4. 책을 통해 깨달은 점이 있나요?					
5. 더 알고 싶은 점을 써보세요.					

23 15소년 표류기

쥘 베른 지음 | 전유준 엮음 | 두산동아

관련교과 4학년 2학기 국어 읽기 7. 삶의 향기 | 3학년 2학기 도덕 3. 함께 어울려 살아요

난이도 ★★

1888년에 발표된 쥘 베른의 대표 작품으로 원제는 〈2년간의 휴가〉이다.

뉴질랜드 체어맨 학교에서 14명의 학생들은 여름방학 동안 바다를 항해하기로 되어 있었다. 출항 전 날 14명의 소년과 견습 선원 모코가 배를 타고 있었다. 나이 어린 쟈크가 배에 묶여 있던 밧줄을 풀어 15소년들은 태평양을 표류하다가 무인도에 도착한다. 영국, 프랑스, 미국 등 국적도 다르고 성격도 다른 15소년들은 그곳에서 2년간의 동고동락을 하며 조금씩 성장해 가는 모습을 보여준다. 악당들의 출현에 서로 힘을 합해 맞서 싸우며 무인도에서의 탈출을 시도한다. 15소년들의 무인도 생활은 흥미진진한 이야기를 만들어내며 요즘 어린이들에게 용기와 자립심을 키울 수 있는 시간을 갖게 하는 명작소설이다.

독서퀴즈

| 어휘 문제 |

01 다음 밑줄 친 낱말 중 흉내말이 <u>다른</u> 것은 어느 것인가요?

　① 아이들은 모두 겁에 질려 <u>오들오들</u> 떨고 있었습니다.

　② 무언가 부러지는 소리가 '<u>우지지 직!</u>' 요란하게 들렸습니다.

　③ 고든과 드니팬도 <u>펄쩍펄쩍</u> 뛰면서 기뻐했습니다.

　④ 출렁이는 물결 사이로 검은 바윗등이 <u>언뜻언뜻</u> 보이는 것이었습니다.

02 쟈크는 학교에서도 소문난 <u>장난꾸러기</u>입니다. 밑줄 친 낱말과 바꿔 쓸 수 있는 단어는 어느 것인가요?

　① 개구쟁이　　　　　　② 심술꾸러기

　③ 고집쟁이　　　　　　④ 잠꾸러기

03 다음 밑줄 친 말의 의미가 <u>다른</u> 것은 어느 것인가요?

① 먹<u>보</u>
② 울<u>보</u>
③ 떡<u>보</u>
④ 웃음<u>보</u>

~보는 어떤 말 밑에 붙어 그것을 즐기거나 그 정도가 심한 사람임을 나타내는 말이야.

| 사실적 이해 문제 |

04 15소년들이 탔던 슬라우기 호가 바다를 표류하게 된 이유는 무엇인가요?

① 해일 때문에 항구에 묶여 있던 밧줄이 풀렸기 때문이다.
② 모코가 배를 운전하고 싶어서 밧줄을 풀어 놓았다.
③ 드니팬이 친구들을 놀래주려고 밧줄을 풀어놓았다.
④ 쟈크가 배에 묶어 놓은 밧줄을 장난삼아 풀어 놓았다.

05 15소년들이 도착한 섬에 붙여준 이름은 무엇인가요?

① 슬라우기 섬
② 오클랜드
③ 체어맨 섬
④ 뉴질랜드

06 드니팬은 브리앙을 늘 못마땅해 하고 브리앙의 말에 반대합니다. 해당되는 이유를 <u>모두</u> 고르세요.

① 브리앙은 학교 성적이 가장 뛰어나 드니팬은 시기하는 마음 때문에 브리앙을 못마땅해 하는 것이다.
② 드니팬은 영국 소년으로 프랑스 소년인 브리앙의 지시를 늘 못마땅해 한다.
③ 브리앙에 대한 강한 경쟁심을 가지고 있기 때문이다.
④ 드니팬과 브리앙의 집안은 서로 사이가 나쁘기 때문이다.

07 14명의 소년들은 대부분 미국과 유럽에서 온 부잣집 아이들로 같은 학교의 학생들입니다. 다음 중 학생이 <u>아닌</u> 사람은 누구인가요?

① 크로스
② 고든
③ 윌콕스
④ 모코

08 15소년들이 탔던 배는 항구를 떠나 썰물을 타고 바다 한가운데로 떠내려갔습니다. 그들이 2주일 동안 표류했던 바다는 어느 곳인가요?

① 대서양
② 태평양
③ 인도양
④ 남극해

09 15소년들이 무인도에 도착한 후 가장 먼저 한 일은 무엇인가요?

① 배에 있는 식량을 조사했다.

② 창고에 있는 탄약을 조사했다.

③ 도서실에 책이 몇 권인지 조사했다.

④ 금고에 금화가 얼마나 들어 있는지 확인했다.

10 15소년들은 겨울을 지낼 수 있는 동굴을 찾았어요. 동굴의 이름을 무엇이라고 지었나요?

① 보드랭   ② 슬라우기   ③ 프랑수아   ④ 프렌치덴

11 15소년들이 지도자를 뽑은 이유는 무엇인가요?

① 어떤 집단이든 지도자는 반드시 있어야 하기 때문에

② 15소년 모두 지도자가 되고 싶었기 때문에

③ 어떤 문제가 생기면 해결해 줄 사람이 있어야 하기 때문에

④ 심부름을 해줄 사람이 필요했기 때문에

12 15소년들이 첫 번째 지도자로 뽑은 사람은 누구인가요?

① 고든   ② 브리앙   ③ 드니팬   ④ 백스터

13 쟈크의 비밀을 알고 난 후 브리앙은 쟈크를 어떻게 대했나요?

① 다른 친구들 앞에서 동생을 감싸주었다.

② 동생이 한 일에 대해 모른 척 했다.

③ 일부러 쟈크에게 힘든 일을 시켜서 자신의 잘못을 깨닫도록 했다.

④ 동생의 작은 실수도 용서하지 않았다.

14 브리앙은 아이들이 겨울을 지내는 동안 병이라도 얻을까 봐 걱정이 되어 놀이를 통해 운동을 시켰습니다. 어떤 놀이로 운동을 대신했나요?

① 스케이트   ② 축구   ③ 아이스하키   ④ 스키

15 드니팬은 일행을 떠나겠다고 선언합니다. 왜 그런지 <u>모두</u> 고르세요.

① 동굴이 비좁아서

② 브리앙이 지도자가 되자 외국인 지도자가 마음에 들지 않아서

③ 친구들로부터 따돌림을 받아서

④ 드니팬 자신이 지도자가 되고 싶어서

16 섬에 들어온 악당들이 있는 곳을 알기 위해 브리앙은 어떤 방법을 썼나요?

① 세 명씩 조를 만들어 섬을 정찰했다.

② 드니팬의 일행이 정찰대로 나섰다.

③ 팔각형의 연을 만들어 타고 하늘로 올라갔다.

④ 나무 위에 집을 지어 보초를 섰다.

17 15소년들이 다시 고향으로 돌아갈 수 있었던 것은 누구의 도움을 받았기 때문인가요?

① 에번스와 케이트　　　　　② 팬필트 부부

③ 포브스와 케이트　　　　　④ 월스턴과 블랜트

18 쟈크가 다른 소년들에게 자신의 실수를 털어놓게 된 계기는 무엇인가요?

① 드니팬 일행이 독립을 선언하며 동굴을 떠났을 따

② 긴 겨울 동안 동굴 안에서 우울한 나날을 보내고 있을 때

③ 드니팬이 쟈크의 목숨을 구해주었을 때

④ 연에 매달린 바구니를 타고 누가 하늘 높이 올라갈 것인지를 결정할 때

19 악당들이 섬에 사람이 살고 있다고 확신하게 된 사건을 <u>모두</u> 고르세요.

① 호숫가에서 팔각형 물건을 찾아냈다.

② 애완견 팬의 짖어 대는 소리를 들었다.

③ 동굴에서 불빛이 새어 나오는 것을 발견했다.

④ 호숫가 근처에서 모닥불 피운 흔적을 발견했다.

20 브리앙이 악당 코프와 몸싸움을 벌이다가 브리앙은 코프의 칼에 찔릴 위기에 처했습니다. 이 때 브리앙을 구하고 칼에 찔린 사람은 누구인가요?

① 쟈크　　　　② 웹　　　　③ 에번스　　　　④ 드니팬

21 악당 월스턴으로 부터 쟈크를 구한 사람은 누구인가요?

① 에번스   ② 포브스   ③ 모코   ④ 브리앙

22 15소년들은 체어맨 섬에서 얼마동안 있었나요?

① 2년   ② 3년   ③ 4년   ④ 5년

| 추론적 · 비판적 이해 문제 |

23 15소년들의 부모님들은 슬라우기 호가 없어진 걸 알고 밤새 부근 바다를 샅샅이 뒤졌습니다. 가족들이 슬라우기 호가 바다에 침몰했다고 생각하는 이유는 무엇일까요?

24 나라면 쟈크의 어리석은 행동(항구에 묶여 있던 배의 밧줄을 풀어 놓음)을 용서할 수 있을까요?

용서할 수 있는지 없는지에 대해 이유도 같이 생각해 봐

25 15소년들이 무인도에서 그들의 힘으로 살아남을 수 있었던 가장 큰 요인은 무엇이라고 생각하나요?

이런 독후활동 어때요?

'내가 무인도에 간다면~' 상상해서 쓰기

• 무인도에서 누구와 함께 있고 싶은지, 꼭 가져가고 싶은 물건이 무엇인지, 무슨 일을 하고 지낼 건지 등을 생각해 보세요.

스스로 독서 - 나의 독서 태도를 점검해 보세요

                                                            1   2   3   4   5

1. 책을 꼼꼼하게 잘 읽었나요?
2. 이야기의 줄거리를 알 수 있나요?
3. 이야기의 주제를 이해했나요?
4. 책을 통해 깨달은 점이 있나요?
5. 더 알고 싶은 점을 써보세요.

난이도 ★

반짝거리는 것을 모으기 좋아하는 늙은 까마귀는 덫에 걸린 아름다운 백조 아가씨를 구해준다. 백조는 그 보답으로 소원을 이루어주는 별 가루를 주는데 까마귀는 어려움에 처한 친구들에게 그 별 가루를 조금씩 나누어 주다 보니 자신을 위한 별 가루는 남지 않게 되었다. 결국 자신의 소원도 이루지 못한 채 주머니쥐의 생일잔치에 가지 못한다. 집으로 돌아온 까마귀는 파란 상자를 열어 놓고 하염없이 바라보다가 달빛에 빛나는 작은 알갱이의 별 가루를 발견하고 자신의 소원을 이룬다. 너그러운 마음을 가진 까마귀가 친구들에게 자신이 가진 것을 베풂으로써 까마귀의 삶은 더욱 아름다워 질 수 있었다.

 **독서퀴즈**

| **어휘 문제** |

01 밑줄 친 낱말이 **틀리게** 쓰인 것을 고르세요.

① 언덕 <u>너머</u>에 아름다운 백조 한 마리가 있었어요.

② 산 <u>넘어</u> 마을에는 유명한 학자가 살고 있었어요.

③ 고개 <u>너머</u>로 해가 넘어가고 있었습니다.

④ 철이는 몰래 담장을 <u>넘어</u> 집 밖으로 빠져나왔습니다.

02 다음 문장 중 **틀린** 낱말이 있는 것을 고르세요.

① 까마귀는 오래 전부터 부르던 노래를 나지막이 불렀어요.

② 자기가 모아 둔 반짝이는 것들을 샅샅이 뒤졌어요.

③ 까마귀는 친구들이 노는 것을 조용히 바라보았어요.

④ 까마귀는 틈틈이 반짝이는 것을 주워 모았어요.

'~이'와 '~히'의 구별로, 같은 말이 반복되면 뒤에 '이'를 붙여.

03 다음 낱말 중 맞춤법이 <u>틀린</u> 낱말을 찾아 바르게 고치세요.

① 자기 전에 배게 밑에 조금만 뿌리고, 소원을 빌어 보세요.

(   )

② 까마귀는 그것을 뚤어지게 바라보았어요. (   )

| 사실적 이해 문제 |

04 까마귀는 무슨 일에 취미가 있었나요?

① 덫에 걸린 동물들을 구해주는 것을 좋아했다.
② 반짝이는 것은 무엇이든 모으기를 좋아했다.
③ 차를 마시며 깊은 생각에 잠기는 것을 좋아했다.
④ 친구의 생일잔치에 가는 것을 좋아했다.

05 밍크는 까마귀에게 누구의 생일잔치에 가자고 했나요?

① 개구리   ② 생쥐   ③ 주머니쥐   ④ 토끼

06 까마귀가 생일잔치에 갈 수 없는 이유를 <u>잘못</u> 설명한 것은 무엇인가요?

① 눈이 어두워서 찾아갈 수가 없다.
② 낡아빠진 깃털은 그런 멋진 곳에는 어울리지 않는다.
③ 선물 살 돈이 없다.
④ 같이 갈 친구가 없다.

07 젊은 시절의 까마귀 모습이 <u>아닌</u> 것은 무엇인가요?

① 아주 날쌔서 큰 도시까지 날아갔다 오곤 했다.
② 보기 좋게 매끈한 부리를 가졌다.
③ 깃털은 윤기가 흘렀다.
④ 뭉툭한 발톱을 가졌다.

08 까마귀는 백조 아가씨가 걸린 덫을 무엇으로 잘라 주었나요?

① 가위   ② 칼   ③ 송곳   ④ 포크

09 까마귀는 백조 아가씨를 덫에서 구해주고 그 보답으로 무엇을 받았나요?

① 반짝이는 은박지   ② 구슬
③ 소원을 이루어주는 별 가루   ④ 금 열쇠

10 까마귀가 생각했던 소원이 <u>아닌</u> 것은 무엇인가요?

① 반짝이는 은박지를 많이 갖고 싶었다.
② 젊고 활기찬 새가 되어 빛나는 깃털을 갖고 싶었다.
③ 부자가 되고 싶었다.
④ 아내를 얻고 싶었다.

11 까마귀는 백조에게 받은 선물을 친구에게 나누어 주었습니다. 선물을 받은 친구와 소원의 내용이 <u>잘못</u> 연결된 것을 고르세요.

① 개구리 : 선물을 사 줄 만큼 돈이 많았으면 좋겠어.
② 생쥐 : 길고 아름다운 꼬리를 가졌으면 좋겠어.
③ 토끼 : 내가 사랑할 수 있고, 나를 사랑해 주는 사람을 만나고 싶어.
④ 밍크 : 윤기 나는 털이 갖고 싶어.

12 까마귀가 자신의 소원을 이루기까지 만났던 친구들을 순서대로 나열해보세요.

① 백조   ② 개구리   ③ 밍크   ④ 주머니쥐   ⑤ 생쥐   ⑥ 토끼
(   )

글의 내용을 잘 생각해 봐!

13 까마귀는 마지막 별 가루를 어떻게 발견하게 되었나요?

①창문으로 새어든 달빛이 상자 안을 환히 비추어 발견했다.
②상자가 선반에서 떨어져 별 가루를 발견했다.
③촛불에 비추어 별 가루를 발견했다.
④열어놓은 상자 안에 아침 해가 비추어 발견했다.

14 마지막 별 가루를 발견한 까마귀는 어떤 소원을 빌었나요?

① 젊고 예쁜 아내를 얻고 싶다.   ② 젊고 활기찬 새가 되고 싶다.
③ 부자가 되고 싶다.   ④ 검은색의 멋진 깃털을 갖고 싶다.

※아래 문장을 읽고 맞으면 ○, 틀리면 ×로 답하세요.

15 백조는 사냥꾼이 놓은 덫에 날개가 걸려 꼼짝도 못하고 있었어요. (   )

16 까마귀는 어둑해진 초원에서 덫에 걸린 백조를 발견했어요. (   )

17 백조는 까마귀에게 작은 보석이 박힌 상자를 주었어요. (   )

| 추 론 적 · 비 판 적 이 해 문 제 |

18 까마귀는 자신의 소원을 빌어보기도 전에 다른 친구들에게 별 가루를 나누어 줍니다. 만약 내가 까마귀라면 별 가루를 어떻게 사용했을까요?

19 마지막 별 가루를 발견하지 못했어도 까마귀는 자신이 한 행동(친구들에게 별 가루를 나누어 준 일)을 후회하지 않았을까요?

> 까마귀에게 별 가루를 받았던 친구들이 소원을 이룬 후에는 어떻게 되었을지 생각해 봐! 글의 내용을 잘 생각해 봐!

20 소원을 이룬 까마귀의 친구들은 모두 행복했을까요?

이런 독후활동 어때요?

까마귀의 소원상자 만들기
- 티슈 상자나 과자 상자를 예쁘게 포장하고 윗부분에 구멍을 만듭니다.
- 소원상자를 만들고 가족이나 친구들과 함께 소원을 써서 넣어보세요.

스스로 독서 – 나의 독서 태도를 점검해 보세요

	1	2	3	4	5
1. 책을 꼼꼼하게 잘 읽었나요?					
2. 이야기의 줄거리를 알 수 있나요?					
3. 이야기의 주제를 이해했나요?					
4. 책을 통해 깨달은 점이 있나요?					
5. 더 알고 싶은 점을 써보세요.					

25 보물섬

로버트 스티븐슨 글 | 임형오 엮음 | 삼성출판사

관련교과 **4학년 2학기 도덕** 1. 맡은 일에 책임을 | **5학년 1학기 국어 읽기** 7. 문학의 향기

난이도 ★★★

〈보물섬〉은 로버트 루이스 스티븐슨이 결혼 후 의붓아들 로이드를 위해 쓴 작품으로 처음에는 "영 폭스"라는 잡지에 연재되었는데 당시엔 별로 인기를 끌지 못했다. 그러나 1883년 책으로 펴내면서 폭발적인 인기를 얻었다.

〈보물섬〉은 보물을 사이에 놓고 짐과 해적들이 벌이는 모험 이야기이다. 이 책은 영국 빅토리아 여왕 시대로서 그 당시의 풍속과 배경을 알 수 있다. 이 책에 나오는 등장인물들은 성격이 뚜렷하다. 재치 있고 용감한 소년 짐 호킨스, 단순하고 호방한 대지주 트릴로니 씨, 사려 깊고 현명한 인도주의자 리브지 선생, 의무감과 애국심이 투철한 스몰렛 선장과 필요에 따라 철저하게 변신하는 실버 등이 이 책의 이야기를 이끌어가는 주요 인물이다.

독서퀴즈

| 어휘 문제 |

01 〈보기〉를 보고 단위를 세는 낱말을 (   ) 안에 알맞게 넣어 보세요.

보기

　　　　　　　㉠ 자루　　㉡ 척　　㉢ 닢

① 외다리 뱃사람이 오는 것을 알려주면 은화 한 (   )을 주마.
② 우리는 일곱 명에 총은 스무 (   )였다.
③ 뱃전에는 보트 한 (   )이 떠있었다.

빗대어 나타낸다는 말은
'～처럼, ～같이, ～듯
이' 등 이런 말이 포함돼.

02 "반란이 일어날 듯한 기운은 마치 비를 머금은 비구름처럼 우리 머리 위를 뒤덮고 있었다." 밑줄 친 부분을 빗대어 나타낸 낱말은 무엇인가요?

① 비　　　　　② 비구름　　　　③ 우리　　　　④ 머리

03 다음 낱말 중 배와 관련이 <u>없는</u> 것은 어느 것인가요?

    ① 울타리   ② 돛대   ③ 선실   ④ 아딧줄

| 사 실 적   이 해   문 제 |

04 짐이 외다리 선원이 나타나는 지를 살폈다가 빌 부선장에게 알려주면 무엇을 받기로 했나요?

    ① 금화   ② 열쇠   ③ 은화   ④ 외국 돈

05 빌 부선장이 죽은 이유는 무엇 때문인가요?

    ① 럼 주를 너무 많이 마셨기 때문이다.
    ② 검둥개와 싸우다가 칼을 맞았기 때문이다.
    ③ 장님 퓨에게 협박을 받아 심장마비가 왔기 때문이다.
    ④ 장님에게 받은 검은 쪽지에 독이 묻어 있었기 때문이다.

06 짐은 빌의 옷상자에서 모자라는 돈 대신 무엇을 가졌나요?

    ① 권총 2자루   ② 기름종이로 싼 서류 꾸러미
    ③ 나침반   ④ 열쇠

07 보물들을 해골 섬에 숨겨놓은 사람은 누구인가요?

    ① 플린트 선장   ② 트릴로니 지주   ③ 검은 수염   ④ 검둥개

08 히스파니올라 호에서 하는 일과 사람이 <u>잘못</u> 연결된 것은 어느 것인가요?

    ① 선장 – 스몰렛   ② 부선장 – 롱 존 실버
    ③ 의사 – 리브지 선생   ④ 선주 – 트릴로니 지주

09 등장인물에 대한 묘사가 <u>잘못</u> 된 것을 <u>모두</u> 고르세요.

    ① 실버의 어깨에는 항상 말하는 앵무새가 있다.
    ② 트릴로니 씨는 키가 2미터나 되었을 뿐 아니라 어깨가 떡 벌어졌다.
    ③ 스몰렛 선장은 수다쟁이이며, 쓸모없는 사람이었다.
    ④ 리브지 선생은 필요에 따라 철저하게 변신했다.

10 짐이 실버의 음모를 알게 된 곳은 어디인가요?

① 선원실 안   ② 사과 통 안   ③ 음식 창고 안   ④ 화약 창고 안

11 보물섬에 대해 잘못 묘사한 부분은 어느 것인가요?

① 섬 전체가 붉은 황토색이다.
② 산봉우리는 세 개가 있는데 모두 끝이 뾰족한 원뿔 모양이었다.
③ 닻을 내릴 곳은 남쪽과 섬 뒤쪽에 있다.
④ 산이 북쪽에서 남쪽으로 줄지어 세 개 솟아 있었다.

12 롱 존 실버의 음모를 알게 된 선장은 앞으로 어떻게 해야 한다고 했나요?

① 배를 돌려서 되돌아가자고 했다.
② 보물을 찾을 때까지 충분한 시간이 있으니 그들을 설득하자고 했다.
③ 그들이 마음 놓고 있는 틈을 타서 미리 공격하자고 했다.
④ 그들에게 럼주를 마시게 한 후 잠든 틈에 모두 밧줄로 묶어 놓자고 했다.

13 보물섬에 상륙하기로 결정한 후 선장의 편과 실버의 편이 나뉘게 되었어요. 다음 중 선장의 편이 아닌 사람은 누구인가요?

① 헌터   ② 앤더슨   ③ 조이스   ④ 레드루스

14 보물섬에 상륙하자마자 짐은 누구의 죽음을 보게 되었나요?

① 톰   ② 앨런   ③ 핸스   ④ 오브라이언

15 3년 동안 보물섬에서 혼자 살았던 벤 건이 가장 먹고 싶어 했던 음식은 무엇인가요?

① 럼주   ② 빵   ③ 스테이크   ④ 치즈

16 벤 건은 해골 섬에서 왜 혼자 지내게 되었나요?

① 타고 있던 배가 풍랑을 맞아 파도에 떠밀려서
② 해적들과 지내는 것이 싫어져서
③ 다른 해적들과 보물을 찾으러 왔다가 찾지를 못하자 그 섬에 버림을 받았다.
④ 소설을 쓰기 위해 무인도 생활을 체험하는 중이다.

17 해골 섬의 통나무집에 도착한 스몰렛 선장은 가장 먼저 무슨 일을 했나요?

① 레드루스를 땅에 묻어주었다.

② 벽난로에 장작불을 지폈다.

③ 저녁 식사 준비를 했다.

④ 나무를 세워 국기를 달았다.

선장은 의무감과 애국심이 투철하다고 해.

18 실버가 백기를 들고 통나무집에 와서 요구한 것은 무엇인가요?

① 보물지도   ② 식량

③ 약   ④ 히스파니올라 호

19 해적만 남은 히스파니올라 호에서 짐이 한 일이 <u>아닌</u> 것은 무엇인가요?

① 해적기를 내려서 바다에 집어던졌다.

② 핸스에게 먹을 것과 붕대를 주는 대신에 배를 움직이는 방법을 배웠다.

③ 해적 빨간 모자를 총으로 쏘았다.

④ 해적들로부터 히스파니올라 호를 되찾아 안전한 곳에 숨겨 놓았다.

20 실버와 보물이 묻힌 곳에 가보았지만 보물은 없고 커다란 구덩이만 있었어요. 보물은 누가 가져갔나요?

① 플린트 선장   ② 리브지 선생   ③ 그레이   ④ 벤 건

21 리브지 선생 일행이 8월까지 배가 출발했던 곳으로 돌아가지 않으면 누가 구조선을 보내기로 했나요?

① 오브라이언   ② 레드루스   ③ 블랜들리   ④ 이즈레이얼

22 리브지 선생이 배를 떠나 해골섬의 통나무집을 요새로 선택한 가장 중요한 이유는 무엇인가요?

① 사방에 총구가 뚫려 있다.

② 사십 명은 수용할 정도로 넓다.

③ 통나무집 안에는 맑은 샘물이 솟아 나온다.

④ 집 둘레에는 널따란 빈터와 견고한 울타리가 있다.

23 통나무집을 차지한 실버는 해적들이 짐을 죽이려하자 무슨 이유를 들어 짐을 살려 주나요?

① 보물의 위치를 짐이 알고 있기 때문이다.
② 구조선이 오면 짐을 볼모로 잡아야 배에 탈 수 있다.
③ 짐이 배를 숨겨 놓았기 때문이다.
④ 짐은 해적들이 교수형을 받지 않도록 해줄 수 있다.

| 추론적 · 비판적 이해 문제 |

24 벤 건이 무인도에서 3년 동안 혼자 살 수 있었던 것은 무엇 때문이었을까요?

25 리브지 선생은 의사로서 해적들을 치료해줍니다. 만약 여러분이 그런 상황에 있다면 어떻게 했을까요?

이런 독후활동 어때요?

주인공 짐이 되어 회고록 쓰기
• 주인공 짐이 되어 보물섬에서 있었던 일을 회고록 형식으로 써보세요.

스스로 독서 – 나의 독서 태도를 점검해 보세요

               1   2   3   4   5

1. 책을 꼼꼼하게 잘 읽었나요?
2. 이야기의 줄거리를 알 수 있나요?
3. 이야기의 주제를 이해했나요?
4. 책을 통해 깨달은 점이 있나요?
5. 더 알고 싶은 점을 써보세요.

26 이상한 나라의 앨리스

루이스 캐럴 글 | 존 테니얼 그림 | 시공주니어

관련교과 **3학년 2학기 국어 쓰기** 7. 마음을 읽어요 | **5학년 1학기 국어 읽기** 8. 넉넉한 마음

난이도 ★ ★ ★

루이스 캐럴의 본명은 찰스 루트위지 도지슨으로 옥스퍼드 대학의 수학부 교수로 있었다.
이 책은 그가 일하던 대학의 학장으로 새로 부임한 헨리 리들의 딸에게 들려주던 이야기를 1865년
책으로 엮어 〈이상한 나라의 앨리스〉가 탄생하였다.
책을 읽는 언니 곁에 있던 앨리스는 조끼를 입은 토끼가 회중시계를 보며 늦었다고 허둥대는 모습을
보고 호기심으로 토끼를 쫓아간다. 토끼를 따라 땅속으로 내려간 앨리스는 '이상한 나라'에서 여러
가지 재미있는 모험을 즐긴다. 하지만 앨리스가 즐긴 모험은 한낮의 달콤한 꿈이었다. 캐럴은
이 작품을 통해서 당당하고 독립심 강한 어린이를 그려내고자 했다. 어린이들로 하여금
끊임없이 상상하게 하고, 웃게 만들었으며, 어린이들을
행복하게 하는 이야기이다.

독서퀴즈

| 어휘 문제 |

01 다음 문장 중에서 잘못 쓰인 낱말은 어느 것인가요?

① 모자 장수는 목숨을 <u>받칠</u> 만큼 열심히 증언했다.
② 하트 여왕은 우산을 <u>받치고</u> 서 있었다.
③ 그리펀은 소에게 <u>받혔다.</u>
④ 요리사는 수프를 체로 <u>밭쳐서</u> 식혔다.

02 새는 새인데 날지 못하는 새는 무엇인가요?

① 황새   ② 소쩍새
③ 노새   ④ 저어새

03 앨리스는 언덕에서 책을 읽는 언니 옆에 있다가 누구를 따라 '이상한 나라'로 가게 되었나요?

① 염소　　　　　② 다람쥐　　　　③ 토끼　　　　④ 족제비

04 앨리스가 황금열쇠로 작은 문을 연 곳은 어디인가요?

① 정원　　　　　② 부엌　　　　　③ 서재　　　　④ 아기 방

05 앨리스는 이상한 나라에서 망원경을 접었다 폈다하는 것처럼 몸의 길이가 변화합니다. 앨리스의 몸길이를 변화시키는 것이 <u>아닌</u> 것은 어느 것인가요?

① 작은 병　　　　② 수프　　　　　③ 부채　　　　④ 버섯

06 앨리스가 흘린 눈물이 웅덩이가 되었어요. 앨리스는 몸이 다시 작아져 그곳에 빠져 헤엄치며 다닐 때 처음 만난 동물은 누구인가요?

① 쥐　　　　　　② 고양이　　　　③ 토끼　　　　④ 돼지

07 코커스 경주를 하자고 제안한 동물은 누구인가요?

① 진홍앵무　　　　　　　　② 새끼 독수리
③ 도도 새　　　　　　　　④ 오리

코커스 경주는 원 모양의 경주 선을 긋고 신호도 없이 달리고 싶으면 달리고 쉬고 싶으면 쉬는 거야.

08 앨리스는 이상한 나라에 오기 전 어떤 동물을 키웠나요?

① 강아지　　　　② 이구아나　　　③ 오리　　　　④ 고양이

09 토끼는 앨리스에게 '메리 앤'이라고 부르며 자기 집에 가서 무엇을 가져오라고 했나요? <u>모두</u> 고르세요.

① 시계　　　　　② 부채　　　　　③ 장갑　　　　④ 조끼

10 토끼의 집에 심부름을 갔다가 앨리스는 몸이 커져 방에서 나오질 못합니다. 그 때 토끼는 앨리스가 있는 방에 무엇을 던졌으며 그것이 무엇으로 변했는지 알맞게 짝 지어진 것을 고르세요.

① 오이 → 케이크 　　　　② 조약돌 → 케이크

③ 나뭇가지 → 소시지 　　④ 조약돌 → 사탕

11 8센티미터로 작아진 앨리스에게 "한쪽은 커지고, 다른 쪽은 작아질 거야."라는 수 수께끼를 낸 동물은 누구인가요?

① 애벌레 　　② 그리펀 　　③ 체셔 고양이 　④ 도도 새

12 공작부인은 안고 있던 우는 아기를 앨리스에게 주면서 크로케 경기에 가버립니다. 앨리스가 안고 있던 아기는 무엇으로 변했나요?

① 고양이 　　② 불가사리 　　③ 강아지 　　④ 돼지

13 체셔 고양이에 대해 잘못 설명한 것은 어느 것인가요?

① 입이 찢어지게 웃는 고양이다.

② 앨리스에게 모자장수와 삼월토끼가 있는 곳을 알려줬다.

③ 포악스럽게 생겼으며, 엄청나게 긴 발톱과 이빨이 많다.

④ 불쑥 나타났다 사라지며 웃는 얼굴을 남긴다.

14 모자장수와 삼월 토끼는 다과회를 하면서 그들의 팔꿈치를 어떤 동물에게 얹고 있 었나요?

① 고슴도치 　　② 도마우스 　　③ 밍크 　　④ 두더지

15 하트 여왕이 가장 많이 하는 말은 무엇인가요?

① 당장 목을 베어라. 　　　　② 네 이름이 무엇이냐?

③ 크로케 경기를 할 줄 아느냐? 　④ 건방지게 굴지 마라.

16 다음과 같이 묘사하고 있는 등장인물은 누구인가요?

> "그리스 신화에 나오는 괴물로, 독수리의 머리와 날개, 사자 몸뚱이를 하고 있다."

① 가짜 거북　　② 기니피그　　③ 그리펀　　④ 카드리유

17 앨리스는 하트 왕과 하트 여왕이 재판을 하는 곳에 갑니다. 그것은 누구의 재판이며, 무슨 죄를 저질렀나요?
① 모자 장수가 모자를 훔친 죄
② 하트 잭이 여왕의 파이를 훔친 죄
③ 앨리스가 모자 장수의 버터 바른 빵을 먹은 죄
④ 요리사가 파이에 후추를 넣은 죄

18 앨리스가 이상한 나라에서 겪은 일들은 모두 무엇이었나요?
① 앨리스가 지어낸 이야기　　② 앨리스가 언니로부터 들은 이야기
③ 앨리스가 꾼 꿈　　④ 앨리스 언니가 읽어 준 책 이야기

※아래 문장을 읽고 맞으면 ○, 틀리면 ×로 답하세요.

19 하트 카드 정원사들은 파란 장미를 빨갛게 칠하고 있었다. (　　)

20 코커스 경주에서 동물들은 열심히 뛰지만 언제 끝날지, 누가 이겼는지 알 수 없다. (　　)

21 크로케 경기에서 공은 고슴도치였고, 채는 홍학이었으며, 병사들은 몸을 굽혀 골대 역할을 했다. (　　)

| 추론적 · 비판적 이해 문제 |

22 모자장수의 시간은 왜 항상 다과 시간에 멈추어 있을까요?
① 다과 시간을 항상 원했기 때문에
② 삼월 토끼와 답도 없는 수수께끼를 푸는 것이 재미있기 때문에
③ 하트 여왕 폐하가 연 대음악회에서 노래를 했다가 벌을 받았기 때문에
④ 모자장수의 시계바늘은 다과 시간에 멈추어 있기 때문에

23 앨리스의 이상한 나라에서는 공간이 수시로 바뀝니다.
공간을 바꾸게 하는 통로는 어떤 것들이 있었나요?

앨리스가 이상한 나라로 들어갈 때부터 생각해 봐!

24 앨리스의 언니는 동생으로부터 이상한 나라의 이야기를 듣고, 무슨 생각을 했을까요?

이런 독후활동 어때요?

단어 연상 게임하기
- '이상한 나라 앨리스'에서는 낱말 놀이가 많이 나옵니다.
  한 단어를 정하고 연상하여 봅시다.
- 생각그물 펼치기를 해보세요.

스스로 독서 – 나의 독서 태도를 점검해 보세요

	1	2	3	4	5

1. 책을 꼼꼼하게 잘 읽었나요?
2. 이야기의 줄거리를 알 수 있나요?
3. 이야기의 주제를 이해했나요?
4. 책을 통해 깨달은 점이 있나요?
5. 더 알고 싶은 점을 써보세요.

21 개구리 선생님의 비밀

파울 판 론 글 | 김지윤 그림 | 푸른나무

관련교과 3학년 2학기 국어 읽기 3. 함께 사는 세상 | 3학년 2학기 도덕 4. 생명을 존중해요

난이도 ★★

"쉿! 쉿! 우리 선생님이 개구리래"

가끔 개구리가 된다는 프랑스 선생님의 비밀은 정말일까. '비밀'이란 말만 들어도 호기심부터 생긴다. 아이들은 심술쟁이 교장 선생님으로부터 프랑스 선생님을 지키기 위해 '개구리 선생님 보호 작전'을 벌인다. 시간과 장소를 가리지 않고 개구리로 변하는 프랑스 선생님과 검은 황새로 변해 개구리를 잡아먹는 교장 선생님, 그리고 수잔 선생님의 정체가 하나씩 밝혀지며 아이들의 상상의 세계를 자극한다. 작가는 이 책을 멸종 위기에 처한 황새들에게 바치고 있다.

독서퀴즈

| 어휘 문제 |

01 다음 밑줄 친 낱말 중 잘못 된 것을 고르세요.

① 프랑스 선생님은 옷걸이에 걸린 웃옷을 집어 들었습니다.
② 보우터가 불룩한 자기 윗옷 주머니를 가리키며 말했습니다.
③ 윗어른을 만나면 예의 바르게 인사합니다.
④ 엄마는 제게 예쁜 윗도리를 사주셨습니다.

02 밑줄 친 부분을 프랑스 선생님과의 촌수로 따지면 뭐라고 불러야 하나요? 알맞게 짝지어진 것을 고르세요.

> "우리 아버지도 나처럼 가끔 개구리로 변하셨지. 할아버지도 그랬고,
> 할아버지의 아버지도 그랬어. 할아버지의 아버지의 아버지도 그랬지."
>   ㉠   ㉡

① ㉠ – 증조부 ㉡ – 고조부   ② ㉠ – 외증조부 ㉡ – 외고조부
③ ㉠ – 고조부 ㉡ – 증조부   ④ ㉠ – 외고조부 ㉡ – 외증조부

03 "반 아이들은 프랑스 선생님을 <u>안쓰럽게</u> 쳐다보았습니다."에서 밑줄 친 낱말의 뜻은?

① 아주 쉽게　　　② 가까이　　　③ 가엾게　　　④ 넋 놓고

| 사 실 적 이 해 문 제 |

04 프랑스 선생님이 5학년 a반 아이들에게 밝힌 자신의 비밀은 무엇인가요?

① 나비로 변하는 것　　　② 황새로 변하는 것
③ 가끔 개구리로 변하는 것　④ 선생님이 원하는 대로 무엇이든지 변하는 것

05 프랑스 선생님은 언제 개구리로 변신하나요?

① 물이 마시고 싶어질 때　　② 머릿속이 개구리 생각으로 가득할 때
③ 파리를 보았을 때　　　　④ 개구리 소리를 들었을 때

06 프랑스 선생님이 갑자기 개구리로 변했을 때 교실로 들어온 사람은 누구인가요?

① 수잔 선생님　　② 지타 어머니　③ 체육 선생님　④ 클라퍼 선생님

07 갑자기 개구리로 변한 선생님을 다시 프랑스 선생님으로 돌아오게 하려고 아이들은
어떻게 했나요?

① 연못가에 놓아주었다.
② 보우터가 개구리를 어항에 넣어주었다.
③ 지타가 개구리에게 입맞춤을 했다.
④ 파리를 잡아 개구리에게 먹였다.

08 개구리로 변한 선생님이 다시 사람으로 돌아올 수 있는 방법은 무엇인가요?

① 벌레를 먹어야 한다.　　　② 수잔 선생님의 입맞춤을 받아야 한다.
③ 물에서 헤엄을 쳐야 한다.　④ 개구리 노래를 불러줘야 한다.

09 아이들은 프랑스 선생님이 갑자기 개구리로 변하는 비상사태에 대비하기 위해 두엇
을 준비했나요?

① 잼 병에 나비 한 마리를 넣었다.　② 잼 병에 파리 한 마리를 넣었다.
③ 잼 병에 바퀴벌레를 넣었다.　　④ 잼 병에 연못물을 넣었다.

10 수잔 선생님이 프랑스 선생님에게 저녁을 먹으러 가자고 한 곳은 무슨 식당인가요?

① 곰 발바닥 전문 요리 식당　　　② 거위 간 전문 요리 식당

③ 개구리 뒷다리 전문 요리 식당　　④ 메뚜기볶음 식당

11 클라퍼 교장 선생님은 왜 선생님이나 아이들에게 벌점을 주는데 100점이 되면 어떻게 되나요?

① 일주일 동안 화장실 청소를 한다.

② 한 달 동안 학교 안의 쓰레기를 줍는다.

③ 일주일 동안 급식실에서 설거지를 한다.

④ 학교에서 쫓겨난다.

12 데니스가 교장실에 찾아갔다가 알게 된 놀라운 사실이 <u>아닌</u> 것은 무엇인가요?

① 벌점 받은 선생님과 아이들의 명단　　② 클라퍼 선생님의 가족사진

③ 클라퍼 선생님의 이름은 제시이다.　　④ 클라퍼 선생님이 황새로 변한다.

13 클라퍼 선생님이 다시 사람이 되려면 어떻게 해야 되나요?

① 개구리를 먹어야 한다.　　　　② 공중으로 날아올라야 한다.

③ 날개를 활짝 펴고 춤을 춰야 한다.　　④ 목을 움츠렸다 쭉 뻗어야 한다.

14 프랑스 선생님과 아이들은 클라퍼 선생님의 비밀을 알게 되고 클라퍼 선생님을 잡을 계획을 세웁니다. 학교의 무슨 행사 때 그 계획을 실행하기로 했나요?

① 체육대회　　　② 학부모회의　　③ 수학여행　　④ 축제

15 지타가 클라퍼 선생님을 잡기 위해 한 행동과 말이 <u>아닌</u> 것은 어느 것인가요?

> 지타는 시간을 끌기 위해 클라퍼 선생님을 잡고 있었어.

① 지타는 엄마와 클라퍼 선생님이 말씀을 나누시는데 끼어들었다.

② 지타는 클라퍼 선생님의 소매를 붙들고 다정스레 잡아끌었다.

③ 지타는 클라퍼 선생님께 프랑스 선생님이 화장실에 숨어 있다고 말했다.

④ 지타는 프랑스 선생님이 개구리로 변한다고 클라퍼 선생님께 말했다.

16 클라퍼 선생님은 지타가 프란스 선생님의 비밀을 말해주는 것에 대해 수상쩍게 생각했어요. 지타는 뭐라고 변명을 했나요?

① 프란스 선생님이 멍청한 수잔 선생님을 좋아하기 때문이에요.
② 프란스 선생님이 개구리로 변한 것을 보고 징그러웠기 때문이에요.
③ 개구리로 변한 프란스 선생님이 파리를 먹는 것을 보고 더럽다고 생각했기 때문이에요.
④ 프란스 선생님 때문에 자꾸 벌점을 받기 때문이에요.

17 클라퍼 선생님을 잡기 위해 교장실에 숨어 있던 사람이 <u>아닌</u> 아이는 누구인가요?

① 보우터   ② 안네마리
③ 시몬   ④ 데니스

18 지타 엄마는 클라퍼 선생님이 검은 황새로 변한 것을 보고 어떤 제안을 했나요?

① '푸른 동물 보호소'로 보내자고 했다.
② 새장에 가두어 아이들 학습용 생물로 쓰자고 했다.
③ 동물원에 보내자고 했다.
④ 동물 표본으로 만들어 과학실에 전시하자고 했다.

※아래 문장을 읽고 맞으면 ○, 틀리면 ×로 답하세요.

19 프란스 선생님의 가족은 조상 대대로 개구리로 변신해 왔다. (　　　)

20 프란스 선생님은 수잔 선생님에게 튤립 꽃다발을 보냈다. (　　　)

21 프란스 선생님을 짝사랑한 아이는 안네마리이다. (　　　)

22 황새로 변한 클라퍼 선생님을 잡기 위해 미끼로 쓴 것은 개구리이다. (　　　)

23 지타 엄마가 검은 황새를 보고 동물 보호소로 보내자고 제안한 이유는 황새의 부리가 독특하기 때문이다. (　　　)

24 프란스 선생님은 개구리로 변하는 것이 조상으로부터 물려받은 유전이라고 합니다. 프란스 선생님의 집안은 어떻게 개구리로 변할 수 있었을까요?

개구리가 사는 곳을 잘 생각해 봐!

25 클라퍼 선생님은 언제 황새로 변할까요?

26 5학년 a반 아이들은 프란스 선생님의 비밀을 지켜주려고 노력합니다. 왜 선생님의 비밀을 지켜주려고 했을까요?

이런 독후활동 어때요?

자신의 학교 선생님들을 소재로 환상동화 쓰기
- '패러디 동화' 쓰기로 여러분이 다니는 학교 선생님들을 소재로 동화를 씁니다.
- 동화 내용은 '개구리 선생님의 비밀'에서 주인공과 변하는 동물 이름을 바꾸세요.

스스로 독서 – 나의 독서 태도를 점검해 보세요

                    1   2   3   4   5

1. 책을 꼼꼼하게 잘 읽었나요?
2. 이야기의 줄거리를 알 수 있나요?
3. 이야기의 주제를 이해했나요?
4. 책을 통해 깨달은 점이 있나요?
5. 더 알고 싶은 점을 써보세요.

28 눈의 여왕

안데르센 지음 | P. J. 린치 그림 | 공경희 옮김 | 어린이작가정신

관련교과 **4학년 2학기 국어 읽기** 7. 삶의 향기 | **3학년 2학기 도덕** 2. 감사하는 생활

난이도 ★★

덴마크가 낳은 천재적인 작가 안데르센의 작품 중에서도 〈눈의 여왕〉은 가장 뛰어난 걸작으로 꼽힌다. 이야기 속에는 많은 은유와 상징이 숨겨져 있어 흥미를 더한다.

트롤이 만든 마법의 거울에는 특별한 힘이 있다. 거울은 산산이 부서져 모래알처럼 작은 파편이 되어 공중에 흩어진다. 그 파편이 사람들의 눈에 박히면 뭐든지 나쁘게 보고, 고집 세고 못된 성미로 변한다. 심장에 거울 파편이 박히면 마음도 얼음장처럼 차갑게 변해 버린다. 이 마법의 거울 파편이 케이의 눈과 심장에 박혀 케이는 눈의 여왕을 따라 그녀의 얼음궁전으로 간다. 게르다는 케이를 찾기 위해 온갖 어려움을 이겨내며 끝까지 포기하지 않는다. 결국 게르다는 사랑의 힘으로 케이의 눈과 심장에 박힌 파편을 빼내고 집으로 돌아온다.

독서퀴즈

| 어휘 문제 |

01 다음 눈의 종류 중에서 눈송이가 가장 큰 것은 어느 것인가요?

① 진눈깨비 ② 싸라기눈 ③ 함박눈 ④ 소나기눈

02 다음 밑줄 친 어휘가 문장에 어울리지 않게 씌어진 것은 어느 것인가요?

① 케이는 게르다가 가져온 그림책을 애들이나 보는 유치한 책이라고 <u>빈정거렸다.</u>

② 할머니는 아직 도착하지 않았지만 곧 올 테니 <u>너무</u> 슬퍼하지 말라고 위로해 주었다.

③ 케이는 동네 사람 모두를 흉내 내어 사람들을 <u>웃음거리로</u> 만들어주었다.

④ 케이는 추위 때문에 <u>새빨갛게</u> 질려 있었다.

03 다음 중 관계없는 낱말을 고르세요.

① 왕실   ② 여왕   ③ 소굴   ④ 궁전

| 사 실 적 이 해 문 제 |

04 마법의 거울에 관한 사실 중 옳지 않은 것은 어느 것인가요?

① 마법 학교 교사인 트롤이 만들었다.

② 착하고 아름다운 것을 비추면 그 아름다움이 사라져 버리고, 추하고 쓸모없는 것을 비추면 흉해보였다.

③ 거울은 세상 사람들의 원래 모습을 비춰 주었다.

④ 괴물들은 거울로 하늘에서도 재미있게 놀 수 있는지 알아보고 싶었다.

05 케이는 창밖을 보다가 눈의 여왕을 보게 됩니다. 케이가 본 눈의 여왕 모습이 아닌 것은 어느 것인가요?

① 크림색의 고운 옷을 입은 여인이다.

② 별 같은 점 수백만 개로 만들어진 옷을 입었다.

③ 피부는 희고 고왔지만, 완전히 얼음으로 만들어져 있었다.

④ 눈은 밝은 별처럼 반짝였지만, 따스한 빛이 없었다.

06 트롤이 만든 거울에는 특별한 힘이 있습니다. 그것이 부서져 케이의 눈과 심장에 박혔어요. 케이는 어떻게 변했는지 모두 고르세요.

① 게르다에게 소리치고 화를 냈다.

② 게르다에게 노래를 가르쳐 주었고, 둘은 함께 불렀다.

③ 동네 사람들을 흉내 내어 웃음거리로 만들었다.

④ 게르다의 할머니가 들려주는 이야기를 좋아했다.

07 케이는 어떻게 눈의 여왕을 따라가게 되었나요?

① 커다란 돋보기로 눈송이를 들여다보다가

② 광장에서 썰매타기를 하다가

③ 얼음낚시를 하다가

④ 함박눈이 내리던 날 창밖을 보다가

08 눈의 여왕이 케이의 이마에 입맞춤을 한 후 케이는 변했어요. 다음 중 변한 케이의 모습이 <u>아닌</u> 것은 어느 것인가요?

① 암산을 잘하게 되었다.
② 더 이상 추위를 느끼지 않았다.
③ 게르다, 게르다의 할머니, 가족 모두 까맣게 잊었다.
④ 더 이상 눈의 여왕이 두렵지 않았다.

09 게르다는 케이를 찾기 위해 강물에게 가장 아끼는 것을 주었는데 그것은 무엇인가요?

① 금반지　　　　② 빨간 구두　　③ 목걸이　　　　④ 목도리

10 게르다가 강물에 떠밀려 도착한 곳에서 만난 사람은 누구인가요?

① 라플란드 노파　　　　　　② 목발 짚은 할머니
③ 핀란드 노파　　　　　　　④ 도둑의 딸

11 강물을 떠내려가다가 도착한 곳에서 만난 사람은 게르다의 사연을 듣고, 게르다와 살고 싶어서 어떤 마법을 걸었나요?

① 버찌를 먹여서 가족을 까맣게 잊게 했다.
② 정원에 있는 꽃구경을 시켜 모든 것을 잊게 했다.
③ 빨간색과 파란색 창문이 있는 오두막에 가두었다.
④ 황금 빗으로 머리를 빗겨 주어 케이를 잊게 했다.

12 케이를 찾아 길을 떠나는 게르다에게 공주와 왕자가 준 선물이 <u>아닌</u> 것은 무엇인가요?

① 황금 칼　　　　② 황금 마차　　③ 토시　　　　④ 장화

13 도둑들이 게르다를 죽이려하자 도둑의 딸이 구해 주었어요. 무슨 이유로 구해주었는지 <u>모두</u> 고르세요.

① 자기와 같은 또래인 게르다가 불쌍해서
② 엄마에게 있었던 불만으로 반항하기 위해서
③ 게르다와 같이 놀기 위해서
④ 게르다가 입고 있는 예쁜 옷이랑 토시를 갖고 싶어서

14 게르다에게 케이가 있는 곳을 알려준 것은 누구인가요?

　　①까마귀　　　　②산비둘기　　　③갈가마귀　　　④개

15 눈의 여왕이 살고 있는 곳은 어디인가요?

　　① 라플란드　　　② 핀란드　　　③ 에트나 산　　④ 베수비오 산

16 도둑의 딸이 눈의 여왕이 있는 곳으로 떠나는 게르다에게 준 선물이 <u>아닌</u> 것은 무엇인가요?

　　① 털신　　　　② 빵 두 덩어리　　　③ 베이컨　　　④ 단검

17 라플란드 노파가 핀란드 노파에게 보내는 편지를 어디에 써주었나요?

　　① 순록 가죽　　② 마른 생선　　③ 모자　　　④ 치마

18 케이는 눈의 여왕 궁전에서 무엇을 하고 있었나요?

　　① 구구단을 외우고 있었다.
　　② 썰매를 타고 있었다.
　　③ 얼음 조각으로 퍼즐 맞추기를 하고 있었다.
　　④ 게르다가 오기를 기다리고 있었다.

19 게르다가 케이를 만날 수 있도록 도와준 사람들을 차례 대로 써보세요.

　　㉠ 라플란드 노파　㉡ 목발 짚은 할머니　㉢ 도둑의 딸　㉣ 핀란드 노파　㉤ 공주와 왕자

20 케이의 눈과 심장에 박혔던 거울 파편은 어떻게 빠졌나요?

　　① 게르다의 뜨거운 눈물과 찬송가를 듣고
　　② 게르다의 입김을 눈에 불어서
　　③ '영원'이라는 단어를 맞추어서
　　④ 게르다가 케이의 이마에 입맞춤으로

※ 아래 문장을 읽고 맞으면 ○, 틀리면 ×로 답하세요.

21 게르다를 공주의 방으로 데려다 준 것은 까마귀이다. (　　　)

22 달빛 덕분에, 게르다를 태운 순록은 밤새 달려 핀란드에 무사히 도착했다.
( )

23 게르다와 케이가 고향에 도착했을 때, 그들은 어른이 됐지만 마음만은 아이처럼 순수했다. ( )

| 추론적 · 비판적 이해 문제 |

24 눈의 여왕은 '영원'이라는 단어를 맞출 수 있다면 '네가 너 자신의 주인이 될 것이다.'라고 했어요. 이 말의 의미는 무엇일까요?

25 눈의 여왕은 왜 케이를 데려갔을까요?

26 게르다는 왜 어려운 일을 겪으며 케이를 구하려 했을까요?

여러분이 주인공의 입장이 되어 생각해봐!

이런 독후활동 어때요?

등장인물 기록카드 만들기
- '눈의 여왕'에는 많은 등장인물이 나옵니다.
  여러 가지 색지를 이용해 기록카드를 만드세요.
- 기록카드에 등장인물의 성격과 특징을 정리해보세요.

스스로 독서 – 나의 독서 태도를 점검해 보세요

　　　　　　　　　　1　　　2　　　3　　　4　　　5

1. 책을 꼼꼼하게 잘 읽었나요?
2. 이야기의 줄거리를 알 수 있나요?
3. 이야기의 주제를 이해했나요?
4. 책을 통해 깨달은 점이 있나요?
5. 더 알고 싶은 점을 써보세요.

29 신나는 열두 달 명절 이야기

우리누리 지음 | 권사우 그림 | 중앙M&B

관련교과 **3학년 2학기** **사회** 3. 다양한 삶의 모습 | **3학년 2학기** **국어 쓰기** 4. 차근차근 하나씩

난이도 ★

가장 한국적인 것이 세계화의 첫걸음이다. 한국인으로서 우리의 문화와 전통음식에 긍지를 갖는 것이 세계화로 나아가는 것이다. 이 책은 아이들에게 우리의 참모습을 아는 것에 밑거름 역할을 한다. 열두 달 명절을 재미있는 이야기로 풀어내며, 명절에 먹는 우리의 전통 음식도 아울러 소개하고 있다. 부록에는 24절기를 설명하여 절기가 어떤 의미를 갖고 있는지를 알 수 있도록 하였다. 열두 달 명절 이야기를 읽다보면 조상의 슬기로운 지혜를 엿볼 수 있다. 음식 하나도 그냥 먹는 게 없고 놀이 하나도 그냥 하는 게 없다. 명절에 얽힌 이야기를 읽다보면 우리의 명절이 더욱 소중하게 느껴진다.

독서퀴즈

| 어휘 문제 |

01 '적당한 것이 없을 때 조금 못한 것이나 비슷한 것으로 대신한다.'는 말의 속담은 무엇인가요?

① 개 보름 쇠듯 한다.   ② 꿩 대신 닭이다.
③ 자라보고 놀란 가슴 솥뚜껑 보고 놀란다.   ④ 우물에 가서 숭늉 찾는다.

02 열두 달 중 우리말로 된 명칭이 **잘못** 짝지어진 것은 어느 것인가요?

① 1월 – 정월   ② 12월 – 섣달
③ 11월 – 동짓달   ④ 7월 – 썩은 달

03 다음 중 맞춤법이 틀린 것은 어느 것인가요?

① 야광귀를 쫓아 낼 수 있는 좋은 방법이 있어요.
② '떡매'는 떡을 치는 방망이에요.
③ 삼월 삼짇날은 산에 올라가 봄을 즐기는 명절이에요.
④ 유과는 잔칫상이나 제사상에는 빠지지 않는 과자예요.

04 설날 이른 새벽에 사서 벽에 걸어두면 이것에 쌀을 일 듯 집안에 복이 들어온다고 믿었던 이 물건은 무엇인가요?

① 부채   ② 체   ③ 복조리   ④ 연

05 새해 첫날인 음력 1월 1일은 설날이지요. 아침 일찍 일어나서 ①(　　　　　)을 입고 조상님들께 ②(　　　　　)를 지내지요. 그리고 어른들에게 ③(　　　　　)를 드리고 서로의 행복을 빌어주는 ④(　　　　　)을 주고받지요.

06 정월 대보름에 먹는 음식은 무엇인가요?

> ⓐ 부럼   ⓑ 떡국   ⓒ 식혜   ⓓ 오곡밥   ⓔ 화전   ⓕ 수단   ⓖ 팥죽   ⓗ 나물   ⓘ 송편

① ⓐ, ⓑ, ⓓ   ② ⓒ, ⓔ, ⓕ   ③ ⓐ, ⓓ, ⓗ   ④ ⓓ, ⓖ, ⓘ

07 '한식'에 관해 잘못 설명한 것은 어느 것인가요?

① 한식날에는 불에 타 죽은 문공의 넋을 위로하는 날이다.
② 찬밥을 먹는 날이다.
③ 양력으로 보면 대체로 4월 5, 6일쯤 된다.
④ 한식날 비가 오면 그 해에 풍년이 든다고 한다.

08 유두날에 만들어 먹었던 특별한 전통음식은 무엇인가요?

① 냉면   ② 메밀 국수   ③ 수정과   ④ 수단과 건단

09 단옷날 하는 풍습이 아닌 것은 무엇인가요?

① 대추나무 시집보내기   ② 부채 선물하기
③ 창포물에 머리감기   ④ 다리 밟기

10 단오는 다른 말로 무엇이라고도 부르나요?

① 수릿날   ② 수두의 날   ③ 애동지   ④ 중추

11 까마귀와 까치들이 놓아준 오작교를 건너서 견우와 직녀가 일 년에 한 번 만난다는 이날은 언제인가요?

① 칠월칠석 　　　② 유두 　　　③ 한식 　　　④ 삼진날

12 추석날 밤 처녀들이 떼를 지어 춤을 추면서 노는 놀이는 무엇인가요?

① 야광귀 귀신 놀이 　② 쥐불놀이 　③ 달맞이 　④ 강강수월래

13 추석 날 하는 풍습이 <u>아닌</u> 것은 어느 것인가요?

① 햇곡식과 햇과일로 조상들에게 차례를 지내고 성묘를 한다.
② 찬 음식을 먹으며 조상의 묘를 찾아가 성묘를 한다.
③ 신라 유리왕 때부터 베를 짜는 풍습이 지켜져 내려왔었다.
④ 씨름 대회, 활쏘기 대회, 농악 · 거북놀이 등을 했다.

14 중양절과 관련된 계절과 꽃을 바르게 연결한 것은 어느 것인가요?

① 봄 – 진달래 　② 가을 – 국화 　③ 여름 – 봉선화 　④ 겨울 – 매화

15 한 해의 시작이라는 뜻으로 동지를 또 <u>다른</u> 말로 무엇이라고 부르나요?

① 아세 　　　② 애동지 　　　③ 중구일 　　　④ 가배

16 섣달 그믐날에 그 동안 무사히 잘 보냈다는 것을 알리는 인사를 무엇이라고 하나요?

① 해지킴 　　　② 더위팔기 　　　③ 묵은세배 　　　④ 부럼 까기

※ 아래 문장을 읽고 맞으면 〇, 틀리면 ×로 답하세요.

17 한식은 농사와 관계가 깊은 날이에요. 농가에서는 이 날을 일 년 농사의 처음으로 생각했어요. (　　)

18 유두날에는 부채를 만들어 차고 다니기도 했어요. (　　)

19 강강수월래는 병자호란 때 이순신 장군이 시작했다. (　　)

20 옛날 우리 조상들은 달이 밝은 밤을 신비롭게 여겼어요. 특히 보름날 밤에는 둥근 달을 보며 더욱 흥겨워했지요. 열두 달 명절 중 보름날과 관계있는 명절을 써보세요.

21 우리의 옛 어른들은 홀수가 두 번 겹치면 복이 들어오는 좋은 날이라고 생각해 명절로 삼았어요. 어느 명절이 있나요?

22 창포물에 머리감기나 팥죽 쑤어먹기 등 명절마다 하는 풍습은 대부분 어떤 뜻을 가지고 있나요?

명절마다 하는 모든 풍습에는 의미가 다 담겨 있어.

이런 독후활동 어때요?

우리나라 명절 책 만들기
• 책에서 소개된 우리나라 명절의 특징을 정리해 보세요.
• 책 만들기를 한 후, 명절의 특징을 써보세요.

스스로 독서 – 나의 독서 태도를 점검해 보세요

| | 1 | 2 | 3 | 4 | 5 |

1. 책을 꼼꼼하게 잘 읽었나요?
2. 이야기의 줄거리를 알 수 있나요?
3. 이야기의 주제를 이해했나요?
4. 책을 통해 깨달은 점이 있나요?
5. 더 알고 싶은 점을 써보세요.

30 지구 둘레를 잰 도서관 사서

캐스린 라스키 글 | 케빈 호크스 그림 | 미래M&B

관련교과 **4학년 2학기 국어 읽기** 7. 삶의 향기 | **5학년 1학기 과학** 1. 지구와 달 | **6학년 1학기 과학** 3. 계절의 변화

난이도 ★ ★

에라토스테네스(기원전 276~194년)는 고대 그리스의 과학자이자 지리학자이다. 그는 우물에 생기는 그림자 각도의 차이를 보고 지구의 둘레를 구할 수 있다고 생각하고, 이를 응용하여 지구의 둘레를 재게 된다. 에라토스테네스는 이집트의 왕 프톨레마이오스 3세의 아들을 가르치기 위해 모든 학문의 중심지인 알렉산드리아로 간다. 알렉산드리아 도서관장이 되어 자신이 관심 있고 궁금해 하던 지구 둘레의 길이를 알아보는 연구에 몰두한다. 당시 그가 지구 둘레를 재는 데 사용했던 방법과 오늘날 최첨단 기술로 잰 것과 비교했을 때 약 6천 킬로미터 밖에 차이가 나지 않는다.

독서퀴즈

| 어휘 문제 |

임자말은 '무엇'에 해당하는 것이고, 풀이말은 '어떠하다'는 뜻이야.

01 '과학과 문학 그리고 역사에 대한 위대한 질문들이 그곳에서 <u>탄생하였다.</u>'에서 밑줄 친 풀이말의 임자말은 무엇일까요?

① 에라토스테네스　　② 과학　　③ 학자　　④ 질문

02 에라토스테네스는 그리스 역사에서 중대한 일이 일어난 날을 모두 목록으로 만들었어요. 이렇게 만든 날짜들의 목록을 무엇이라고 하나요?

① 연대기　　② 기록표　　③ 이름표　　④ 파피루스

03 다음 문장 중 밑줄 친 낱말의 뜻을 바르게 설명한 것끼리 짝지어 놓은 것을 고르세요.

> • 오렌지의 <u>원주</u>를 구하려면 우선 오렌지 한 조각의 가장자리 <u>호</u>를 알아야 합니다.
> • 6월 21일 <u>정오</u>가 되면 태양이 똑바로 내리비춥니다.

① 길이 – 둘레 – 낮 12시　　② 길이 – 낮 12시 – 둘레
③ 둘레 – 길이 – 낮 12시　　④ 둘레 – 낮 12시 – 길이

04 에라토스테네스는 여섯 살이 되자 학교에 들어갔어요. 그때는 학교를 무엇이라고 불렀나요?

05 에라토스테네스는 모든 과목을 잘했어요. 그가 정말 좋아하는 과목은 무슨 과목인가요?
① 수학　　　　　② 시 낭송　　　　　③ 음악　　　　④ 지리

06 에라토스테네스가 청년이 되어 더 많은 공부를 하기 위해 간 곳은 어디인가요?
① 아테네　　　② 알렉산드리아　　　③ 시에네　　　④ 키레네

07 에라토스테네스가 서른 살이 되던 해, 누구의 가정교사가 되었나요?

08 알렉산드리아의 박물관에 대해 잘못 설명한 것은 어느 것인가요?
① 연구실과 도서관, 식당과 개인 공부방이 있었다.
② '무세이온'이라고 불렀는데 '뮤즈들이 사는 신전'이라는 뜻이다.
③ 사전과 백과사전이 맨 처음 만들어진 곳이다.
④ 수집한 물건들을 그냥 전시만 하는 곳이다.

09 사람들은 에라토스테네스가 굉장히 아는 것이 많다고 해서 어떤 별명으로 그를 불렀나요?
① 오이디푸스　　② 펜타슬루스　　③ 헤로필로스　　④ 프로메테우스

10 알렉산드리아 도서관장이 된 에라토스테네스가 관심을 갖고 연구한 일은 무엇인가요?

에라토스테네스가 살았던 나라를 생각해봐!

11 에라토스테네스는 지구 둘레의 길이를 재는 방법에서 지구를 어느 과일에 빗대어 생각했나요?
① 사과　　　　② 수박　　　　③ 포도　　　　④ 오렌지

12 에라토스테네스는 지구 둘레의 길이를 알아보기 위해 두 도시를 지구 중심을 이은 부채꼴의 하나로 생각해냈어요. 두 도시가 알맞게 연결된 것은 어느 것인가요?

① 키레네 – 시에네

② 알렉산드리아 – 시에네

③ 알렉산드리아 – 키레네

④ 아테네 – 시에네

13 에라토스테네스가 지구 둘레의 길이를 재는 일에 필요한 사실들에 관해 <u>잘못</u> 설명한 것은 어느 것인가요?

① 지구는 평평하기 때문에 태양빛은 모든 지역에서 똑같은 각도로 내리쬔다.

② 태양이 만드는 그림자만으로 태양빛이 얼마나 기울어졌는지 알 수 있다.

③ 6월 21일, 정오에 알렉산드리아에서 잰 태양빛의 각도와 알렉산드리아와 시에네를 잇는 부채꼴의 중심각이 같다.

④ 지구 안에 거대한 부채꼴이 50개가 들어간다.

14 에라토스테네스는 부채꼴의 가장자리 길이, 즉 두 도시 사이의 거리를 재는 방법을 어떻게 해결했나요?

① 낙타를 타고 거리를 쟀다.

② 에라토스테네스가 직접 걸어서 거리를 쟀다.

③ 노예들을 시켜서 거리를 쟀다.

④ 베마티스트를 써서 거리를 쟀다.

15 에라토스테네스는 지구 둘레의 길이를 알아내는 데 성공했어요. 이렇게 해서 그가 완성한 세계 최초의 책은 무엇인가요?

① 수학   ② 세계 지도   ③ 지리학   ④ 역사학

※ 아래 문장을 읽고 맞으면 ○, 틀리면 ×로 답하세요.

16 에라토스테네스는 아기 때부터 호기심이 많았다. (   )

17 '김나지움'의 말은 원래 '시를 낭송하는 교실'이라는 뜻이다. (   )

18 김나지움에서는 여학생과 남학생이 같은 교실에서 공부를 했다. (   )

19 "하짓날 정오가 되면 태양이 시에네에 있는 어떤 우물 바로 위에서 똑바로 내리비춘다. 그래서 우물 벽에 그림자 하나 생기지 않고 바닥까지 환해진다. 그러나 똑같은 시각, 알렉산드리아에 있는 우물에는 그림자가 생긴다." 이 사실로 인해 알 수 있는 것은 무엇일까요?

20 태양빛이 얼마나 기울어졌는지 알 수 있는 방법은 무엇일까요?

이런 독후활동 어때요?

주인공 이력서와 소개서 쓰기
- 책의 내용을 바탕으로 주인공의 이력서와 소개서를 써보세요.

스스로 독서 – 나의 독서 태도를 점검해 보세요

	1	2	3	4	5

1. 책을 꼼꼼하게 잘 읽었나요?
2. 이야기의 줄거리를 알 수 있나요?
3. 이야기의 주제를 이해했나요?
4. 책을 통해 깨달은 점이 있나요?
5. 더 알고 싶은 점을 써보세요.

31 고래는 왜 바다로 갔을까?

고학아이 글 | 엄영신 · 윤정주 그림 | 창비

관련교과 **3학년 2학기 과학** 2. 동물의 세계 | **6학년 1학기 과학** 4. 생태계와 환경

난이도 ★ ★ ★

지금으로부터 1천만 년 전에 뭍에 살았던 '메소닉스'라는 동물이 지금의 고래의 조상이라고 한다. 과학자들은 뭍에 살았던 메소닉스가 어떻게 지금과 같은 고래로 진화했는지 그 비밀을 완전히 밝혀내지 못했지만 고래의 뼈대를 보면 그 진화의 흔적을 찾을 수 있다고 한다.

이 책은 고래의 종류 · 생태 · 사는 곳 · 고래의 조상 등에 대해 자세히 설명하고 있다. 과학자들은 고래를 해치지 않고도 유익하게 이용하는 방법이나, 고래와 사람이 서로 이로운 이웃이 될 수 있는 연구를 하여 미래에는 바다 세계를 개척할 수 있다고 한다.

이 세상에는 모두 78종의 고래가 살고 있다. 오늘날 고래가 점차 사라져 가는 이유와 사람들의 무분별한 고래 사냥에 대해서도 언급하고 있다.

| 어휘 문제 |

01 다음 중 <u>다른</u> 뜻을 가진 낱말을 고르세요.

① 뭍   ② 물가   ③ 육지   ④ 땅

02 다음 문장 중 사이시옷이 들어간 낱말이 <u>아닌</u> 것은 어느 것인가요?

순 우리말로 된 두 낱말이 모여 새로운 낱말을 이룰 때, 앞말이 모음으로 끝나고 뒷말 첫소리가 된소리로 나면 앞말에 사이시옷을 받쳐 적어야 해.

① <u>수컷</u>고래는 <u>암컷</u> 앞에서 자기를 한껏 과시할 때 큰 이빨을 자랑한다.
② 고래는 <u>귓바퀴</u>도 없고 <u>콧구멍</u>도 막혀 있다.
③ <u>콧구멍</u>이 하나인 고래도 있고 두 개인 고래도 있다.
④ <u>뱃사람</u>들은 고래의 노래를 오랫동안 바다 괴물의 소리로만 여겼다.

03 "어디에나 옳지 못한 방법으로 제 잇속을 챙기는 사람들이 있다." 밑줄친 부분에 해당되는 고사 성어를 고르세요.

① 다다익선(多多益善)　　　② 수수방관(袖手傍觀)

③ 여어득수(如魚得水)　　　④ 아전인수(我田引水)

| 사실적 이해 문제 |

04 아주 오랜 옛날 문자가 없던 청동기 시대에 우리나라에도 고래가 살았던 사실을 어떻게 알 수 있나요?

1995년에 국보 제285호로 지정된 귀한 그림이래.

05 옛날에 우리나라 바다에 살았던 고래가 아닌 것은 어느 것인가요?

① 귀신 고래　　② 향고래　　③ 대왕 고래　　④ 범고래

06 우리나라 바다에 살았던 고래에 관한 이야기가 씌어지지 않은 옛 책은 어느 것인가요?

① 삼국유사　　② 자산어보　　③ 태종실록　　④ 난중일기

07 그리스 철학자인 이 사람은 세상에 존재하는 모든 것을 식물, 동물, 광물로 나누었어요. 고래를 처음으로 동물로 분류한 이 사람은 누구인가요?

① 플라톤　　　② 플리니우스　　③ 알렉산더　　④ 아리스토텔레스

08 고래가 오랫동안 물고기로 오해를 받다가 이 학자에 의해 고래의 족보를 바로잡았어요. 이 사람은 누구인가요?

① 린네　　　② 뀌비에　　③ 마그누스　　④ 디오니소스

09 과학자들은 고래의 조상을 누구라고 생각하나요?　(　　　　　　　　)

10 이 세상에는 모두 몇 종의 고래가 살고 있나요?

① 25종 　　　　② 83종 　　　　③ 78종 　　　　④ 135종

11 고래는 이빨이 있는지 없는지에 따라 크게 두 종류로 나눕니다. 이빨을 가졌으면
(　　　　　) 고래, 이빨 대신 수염을 가졌으면 (　　　　　) 고래로 분류합니다.

12 이빨을 가졌는지 수염을 가졌는지에 따라 알 수 있는 것은 무엇인가요?

13 이 고래는 이름과는 달리 무척 온순하고 호기심이 많습니다. 모든 고래들 가운데 가
장 멀리 여행하는 고래입니다. 옛날 우리나라에서도 많이 볼 수 있었고, 지금은 거
의 멸종 위기에 있답니다. 무슨 고래일까요?

14 고래는 왜 물 뿜기를 할까요?

① 먹이와 함께 삼킨 바닷물을 몸 밖으로 뿜어내는 것이다.
② 멀리 있는 친구에게 신호를 보내는 행동이다.
③ 즐거울 때 하는 동작이다.
④ 숨을 쉬기 위해 수증기를 내뿜는 것이다.

15 고래의 뼈를 분석해 보면 진화한 흔적을 볼 수 있다고 합니다. 어느 뼈를 보고 고래
의 조상이 육지에서 살았다는 것을 알 수 있나요?

16 고래들은 어떻게 물체를 알아보는 것일까요?

17 고래 보호 운동을 하는 환경단체는 무엇인가요?

18 고래는 어느 곳 하나 버릴 데가 없다고 합니다. 고래의 부위가 어떤 제품의 재료로 쓰이는지 줄로 알맞게 연결하세요.

① 고래 기름 •　　　　　　　　　　　　　• ⓐ 코르셋

② 고기와 내장 •　　　　　　　　　　　• ⓑ 양초, 화장품

③ 수염 •　　　　　　　　　　　　　　　• ⓒ 비누, 마가린

④ 향 고래의 경랍 •　　　　　　　　　• ⓓ 식품과 사료

19 길 잃은 고래를 발견했을 때 주의할 점이 <u>아닌</u> 것은 무엇인가요?
　① 고래를 무조건 바다로 끌어낸다.
　② 뜨거운 직사광선으로부터 피부를 보호하기 위해 천이나 종이로 몸을 가려준다.
　③ 고래의 몸무게를 조금이라도 줄여 줄 수 있도록 고래의 몸을 조금씩 들어 올려준다.
　④ 몸이 마르지 않도록 바닷물을 계속 끼얹어 준다.

※ **아래 문장을 읽고 맞으면 ○, 틀리면 ✕로 답하세요.**

20 돌고래는 시속 50킬로미터의 맹렬한 속도로 헤엄칠 수 있다. (　　　)

21 고래의 콧구멍은 머리꼭대기에 있다. (　　　)

22 고래수염은 위턱의 잇몸이 변한 것이다. 수염 색깔은 크림색 한가지이다. (　　　)

23 해마다 수많은 고래들이 해변으로 떠밀려 와 떼죽음을 당합니다. 고래들은 왜 해변 가로 올까요?

① 고래 피부에 붙은 기생충들을 털어내기 위해서다.
② 고래들은 좋은 피부를 유지하기 위해 일광욕을 해야 하기 때문이다.
③ 대장 고래가 길을 잃고 해변으로 향하면 무리 전체가 그 뒤를 따르기 때문이다.
④ 죽음을 맞이할 때 고향으로 가는 습성 때문이다.

24 고래는 바다에 살면서 어류에 속하지 않고 포유류에 속합니다. 고래를 포유류에 분류한 이유를 잘못 설명한 친구는 누구일까요?   어류와 포유류의 특징을 잘 생각해 봐!

① 은석 : 고래는 새끼를 낳고 젖을 먹여 키워.
② 수민 : 고래는 물속에서 숨을 쉴 수 없기 때문에 반드시 물 위로 올라와야 해.
③ 진희 : 고래의 뼈를 보면 퇴화한 모습의 골반 뼈와 넓적다리뼈가 남아있어.
④ 지우 : 고래는 여러 가지 소리를 내며 친구들과 대화를 할 수 있어.

이런 독후활동 어때요?

고래를 보호하자는 만평(한 컷 그림) 그리기
• 만평 안에 담을 등장인물과 배경을 떠올려 보세요.
• 나의 주장을 담은 간단한 문구도 생각해 보세요.

스스로 독서 – 나의 독서 태도를 점검해 보세요

　　　　　　　　　　　　1　　2　　3　　4　　5

1. 책을 꼼꼼하게 잘 읽었나요?
2. 이야기의 줄거리를 알 수 있나요?
3. 이야기의 주제를 이해했나요?
4. 책을 통해 깨달은 점이 있나요?
5. 더 알고 싶은 점을 써보세요.

32 어린이를 위한 우리나라 지도책

이형권 글 | 김정한 그림 | 아이세움

관련교과 **4학년 1학기** 사회 1. 우리지역의 자연환경과 생활모습 | **4학년 2학기** 국어 읽기 5. 정보를 모아

난이도 ★★

까불이 수호는 삼촌과 함께 지도를 들고 전국 일주를 떠난다. 우리나라 9개의 도와 1개의 특별시, 6개의 광역시를 구석구석 살피며 아름다운 자연과 문화유적에 얽힌 이야기를 전해준다. 또한 그림 지도를 보며 각 지방의 특색 및 특산물도 살펴 볼 수 있고, 북한 행정구역과 역사 유적 등도 소개하고 있다. 수호가 알게 된 기록들에서는 우리나라와 북한의 세계 문화유산과 동서남북의 끝지명을 찾아 볼 수 있다.

독서퀴즈

| 어휘 문제 |

01 다음 낱말과 뜻풀이가 **잘못** 짝지어진 것은 어느 것인가요?

① 도굴 – 고분 같은 것을 허가 없이 파내는 일
② 전망대 – 앞을 전망하기 위해 만든 대
③ 유기 – 나무 그릇
④ 조선소 – 배를 만들고, 고치고, 수리하는 곳

> 엑스포 과학 공원은 1993년 엑스포가 끝난 후 과학 기술을 체험할 수 있는 테마 공원으로 만들어졌다. 직접 모형 로켓을 만들어 쏘아 올리는 실험장도 있고, 소리보다 리 달리는 미래의 자동차와 블랙홀을 통과하는 우주선도 볼 수 있다.

02 윗글에서 외래어는 몇 개인가요?

① 2개
② 4개
③ 5개
④ 6개

외래어란 외국으로부터 들어온 말이 우리말과 같이 쓰여지는 말이야.

'갓바위' 라 불리는 이 조각상에는 정성을 다해 빌면 소원 한 가지를 꼭 들어준다는 전설이 전해진다.

03 밑줄 친 부분에 알맞은 속담은 어느 것인가요?

① 지성이면 감천이다.   ② 부처님의 손바닥 안이다.

③ 우물을 파도 한 우물을 파라.   ④ 호박이 넝쿨째로 굴러 떨어진다.

| 사실적 이해 문제 |

현재 남한은 ( )개의 특별시, ( )개의 광역시, ( )개의 도로 이루어져 있습니다.

04 ( ) 안에 들어갈 숫자가 알맞게 짝지어진 것은 어느 것인가요?

① 1 – 7 – 8   ② 2 – 6 – 8   ③ 1 – 6 – 9   ④ 1 – 6 – 8

05 조선시대 왕실의 사당으로 이곳에서 왕이 손수 역대 왕과 왕비의 제사를 지내던 곳은 무엇인가요?

① 종묘   ② 낙성대   ③ 덕진진   ④ 청해진

06 경기도에는 서울의 역할을 나누어 맡는 위성도시들이 많이 있습니다. 위성도시가 아닌 것은 어느 것인가요?

① 군포   ② 의정부   ③ 안산   ④ 수원

07 우리나라에서 제일 큰, 나이가 1,100살이나 되는 은행나무가 있는 곳은 어디인가요?

① 한국 민속촌   ② 용문사   ③ 전등사   ④ 수덕사

08 조선시대 정조대왕의 명으로 정약용 선생이 과학적인 방법으로 만든 성은 무엇인가요?

① 남한산성   ② 행주산성   ③ 풍납토성   ④ 수원 화성

09 국제도시로 서울로 들어가는 길목에 위치하고 있어서 예부터 외국의 문물을 가장 먼저 받아들인 도시는 어디인가요?

① 인천   ② 부산   ③ 대전   ④ 광주

10 마니산 꼭대기에 있는 이곳은 우리의 첫 조상인 단군이 하늘에 제사를 지내던 곳입니다. 이곳은 어디인가요?

① 초지진   ② 동춘당   ③ 참성단   ④ 벽골제

11 백제의 왕릉 중에서 유일하게 도굴되지 않은 무덤이라고 합니다. 백제 무령왕고· 왕비의 무덤인 이 능은 무엇인가요?

① 현릉   ② 복천동 고분군   ③ 수로 왕비릉   ④ 무령왕릉

12 다음 지역과 특산물이 <u>잘못</u> 짝지어진 것은 어느 것인가요?

① 강화도 – 인삼과 화문석   ② 안성 – 새우젓
③ 천안 – 호두과자   ④ 대구 – 사과

13 다음 지역과 역사 유적이 <u>잘못</u> 짝지어진 것은 어느 것인가요?

① 충주 – 중원고구려비   ② 익산 – 미륵사지 석탑
③ 통영 – 청해진   ④ 경주 – 첨성대

14 다음 광역시의 특색을 <u>잘못</u> 설명한 것은 어느 것인가요?

① 대전광역시 – 과학 공원과 연구 단지가 들어서 우리나라를 대표하는 과학 기술의 도시이다.
② 광주광역시 – 우리나라의 독립과 민주화를 위한 운동이 일어났던 도시이다.
③ 부산광역시 – 우리나라 최대의 공업도시이다.
④ 대구광역시 – 분지로 된 도시로 섬유패션의 도시이다.

15 우리나라에서 유일하게 바다와 접하지 않은 도입니다. 5개의 도와 접하고 있어 교통의 중심지가 되는 도는 어디인가요?

① 충청북도   ② 전라북도   ③ 경기도   ④ 경상북도

16 가야의 음악가였던 우륵이 가야금을 탔던 곳은 어디인가요?

① 화양구곡   ② 탄금대   ③ 범어사   ④ 태종대

17 다음 중 전라남도의 특산물이 <u>아닌</u> 것은 어느 것인가요?

① 영광 굴비   ② 목포 세발 낙지
③ 나주 배   ④ 영덕 대게

18 제주도에 관한 설명으로 잘못 된 것은 어느 것인가요?

① 우리나라의 남단에 있는 가장 큰 섬으로 세계적인 휴양지이다.

② 제주도의 삼성혈은 화산이 폭발한 것이다.

③ 제주도는 따뜻한 기후로 야자수와 선인장 같은 아열대 식물이 자란다.

④ 한라산은 남한에서 가장 높은 산이다. 화산이 폭발해서 생긴 산이라 꼭대기에 백록담이라는 분화구가 있다.

19 경상도와 전라도가 만나는 이곳은 5일마다 장이 서는 곳으로 유명합니다. 이곳은 어디인가요?

① 밀양 장터　　② 화개 장터　　③ 안동 장터　　④ 정선 장터

20 새해 첫날, 우리나라 육지에서 해가 가장 먼저 뜨는 곳은 어디인가요?

① 장산곶　　② 장기곶　　③ 구등곶　　④ 간절곶

21 경상북도는 전통 문화 유산을 가장 많이 보유하고 있는 도입니다. 다음 중 경상북도에 없는 역사 유적은 어느 것인가요?

① 도산서원　　　　　　② 황초령 신라 진흥왕 순수비

③ 석굴암　　　　　　　④ 불국사

22 강원도에 관한 설명 중 옳지 않은 것을 모두 고르세요.

① 소양강에는 소양강 댐과 팔당 댐이 있다.

② 어린 단종 임금님이 갇혀 있었던 곳은 청령포이다.

③ 신사임당이 율곡 이이 선생을 낳으신 곳은 청간정이다.

④ 삼척에 있는 너와집은 소나무 판자로 지붕을 얹은 집이다.

23 북한에 있는 역사문화유적이 아닌 것은 어느 것인가요?

① 선죽교　　② 은율 고인돌　　③ 현릉　　④ 대왕암

24 서울은 삼국시대부터 나라의 수도 역할을 해왔습니다. 서울의 어떤 면이 오랜 세월 동안 수도로써 자리를 지켜왔을까요?

서울의 지리적 위치를 잘 생각해 봐!

25 대구는 다른 곳보다 여름엔 더 덥고, 겨울엔 더 춥습니다. 왜 그럴까요?

26 옛날 한반도는 공룡들의 서식지였다고 합니다. 그런 사실들을 어떻게 알 수 있었나요?

이런 독후활동 어때요?

우리나라에 대해 알게 된 기록들을 지도에 표시하기
• 위성도시, 지역 특산물 등을 우리나라 지도에 표시해보세요.

스스로 독서 – 나의 독서 태도를 점검해 보세요

	1	2	3	4	5

1. 책을 꼼꼼하게 잘 읽었나요?
2. 이야기의 줄거리를 알 수 있나요?
3. 이야기의 주제를 이해했나요?
4. 책을 통해 깨달은 점이 있나요?
5. 더 알고 싶은 점을 써보세요.

33 나비박사 석주명

박상률 지음 | 한병호 그림 | 사계절

관련교과 **3학년 2학기 국어 읽기** 1. 마음으로 보아요 | **3학년 1학기 과학** 3. 동물의 한살이

난이도 ★

한국의 박물학자·나비학자인 석주명의 일생을 담은 인물이야기이다. 석주명은 1908년 11월 13일 평양에서 출생하였다. 개성 송도중학교와 일본의 가고시마 고등농림학교를 졸업한 후 모교에서 교편생활을 하며 나비 연구에 몰두, 표본을 수집하여 100여 편의 나비 관계 연구논문을 발표하였다. 석주명은 어려운 시대에 태어났지만, 10년 동안의 나비연구를 하여 우리나라는 물론 세계적으로 인정받는 나비박사가 되었다. 그러나 6·25전쟁을 치르면서 안타까운 죽음을 맞게 된다. 석주명은 일생을 통해 자신이 하는 일을 자랑스럽게 여겼다. 그의 태도는 노력하면 원하는 분야에서 손꼽히는 사람이 될 수 있다는 교훈을 준다. 석주명 관련 사진도 함께 실려 있어 이해가 쉽다.

독서퀴즈

| 어휘 문제 |

01 아래 글씨에서 철자가 틀린 것을 고르세요.

① 젊은 부인이 쏜살같이 들어갔습니다.
② 어머니가 책꽂이에 꽂혀 있는 책 한 권을
③ 조상들의 숨결이 밴 유적지가 많이 있지요.
④ 뉘어 놓으면 하루종일 그대로 있을 만큼

02 '연구에 몰두하다.'에서 몰두가 뜻하는 것으로 맞지 않는 것은 무엇인가요?

① 정신을 집중하다
② 열심히 하다.
③ 한 곳에 신경을 쓰다.
④ 여러 가지 일을 한 번에 잘한다.

03 석주명이 태어난 곳은 어디인가요?

　① 강경　　　　② 대구　　　③ 한양　　　④ 평양

04 석주명의 집안은 아이가 태어날 때 탯줄을 이로 잘랐다고 해요. 그 이유는 무엇인가요?

　① 태어난 아이의 명이 길다고 하여　② 자를 수 있는 도구가 없어서
　③ 원래 이로 자르는 풍습 때문에　　④ 아기를 사랑하기 때문에

05 석주명이 태어났을 때 나라의 운명으로 맞지 <u>않는</u> 것을 고르세요.

　① 우리나라는 일본과 을사조약을 맺은 지 몇 년 지나지 않은 때
　② 일본, 영국, 미국 등 우리 나라를 다른 나라의 식민지로 만들려고 했다.
　③ 우리나라는 여러나라와 무역을 하며 번창하였다.
　④ 우리나라 의병들과 백성들이 나라를 지키려 애썼다.

06 옛날에는 어릴 때 본래 이름과 다른 이름인 '○○'을 불렀어요. 이것은 무엇인가요?

　① 아명　　　　② 소명　　　③ 작명　　　④어명

07 석주명이 커 가면서 이상한 버릇이 생겼는데 그것은 무엇인가요?

　① 친구들이 장난을 치며 참지 못했다.
　② 신기한게 있으면 무엇이든 들고 집안으로 가지고 왔다.
　③ 어머니의 힘든 일을 절대 돕지 않았다.
　④ 모래며 흙이 묻으면 깨끗하게 씻는 버릇이 생겼다.

08 일본은 우리나라의 정신을 송두리째 빼앗기 위해 창씨개명을 해야 했어요. 석주명은 이때 어떻게 하였나요?

　① 창씨개명을 하였다.　　　　　② 8·15 해방 때 이름을 되찾았다.
　③ 석전이라는 일본 성을 사용했다.　④ 끝까지 자신의 성과 이름을 지켰다.

09 석주명의 아버지는 '우춘관'이라는 음식점을 하면서 벌어들인 돈을 어떻게 사용하였나요?

① 식구들을 호화롭게 살게 해 주었다.
② 일본경찰들에게 전달했다.
③ 우리나라 독립운동가들에게 자금을 대주었다.
④ 장사가 잘 되어 음식점을 더 크게 차렸다.

※ 아래 문장을 읽고 맞으면 ○, 틀리면 × 로 답하세요.

10 석주명은 연극을 하기로 하고 만돌린 연주를 맡았어요. 그때 함께 첼로 연주를 하고 후에 애국가를 작곡한 사람은 안익태이다. (   )

11 석주명은 자신의 일을 하면서 독립운동에도 참여했다. (   )

12 일본에서 만난 교수는 석주명에게 나비를 연구해 보라고 말했다. (   )

13 '석주명은 일제로부터 해방될 때까지 이 일을 해야 한다고 생각했다.' 그것은 무엇인가요?

① 독립운동 자금을 대는 일   ② 나비를 연구하는 일
③ 학생들을 열심히 가르치는 일   ④ 아버지의 음식점을 이어나가는 일

14 석주명이 가장 존경한 곤충학자는 누구인가요?

① 파브르   ② 에디슨
③ 아인슈타인   ④ 슈바이처

15 영국왕립아시아학회가 석주명에게 10년간의 연구를 총결산할 수 있는 집필을 의뢰하여 완성된 책은 무엇인가요?

① 조선산 나비 총목록   ② 국제 나비 총목록
③ 영국 나비 총목록   ④ 아시아 나비 총목록

16 석주명의 평소 생활습관으로 맞지 <u>않은</u> 것은 무엇인가요?

① 형이 입다 버린 옷을 다시 입었다.

② 다른 사람에게 받은 명함을 다시 사용했다.

③ 음식을 남기지 않고 먹었으며 식사 후 이를 닦았다.

④ 나비 채집에 사용되는 도구는 최고급으로 구입했다.

석주명은 평소 검소하게 생활했다고 해.

17 나비연구를 위해 송도보고를 떠나게 되었을 때 석주명이 한 일은 무엇인가요?

① 나비 60만 마리의 위령제를 지냈다.

② 나비표본을 학교에 기증했다.

③ 그동안의 나비 연구를 책으로 남겼다.

④ 나비들을 더 잡아서 표본을 많이 만들었다.

18 석주명은 해방이 되면서 조국을 위해 한 일로 맞지 <u>않은</u> 것은 무엇인가요?

① 일본어로 된 동식물 이름을 우리말로 바꾸었다.

② 각종 생물학 관계 논문들을 활발하게 발표하였다.

③ 동물 교과서와 과학 교과서를 쓰기도 했다.

④ 나비 연구를 위해 해외로 유학을 떠났다.

19 10월 6일, 석주명이 목숨을 잃은 이유는 무엇인가요?

① 우리 군인의 총에 맞아서

② 인민군의 총에 맞아서

③ 나이가 많이 들어서

④ 병에 걸려서

20 석주명을 읽고 느낀 점을 맞게 이야기한 친구는 누구인가요?

① 금이 : 세상에 쉬운 일은 하나도 없어. 누군가의 도움이 꼭 필요해.

② 진이 : 아무도 알아주지 못하는 일에 매달리는 건 시간 낭비야.

③ 동이 : 한 가지일을 꾸준히 한다면 자신의 분야에서 훌륭한 사람이 될 수 있어.

④ 은이 : 나비 연구보다는 다른 연구를 했더라면 더 훌륭한 박사가 될 수 있었을 텐데.

21 석주명의 죽음은 사람들에게 안타까움을 전해 줍니다. 석주명의 비석에 글을 남긴다면 어떤 글을 쓸까요?

인물이야기는 인물이 삶을 어떻게 살았으며 어떤 목표를 이루었는지 살펴 보아야 해!

이런 독후활동 어때요 ?

이력서 쓰기

• 이력서 양식 종이에 석주명의 업적을 시간순서로 작성하세요.

• 석주명 사진도 붙여주세요.

• 석주명의 일생에서 특이사항이나 자랑할 만한 것도 찾아 적어 보세요.

스스로 독서 – 나의 독서 태도를 점검해 보세요

1   2   3   4   5

1. 책을 꼼꼼하게 잘 읽었나요?

2. 이야기의 줄거리를 알 수 있나요?

3. 이야기의 주제를 이해했나요?

4. 책을 통해 깨달은 점이 있나요?

5. 더 알고 싶은 점을 써보세요.

34 소금이 꼭 필요해

이혜진 글 | 권현진 그림 | 문공사

관련교과 3학년 1학기 과학 1. 우리생활과 물질 | 4학년 1학기 과학 4. 모습을 바꾸는 물

난이도 ★ ★ ★

사람이 살아가는데 소금은 아주 오래전부터 소중한 존재였으며 사람들은 소금을 얻기 위해 끊임없이 노력도 해왔다. 소금의 진짜 이름은 염화나트륨, 소금의 짠 맛은 음식의 맛을 돋구는 역할을 한다. 이 책을 통해 짠 맛을 내는 조미료로만 생각했던 소금의 다양한 특성을 알 수 있다. 소금은 어떻게 만들어졌는지, 왜 짠 맛이 나는지, 소금으로 할 수 있는 음식과 소금의 쓰임을 발견할 수 있다. 인간의 삶에 왜 꼭 소금이 필요한지도 확인할 수 있으며, 바닷물이 소금으로 변하는 과정, 소금과 관련된 과학의 기초도 튼튼히 세울 수 있다. 소금 이야기 속에 어려운 과학 용어들이 쉽게 녹아 있어 흥미있게 읽을 수 있다.

독서퀴즈

| 어휘 문제 |

01 '맛이 밍밍하다'고 할 때 문장의 뜻이 부자연스러운 것은 무엇인가요?

① 국물 맛이 밍밍하여 간장을 넣었다.

② 소금이 적게 들어가서 맛이 밍밍하다.

③ 소금을 더 넣어야 밍밍한 맛이 난다

④ 밍밍한 맛이 나서 간을 맞추었다.

02 단어의 뜻이 올바르게 쓰여 있는 것은 무엇인가요?

① 살충제 – 벌레를 키우기 위해 뿌리는 약

② 발효 – 산소가 없는 상태에서 미생물이 탄수화물을 분해하여 에너지를 얻는 작용

③ 제설제 – 눈이 빨리 얼도록 돕는 약품

④ 염장식품 – 소금을 이용하여 만든 모든 식품

03 소금의 또 다른 이름은 무엇인가요?

① 염화 이온 　　② 나트륨 이온 　③ 칼슘이온 　　　④ 염화나트륨

04 '소금'의 화학식으로 맞는 것은 무엇인가요?

① $CaCl_2$ 　　　② $NaCl$ 　　　③ $MgCl_2$ 　　　④ HCl

05 (　　　)에 알맞는 것은 무엇인가요?

> (　　　)의 농도가 높으면 짠맛이 강해져요. 짠맛을 내는 데 아주 중요한 역할을 해요.

① 칼슘이온 　　　② 나트륨 이온 　③ 염화이온 　　　④ 칼륨이온

06 화학 공업의 원료로 쓰이는 알갱이가 굵은 소금을 공업염 또는 무엇이라고 하나요?

① 원염 　　　　② 암염 　　　　③ 건염 　　　　④ 화염

07 생물의 몸을 이루고 있는 최소의 단위를 말하는 것으로 대부분의 생명체들은 수많은 이것으로 이루어져 있어요. 이것은 무엇인가요?

08 소금의 탄생과 관련하여 맞지 않는 것은 무엇인가요?

① 소금은 지구와 같은 45억 살이다.
② 지구가 처음 생길 무렵 가스 속에 있는 수증기와 염화수소가 바위 속 산화나트륨과 부딪혀 그 중 일부가 염화나트륨이 되었다.
③ 지구가 처음 생길 무렵에도 우리가 먹고 있는 소금과 같은 형태의 것이 존재했다.
④ 염화나트륨이 하늘로 올라갔다가 차츰 식으면서 비와 함께 쏟아져 내려 바다가 만들어지면서 바닷물 속에 녹게 되었다.

09 '소금이 곧 돈'이었던 시대에 대한 이야기로 맞는 것은 무엇인가요?

① 고대 로마에서는 병사들에게 봉급을 소금으로 주었던 적이 있다.
② 중국에서는 허가를 받지 않고 소금을 만들거나 팔 수 있었다.
③ 베네치아는 소금을 사들여 큰 도시로 성장했다.
④ 우리나라에서는 백성들이 소금을 관리하고 팔았다.

10 사해에 대한 설명으로 맞는 것은 무엇인가요?

① 이집트와 요르단 사이에 있는 죽음의 바다

② 사해에는 높은 염도에 맞는 생물이 살고 있다.

③ 사해 물맛은 적당히 짠 맛을 유지하고 있다.

④ 사해바다에서는 사람이 물에 둥둥 뜰 수 있다.

11 아래 문장을 읽고 맞으면 ○, 틀리면 ×로 답하세요.

① 어떤 물질의 단위 부피만큼의 질량을 밀도라고 해. (　　　)

② 어떤 물질이 다른 물질에 녹아서 혼합된 액체를 용액이라고 해. (　　　)

③ 용액에 녹아있는 물질은 용매, 녹인 액체는 용질이라고 해. (　　　)

12 아래 설명 중 맞는 것은 무엇인가요?

① 농도란 액체의 많고 적은 양의 정도를 말한다.

② 삼투란 물 또는 용매가 반투막을 통해 자발적으로 퍼져 가는 현상이다.

③ 칼륨이온은 주로 뼈와 이를 구성하고 있다.

④ 마그네슘 이온은 주로 사람 몸의 근육 속에 있다.

13 소금이 음식에 미치는 영향으로 맞지 <u>않는</u> 것을 고르세요.

① 소금은 설탕의 단맛을 더욱 달게 하는 효과를 가지고 있다.

② 된장의 발효를 도와준다.

③ 배추를 소금에 절이지 않고 김장을 할 수 있다.

④ 생선과 육류를 보관할 때 소금을 이용한다.

14 보기 중 염장식품이 <u>아닌</u> 것은 무엇인가요?

① 젓갈　　　　② 베이컨　　　③ 오이지　　　④ 어묵

15 소금의 여러 가지 쓰임으로 맞지 <u>않는</u> 것은 무엇인가요?

① 소금물에 깎은 사과를 잠깐 담그면 갈변현상을 막는다.

② 신맛이 나는 음식에 소금을 넣으면 더욱 강한 신맛을 낼 수 있다.

③ 달걀을 삶을 때 소금을 넣으면 달걀이 굳고, 껍데기도 쉽게 벗길 수 있다.

④ 녹색채소를 빛 좋게 데치려면 끓는 물에 소금을 약간 넣는다.

16 소금이 우리 몸에 주는 영향으로 맞는 것은 무엇인가요?

① 체액의 균형을 깰 수 있다.

② 소화를 돕는다.

③ 소금은 균이 살 수 있는 환경을 만든다.

④ 심장이나 신장이 활발하게 움직이는 데 영향을 주지 못한다.

음식의 맛을 낼 뿐 아니라 우리 몸에 다양한 도움을 주고 있지!

17 소금은 어떤 용도로 가장 많이 사용되나요?

① 일반 가정용 　　② 식품 공업용 　③ 화학 공업용 　④ 일반 공업용

18 소금을 이용한 생활상식으로 잘못 알고 있는 것은 무엇인가요?

① 생화를 오래 보관할 수 있다. 　　② 건조해진 곡을 부드럽게 해준다.

③ 구린내를 잡아준다. 　　　　　　④ 핏자국을 없애준다.

19 소금을 얻는 장소에 따라 알맞은 소금의 이름을 찾아 쓰세요.

① 바닷물을 이용해 얻는 (　　　　　　　)

② 땅이나 바위에서 얻는 (　　　　　　　)

③ 소금기가 많은 호수에서 얻는 (　　　　　　　)

④ 해초를 이용해 얻는 (　　　　　　　)

⑤ 염분이 많은 깊은 지하수를 퍼 올려 얻는 (　　　　　　　)

　　　　ㄱ 정염　　　ㄴ 암염　　　ㄷ 호염　　　ㄹ 천일염　　　ㅁ 조염

20 엄마가 쓰는 꽃소금의 <u>다른</u> 이름은 무엇인가요?

① 정제염 　　　② 재염 　　　③ 소염 　　　④ 죽염

21 식품을 오랫동안 보관하기 위해 소금을 이용하는 이유는 무엇인가요?

22 우리집에서 먹는 음식 중 소금을 이용한 식품을 찾아보고, 이 식품들의 특징을 써 보세요.

내가 좋아하는 음식과 가족들이 선호하는 음식 중에 짭짤한 맛이 나는 것을 생각해 봐!

이런 독후활동 어때요?

소금 백과사전 만들기
- 책을 통해 알게 된 점을 정리합니다.
- 책의 모양은 소금의 결정처럼 네모나게 그리고 그 안에 같은 모양의 종이를 여러 장 붙입니다.
- 사전이므로 키워드 중심으로 적고, 과학상식을 첨부합니다.

스스로 독서 – 나의 독서 태도를 점검해 보세요

1   2   3   4   5

1. 책을 꼼꼼하게 잘 읽었나요?
2. 이야기의 줄거리를 알 수 있나요?
3. 이야기의 주제를 이해했나요?
4. 책을 통해 깨달은 점이 있나요?
5. 더 알고 싶은 점을 써보세요.

35 임진왜란의 명장 이순신

햇살과 나무꾼 글 | 주니어랜덤

관련교과 3학년 1학기 국어 쓰기 7. 이야기의 세계 읽기 6. 좋은 생각이 있어요 | 3학년 2학기 사회 고장의 자랑스러운 인물과 일

난이도 ★

조선시대 임진왜란 때 일본군을 물리치는 데 큰 공을 세운 명장 이순신의 이야기이다. 이순신은 조선 선조 때의 무신으로 시호는 충무이다. 32세에 무과에 급제한 후에 전라좌도 수군절도사가 되어 거북선을 제작하는 등 군비 확충에 힘썼다. 임진왜란이 일어나자 한산도에서 적선 70여 척을 무찌르는 등 공을 세워 삼도 수군통제사가 되었다. 노량 해전에서 적의 유탄에 맞아 전사하였다. 저서에 《난중일기》가 있다. 이 책은 장군의 삶과 관련된 사건이나 인물을 중심으로 글이 전개되어 있는 역사인물 이야기이다. 이순신과 관련된 열린 주제를 제시하고 이순신장군과 연관이 있는 장소도 소개되어 있다. 연대표를 통해 이순신 장군 생애와 주변국 (일본, 중국)의 정세도 알수 있다.

독서퀴즈

| 어휘 문제 |

01 '이순신은 성품이 <u>꼿꼿하다</u>'에서 밑줄 친 부분과 같은 뜻으로 쓰인 것은 어느 것인가요?

① 고개를 <u>꼿꼿하게</u> 쳐들다.
② <u>꼿꼿한</u> 선비의 기질이 보인다.
③ 허리를 <u>꼿꼿하게</u> 세우다.
④ 무서워 몸이 <u>꼿꼿하게</u> 굳다.

02 조정에서는 여진족에게 패한 이순신에게 백의종군하라고 명령했다. 여기에서 <u>백의종군</u>의 뜻으로 맞는 것은 무엇인가요?

① 장수가 계급 없이 싸움터에 나가는 일
② 흰 군복을 입고 전쟁에 나가는 일
③ 백기를 절대 들어서는 안 된다는 뜻
④ 백 명의 군대를 물리친 장군이라는 뜻

03 이순신의 집안에 대한 설명으로 맞지 <u>않은</u> 것은 무엇인가요?

　① 5대조 이변은 최고의 학자 홍문관 대제학을 지냈다.
　② 증조부 이거는 병무부 차관에 해당하는 병조참의를 지냈다.
　③ 할아버지 이백록은 왕에게 나라를 다스리는 도리를 가르치던 경연관이었다.
　④ 아버지 이정 또한 글 읽기를 좋아하여 큰 벼슬을 얻었다.

04 이순신이 어려서부터 갖고 있던 남다른 재주로 볼 수 <u>없는</u> 것은 무엇인가요?

　① 또래보다 몸집이 크고 힘이 셌다.
　② 전쟁놀이를 할 때 대장 노릇을 도맡아 했다.
　③ 손자병법에 관심이 많았으나 글 읽기와 병법에는 서툴렀다.
　④ 활쏘기와 말달리기는 누구에게도 뒤지지 않았다.

05 무관이 되고 싶은 마음을 알아준 아버지께 이순신은 어떤 마음이 들었나요?

　① 이순신은 너무 놀랐다.
　② 이순신은 자신이 자랑스러웠다.
　③ 아버지가 원망스러웠다.
　④ 이순신은 자신을 돌아보며 크게 반성하였다.

06 임진왜란이 일어날 무렵 수군대장과 지휘 지역이 바르게 연결된 것은 무엇인가요?

　① 박홍 – 거제도　　　　　② 원균 – 해남
　③ 이순신 – 여수　　　　　④ 이억기 – 동래

07 일본을 통일하기 위한 도요토미 히데요시의 계획으로 맞는 것은 므엇인가요?

　① 군사들의 사기를 돋우기 위해 잔치를 벌였다.
　② 조선의 산맥과 강, 군사 요충지 등을 여행하였다.
　③ 조선과 중국 땅을 차지하기 위해 군대와 무기를 정비하였다.
　④ 조선과 무역을 활발하게 진행하였다.

08 이순신이 전라좌도의 수군절도사로 부임하고 달라진 점으로 맞는 것은 무엇인가요?

① 무기들이 새 것처럼 반짝 반짝 빛을 냈다.

② 식량 창고에 군량이 텅 비었다.

③ 낡은 배들이 포구에 즐비했다.

④ 장수들은 일을 게을리하고 의심이 늘어갔다.

09 돌격선의 장수와 군사들의 안전을 걱정하며 이순신이 만든 설계도는 무엇이었나요?

① 안택선　　　　② 판옥선　　　　③ 거북선　　　　④ 관선

※ **아래 문장을 읽고 맞으면 ○, 틀리면 ×로 답하세요.**

10 임진왜란 때 사용된 화포는 왕자총통이었다. (　　　)

11 이순신장군을 모신 사당으로 유물과 살던 집을 볼 수 있는 이 곳은 현충사이다.
(　　　)

12 순서에 맞게 들어갈 배의 이름은 무엇인가요?

> 이순신은 전투할 때 (㉠)을 한두 대 돌격선으로 앞에 세우고, (㉡)으로 편대를 짜서 뒤를 받쳤다.

① ㉠ – 거북선, ㉡ – 판옥선
② ㉠ – 판옥선, ㉡ – 안택선
③ ㉠ – 안택선, ㉡ – 거북선
④ ㉠ – 판옥선, ㉡ – 거북선

(㉠) 앞에는 용의 머리를 달았고 그 입게는 총구멍을 만들고 뒤에는 거북의 꼬리를 달았어.

(㉡) 2층 구조로 되어 있어 위에서 아래로 활쏘기가 유리했다고 해.

13 〈보기〉에서 다음 설명에 맞는 인물을 고르세요.

> **보기**
>
> 이 인물은 이순신이 삼도 수군통제사가 된 것을 불복하여 좌천되고 틈만 나면 조정에 이순신을 헐뜯는 편지를 보냈다.

① 이억기　　　　② 원균　　　　③ 권율　　　　④ 최무선

14 〈보기〉에서 다음 설명에 맞는 인물을 고르세요.

> **보기**
>
> 선조에게 이순신을 전라좌수사로 임명하도록 추천한 사람이다. 어린시절 이순신과 우정을 키워온 관계이다. 임진왜란 때 징비록이란 책을 남겼다.

① 최무선　　　　　　　　　　② 권율
③ 유성룡　　　　　　　　　　④ 원균

임진왜란 때 이순신, 권율 등 명장들을 등용하였던 문신 겸 학자였어.

※아래 설명에 알맞은 전쟁과 전투의 이름을 〈보기〉에서 찾아 기호로 쓰세요.

> **보기**
>
> ① 명량대첩　　② 한산도대첩　　③ 임진왜란　　④ 노량진해전

15 1592년(선조 25)부터 1598년까지 2차에 걸친 왜군의 침략으로 일어난 전쟁.
（　　　　　　）

16 1598년(선조 31) 11월 19일 노량 앞바다에서 이순신(李舜臣)이 이끄는 조선 수군이, 일본 수군과 벌인 마지막 해전. （　　　　　　）

17 조선 선조 25년(1592)에 한산도 앞바다에서 이순신 장군이 왜군과 싸워 크게 이긴 일. （　　　　　　）

18 13척의 배로 133척의 왜군 함대를 물리친 전투. （　　　　　　）

19 이순신이 전쟁 때 쓴 일기는 무엇인가요?
① 충무공일기　　　　　　　② 전쟁일기
③ 영웅일기　　　　　　　　④ 난중일기

20 이순신이 전투에서 '자신의 죽음을 병사들에게 알리지 말라'고 한 이유는 무엇인지 생각해 보세요.

21 이순신이 쓴 난중일기가 주는 의미는 무엇일까요?

이런 독후활동 어때요?

인물신문 만들기

- 신문의 구성요소인 기사, 사진, 만화, 광고가 들어가야 합니다.
- 이순신의 생애와 업적을 중심으로 인터뷰 기사를 쓰고, 에피소드는 만화로 그립니다.
- 이순신 장군의 초상을 붙이고, 거북선을 광고해 보아도 좋겠습니다.

스스로 독서 - 나의 독서 태도를 점검해 보세요

	1	2	3	4	5

1. 책을 꼼꼼하게 잘 읽었나요?
2. 이야기의 줄거리를 알 수 있나요?
3. 이야기의 주제를 이해했나요?
4. 책을 통해 깨달은 점이 있나요?
5. 더 알고 싶은 점을 써보세요.

36 찰리와 초콜릿공장

로알드 달 글 | 퀜틴 블레이크 그림 | 시공주니어

관련교과 3학년 1학기 국어 읽기 7. 이야기의 세계 | 5학년 1학기 국어 듣기 말하기 쓰기 7. 상상의 날개

난이도 ★★

찰리와 초콜릿공장은 로알드 달의 작품 중에서도 가장 널리 알려져 있다. 또한 가장 뛰어난 작품으로 인정받고 있다. 어린이들이 좋아하는 초콜릿을 소재로 한, 상상을 초월한 기막힌 사건들이 펼쳐진다. 윌리윙카는 기막힌 껌, 캐러멜, 아이스크림, 초콜릿 등을 만드는 비밀에 싸인 초콜릿공장의 주인이다. 윌리윙카는 세상에서 딱 다섯 장 뿐인 초대장을 가진 아이만이 공장을 견학할 수 있도록 기회를 준다. 초대받은 다섯 어린이들이 초콜릿공장을 견학하면서 벌어지는 사건들을 통해 교훈을 일깨워준다. 엉뚱하고 기발한 초콜릿공장으로 함께 떠나보자.

독서퀴즈

| 어휘 문제 |

01 밑줄 친 부분의 뜻으로 어울리지 <u>않는</u> 것은 무엇인가요?

① <u>속사포처럼</u> 말을 늘어놓다. – 빠르게 쉼 없이 말을 하다.
② <u>어렴풋하게</u> 들렸다. – 뚜렷하게 들리지 않고 희미하다.
③ <u>후딱</u> 뜯어 보자. – 매우 빠르게
④ <u>돼먹지</u> 못한 아이 – 돼지처럼 뚱뚱한 아이

02 밑줄 친 부분의 단어와 문장의 표현이 부자연스러운 것은 무엇인가요?

① <u>멀건</u> 양배추 죽을 먹은 후 배가 고팠다.
② 은화를 꼭 <u>거머쥐고</u> 손에서 놓지 않았다.
③ 느긋한 마음에 <u>종종걸음</u>으로 앞서 걸어갔다.
④ 윙카 씨는 우아한 <u>자태를</u> 뽐내며 나타났다.

174

03 찰리와 함께 살지 <u>않는</u> 사람은 누구인가요?

① 조와 조세핀 ② 조지와 조지아나

③ 버켓씨와 버켓부인 ④ 윌리 윙카씨

04 찰리의 생일 날 딱 한번, 맛보게 되는 음식은 무엇인가요?

① 생일 케이크 ② 칠면조 요리 ③ 초콜릿 ④ 초코 아이스크림

05 윙카씨네 공장이 문을 닫게 된 이유는 무엇인가요?

① 스파이들이 와서 비법을 몰래 다른 공장에 알려 주어서

② 일꾼들이 모두 나가버려서

③ 공장기계에 문제가 생겨서

④ 윙카씨가 사라져 버려서

06 아버지가 들고 온 신문에는 어떤 소식이 있었나요?

① 윙카의 공장, 다시 문을 열다.

② 제과 업계의 귀재. 윌리 윙카의 생일

③ 10년 만에 윙카의 세상 나들이

④ 윙카의 공장으로 초대. 행운의 황금빛 초대장을 찾아보세요.

07 윙카의 공장에 초대받지 못한 아이는 누구인가요?

① 먹보 아우구스투스 ② 고집불통 버루카

③ 껌을 씹는 뷰리가드 ④ 친절한 마이크 티비 군

08 찰리는 어떤 초콜릿에서 황금빛 초대장을 발견했나요 ?

① 생일날 받은 초콜릿에서

② 조 할아버지가 주신 돈으로 산 초콜릿에서

③ 길에서 주운 50펜스 은화로 산 초콜릿에서

④ 구멍가게 주인이 공짜로 준 초콜릿에서

여러 번 초콜 릿을 갖게 되 었는데 언제 초대장을 발 견했을까?

09 윙카 공장에서 일하는 사람들은 누구인가요?

① 움파룸파 사람들 ② 왕알알이 ③ 뿔쌩쌩이 ④ 쿵쿵왕왕이

10 아우구스투스는 갈색강물을 먹다가 어떻게 되었나요?

① 유리 파이프로 빨려 들어갔다.　　② 홀쭉이가 되었다.

③ 윌리윙카 공장 밖으로 쫓겨 났다.　④ 욕심쟁이 인형으로 변해버렸다.

※ 아래 문장을 읽고 맞으면 〇, 틀리면 ✕로 답하세요.

11 식사대용 껌을 씹은 버루카는 풍선처럼 부풀어 올랐다. (　　　)

12 버루카 솔트는 호두 까는 다람쥐를 싫어해서 쓰레기 배출구로 사라져 버렸다. (　　　)

13 윙카씨가 텔레비전이 있는 방으로 안내할 때 탔던 것은 유리 마차였다. (　　　)

14 마이크 티비는 텔레비전 광선을 받고 사라졌다가 어떤 모습으로 나타났나요?

① 산산조각이 났다.　　　　　② 2.5센티로 줄어들었다.

③ 발가락 손가락이 늘어났다.　④ 몸이 공처럼 동그래졌다.

15 움파룸파 사람들은 아이들이 한 명씩 혼이 날 때마다 나타나서 어떤 행동을 했나요?

① 노래를 불렀다.　　　　　② 춤을 추었다.

③ 카카오 열매를 먹었다　　④ 윙카씨에게 달려왔다.

16 윙카씨의 공장에 마지막까지 남은 사람은 누구인가요?

① 버루카 솔트　　② 마이크 티비　　③ 찰리　　④ 아우구스투스

17 집으로 돌아가는 아이들의 모습으로 맞지 <u>않는</u> 것은 무엇인가요?

① 아우구스투스 굴룹이 젓가락처럼 날씬해졌다.

② 바이올렛 뷰리가드는 전보다 훨씬 건강해 보였다.

③ 마이크 티비는 철사줄처럼 몸이 가늘어졌다.

④ 버루카 솔트는 깨끗한 소녀의 모습으로 돌아왔다.

18 윙카씨는 찰리에게 어떤 선물을 주었나요?

① 찰리 가족 모두 윙카 공장에서 살기로 했다.

② 새로운 멋진 집을 지어 주었다.

③ 평생 먹을 초콜릿과 사탕을 주었다.

④ 찰리 가족에게 축하의 인사를 했다.

19 윙카씨에게 초대받은 다섯 명의 아이 중 찰리만 빼고 고두 혼쭐이 난 이유를 맞게 말한 아이는 누구인가요?

① 정원 – 버릇없이 행동하는 아이였기 때문에

② 경은 – 부잣집아이였기 때문에

③ 비호 – 거짓말을 잘 하는 아이였기 때문에

④ 민주 – 공부를 못하는 아이였기 때문에

> 5명의 아이들이 공장을 견학하며 한 말과 행동들을 잘 생각해 봐!

20 내가 윙카씨의 초콜릿 공장에 초대받는다면 어떨까요?

21 하늘을 마음대로 날아 다닐 수 있는 유리 엘리베이터를 탄다면 어떠할지 상상하여 쓰세요.

이런 독후활동 어때요?

책 소개하는 광고 만들기

• 신간이 나오면 책서평과 광고가 신문에 납니다.

• 신문속의 책 광고를 참고하세요.

• 독자에게 흥미를 끌 수 있는 부분을 강조하여 이미지와 글을 써 보세요.

스스로 독서 – 나의 독서 태도를 점검해 보세요

	1	2	3	4	5

1. 책을 꼼꼼하게 잘 읽었나요?

2. 이야기의 줄거리를 알 수 있나요?

3. 이야기의 주제를 이해했나요?

4. 책을 통해 깨달은 점이 있나요?

5. 더 알고 싶은 점을 써보세요.

31 내 이름은 삐삐롱스타킹

아스트리드 린드그랜 글 | 롤프 레티시 그림 | 시공주니어

관련교과 **3학년 1학기 쓰기** 7. 이야기의 세계 | **4학년 1학기 듣기, 말하기, 쓰기** 1. 생생한 느낌 그대로

난이도 ★★

9살 소녀 삐삐롱스타킹은 주근깨 투성이에 양쪽으로 땋은 빨간머리, 짝짝이 양말에 큰 신발을 신고 뒤죽박죽 별장에 혼자 살고 있다. 삐삐는 어려운 일에 부딪쳐도 씩씩하게 잘 헤쳐 나가며 즐겁게 생활하는 아이다. 부모님을 잃었지만 원숭이 닐슨과 옆집 사는 토미, 아니카와 우정을 쌓으며 하루하루 재미있는 에피소드를 만들어간다.

평범하지 않은 소녀 삐삐이야기를 통해 풍부한 상상력과 순수한 마음을 느낄 수 있다. 나중에 커서 해적이 될 거라고 외치는 삐삐의 신나는 일상으로 함께 떠나 보면 좋을 듯 하다.

 독서퀴즈

| 어휘 문제 |

01 밑줄 친 단어의 뜻으로 맞지 <u>않는</u> 것은 무엇인가요?

① <u>끄트머리</u>에 있었다. - 맨 끝

② 별장의 <u>대문간</u>에 - 대문을 여닫기 위한 빈칸

③ 반대편 <u>문설주</u>에 - 문짝을 끼워 달기 위해서 문 양쪽에 세운 기둥

④ <u>드리우고</u> 있어서 - 천이나 줄 따위가 위로 솟아오름

02 띄어쓰기가 맞게 된 것은 무엇인가요?

① 삐삐는 <u>독신 주의자</u>

② <u>우리 만의</u> 비밀장소

③ 학교가 필요한 이유 <u>단 한가지</u>

④ 서커스 단원 <u>뺨 치는</u> 묘기

03 삐삐의 가족에 대한 설명으로 맞지 <u>않는</u> 것은 무엇인가요?

① 삐삐 엄마는 아주 오래 전에 돌아가셨다.

② 삐삐의 아빠는 바다를 항해하는 선장이었다.

③ 삐삐 아빠는 항해 중에 바다에 빠졌다.

④ 삐삐는 아빠와 뒤죽박죽 별장에서 생활했다.

04 사람들이 삐삐를 대단한 아이라고 말한 이유로 맞지 <u>않는</u> 것은 무엇인가요?

① 부모님이 돌아가셨지만 혼자서도 씩씩했다.

② 힘이 장사여서 말도 거뜬히 들어 올린다.

③ 뒤죽박죽 별장에 닐슨을 데리고 혼자 살고 있다.

④ 아빠와 함께 먼 항해를 떠났다.

05 삐삐의 모습으로 맞지 <u>않는</u> 것은 무엇인가요?

① 홍당무처럼 빨간 머리카락을 가졌다.

② 발에 꼭 맞는 예쁜 구두를 신었다.

③ 감자같이 생긴 조그만 코에 주근깨투성이다.

④ 튼튼하고 새하얀 이를 가졌다.

06 삐삐가 옆집에 사는 토니와 아니카를 처음 만나 한 일은 무엇인가요?

① 아침식사에 초대했다.　　　② 산책을 했다.

③ 함께 말을 탔다.　　　　　　④ 학교에 갔다.

07 삐삐는 토미, 아니카와 함께 집 근처 풀밭에서 양철통과 실패를 찾으며 ○○○ 놀이를 했어요. 이것은 무슨 놀이인가요?

① 발견가　　　② 탐험가　　　③ 과학자　　　④ 예술가

08 삐삐는 윌리를 괴롭히는 뱅크를 보고 어떻게 행동했나요?

① 모르는 척 지나쳤다.　　　　② 토미와 아니카 뒤에 숨었다.

③ 아이들을 혼내 주었다.　　　④ 주변 어른들께 사실을 알렸다.

09 삐삐를 어린이집에 보내기 위해 찾아온 경찰들은 삐삐의 행동을 보고 어떤 결론을 내렸나요?

① 삐삐는 어른의 보살핌이 꼭 필요하다.
② 삐삐는 어린이집에 갈만한 아이가 아니다.
③ 삐삐는 당장 학교를 다녀야 한다.
④ 삐삐는 뒤죽박죽 별장에서 살아선 안 된다.

※ 아래 문장을 읽고 맞으면 〇, 틀리면 ✕로 답하세요.

10 삐삐가 학교에 가기로 결심한 이유는 놀 수 있는 겨울방학이 있기 때문이다. (   )

11 삐삐는 하루 학교생활을 하고서 선생님이 좋아 학교를 다니기로 결정했다. (   )

12 삐삐와 토미, 아니카가 정한 비밀장소는 나무구멍이다. (   )

13 소풍을 간 날 삐삐와 토미, 아니카에게 어떤 소동이 있었나요?

① 싸온 도시락을 잃어버렸다.
② 닐슨이 없어져 숲으로 찾아 다녔다.
③ 황소가 토미에게 달려들어 삐삐가 혼내 주었다.
④ 황소가 아니카에게 달려들어 삐삐가 혼내 주었다.

14 삐삐가 서커스 구경을 가서 한 행동이 <u>아닌</u> 것은 무엇인가요?

① 카르멘시타 양과 함께 말을 탔다.
② 엘비라 양이 서 있는 줄 끝에 서 있었다.
③ 서커스 단장의 설명을 들으며 즐겁게 시간을 보냈다.
④ 아돌프와 씨름을 하였다.

15 삐삐의 돈가방을 훔치러 온 도둑들은 어떻게 되었나요?

① 삐삐와 폴카 춤을 추었고 금화를 받고 돌아갔다.
② 삐삐와 닐슨을 골려 주었다.
③ 토미와 아니카에게 발견되어 도망갔다.
④ 삐삐의 돈가방을 훔쳐 달아났다.

16 삐삐가 할머니네 가정부 말린의 이야기를 한 이유는 무엇인가요?

① 토미네 집 가정부가 삐삐를 칭찬해서

② 다과회에서 부인들이 가정부 흉을 보는 것을 듣고

③ 토미와 아니카랑 노는게 지루해서

④ 부인들과 함께 이야기 하고 싶어서

17 마을 3층집에 불이 났어요. 소방대장이 만세 삼창을 부른 이유는 무엇인가요?

① 삐삐가 아이들을 구해주었기 때문에

② 삐삐가 춤과 노래를 잘했기 때문에

③ 소방대원들이 아이들을 무사히 구했기 때문에

④ 삐삐가 널빤지 위에서 밧줄을 타고 내려왔기 때문에

18 '삐삐는 토미와 아니카에게 초대장을 썼어요.' 이 날은 무슨 날인가요?

① 아니카의 생일   ② 토미의 생일   ③ 닐슨의 생일   ④ 삐삐의 생일

| 추론적 · 비판적 이해 문제 |

삐삐가 한 말과 의미가 가장 맞는 것은 무엇인지 생각해 봐!

19 삐삐는 엄마가 있는 하늘에 대고 손을 흔들며 "엄마, 내 걱정은 마세요. 난 잘하고 있으니까."의 행동을 보고 짐작할 수 있는 삐삐의 성격은 어떤가요?

① 씩씩하다.   ② 지혜롭다.   ③ 슬기롭다.   ④ 어리석다.

20 삐삐를 만나고 난 후 토미와 아니카의 성격에는 어떤 변화가 생겼다고 생각하나요?

> 토미는 삐삐에게 받은 칼로 지팡이를 만들다가 손이 베었지 만 아무렇지도 않았다. 아니카는 나무위에서 차를 마시고 드레스에 차를 흘렸지만 대수롭지 않게 생각했다. 토미와 아니카는 초콜릿을 깨끗이 핥아 먹고 컵을 머리위에 올려놓았다.

① 덤벙거려졌다.   ② 예민해졌다.

③ 장난끼가 많아졌다.   ④ 더러워졌다.

21 오늘 하루 삐삐와 친구가 된다면 어떻게 보내고 싶은가요?

삐삐 이야기 속으로 풍덩~ 삐삐와 함께 보낸다면 즐거울 일들을 떠올려 봐!

이런 독후활동 어때요?

삐삐롱 스타킹에게 별난 상장 만들어 주기
- 삐삐에게 줄 상장 형식을 만드세요.
- 삐삐의 성격과 칭찬할 점을 생각하여 상장을 주는 이유를 쓰세요.
- 별난 상장이라는 점을 기억하세요.

스스로 독서 – 나의 독서 태도를 점검해 보세요

	1	2	3	4	5

1. 책을 꼼꼼하게 잘 읽었나요?
2. 이야기의 줄거리를 알 수 있나요?
3. 이야기의 주제를 이해했나요?
4. 책을 통해 깨달은 점이 있나요?
5. 더 알고 싶은 점을 써보세요.

38 알록달록 과자의 비밀

지은이 여성희 | 그린이 김용아 | 현암사

관련교과 **4학년 1학기 국어 듣기 말하기 쓰기** 2. 정보를 찾아서 | **6학년 1학기 국어 듣기 말하기 쓰기** 5. 사실과 관점

난이도 ★★

우리가 자주 먹는 과자에는 어떤 성분들이 들어 있을까?

자꾸 먹고 싶어지는 달콤하고 짭짤한 맛, 알록달록 예쁜 색깔은 어떻게 만들어지는 걸까?

식품 속에 첨가된 인공색소가 왜 위험한지, 같은 음식을 먹고도 사람마다 다르게 나타나는 식품 알레르기, 수입식품에 대한 궁금증을 풀 수 있다. 고소하고 바삭한 맛을 내는 트랜스지방과 식품 속에 들어 있는 유해성분에 대해 알 수 있다.

이 책은 내가 먹는 음식물 속에 들어 있는 화학물질에 대해 알고 자신의 건강을 위해 어떤 음식을 선택해야 할지 알려준다. 또 간단한 실험방법과 과학의 원리도 쉽게 소개하고 있다.

| 어휘 문제 |

01 아래 문장에 맞지 <u>않는</u> 단어는 무엇인가요?

> 바쁜 현대인들은 보존과 조리하기 편리한 (　　　　　)식품을 즐겨 찾게 되었다.

① 인스턴트식품　　② 가공식품　　③ 강화식품　　④ 즉석식품

02 아래 문장에서 빈 칸에 들어가는 말로 적당한 것은 무엇인가요?

> 우리 몸은 나쁜 병균이나 물질이 몸 안에 들어오면 우리가 느끼지 못하는 와중에도 자동으로 몸을 지키는 기능이 작동한다. 그것을 (　　　　　)반응이라고 한다.

① 공격　　　　② 면역　　　　③ 과민　　　　④ 민감

03 인공색소에서 '인공'이라는 말이 뜻하는 것으로 맞는 것은 무엇인가요?
① 자연의 것을 사람이 가공한 것　　② 자연적으로 만들어진 것
③ 정성을 들여 사람이 가공한 것　　④ 가장 뛰어난 기술로 만들어진 것

| 사 실 적 이 해 문 제 |

04 인공색소로 만든 과자가 어린이들에게 나쁜 이유로 맞는 것은 무엇인가요?
① 인공색소가 몸 밖으로 완전히 배출되지 않기 때문에
② 인공색소에 유해성분이 많이 들어있기 때문에
③ 인공색소가 알레르기를 일으키기 때문에
④ 인공색소는 예쁜 색을 내기 위해 사용되었기 때문에

05 알레르기가 있는 친구는 과자봉지에서 무엇을 보고 먹어도 괜찮은지 알 수 있을까요?
① 제품 가격표　　② 제품 영양표　　③ 제품 성분표　　④ 제품 원산지

※ 아래 질문에 답을 〈보기〉에서 고르세요. (06~09번)

> 보기
> ① 트랜스 지방　　② 멜라민　　③ 그린푸드 존　　④ 불량식품

06 이것은 쥐약이나, 욕조, 접착제, 플라스틱을 만들 때 사용되는 성분인데 어린이 분유와 과자에 들어가 뉴스에 보도된 적이 있는 것은 무엇인가요?

07 패스트푸드 음식을 바삭거리고 보기 좋게 만들기 위해 사용되는 것으로 식품에 이것이 들어가면 꼭 성분표시를 하게 되어있답니다. 이것은 무엇인가요?

08 어린이 식생활 안전에 관한 특별법에 따라 학교 주변 200m 지역이 식품안전보호구역은 무엇인가요?

09 우리 몸에 해로운 것, 무엇이 들었는지 확실히 알 수 <u>없는</u> 음식은 무엇인가요?

※ 아래 문장을 읽고 맞으면 ○, 틀리면 ×로 답하세요.

10 튀김에 사용한 기름은 여러 번 다시 써도 괜찮다. (   )

11 기름이나 버터 대신 마가린을 사용하는 것이 좋다. (   )

12 수입산 밀에 벌레가 생기지 않는 이유는 방부제가 들어 있기 때문이다. (   )

13 천연색소가 몸에 주는 영향이 맞게 설명된 것은 무엇인가요?
　① 루테인 – 피를 맑게 해주고 심장질환을 감소시킨다.
　② 베타카로틴 – 피부 건강에 좋다.
　③ 안토시아닌 – 노화를 막아주고 암을 예방한다.
　④ 라이코펜 – 학습능력과 기억력을 높여준다.

14 라이코펜이 들어 있는 식품으로 맞는 것은 무엇인가요?
　① 가지　　　　② 시금치　　　③ 토마토　　　④ 고구마

15 베타카로틴이 들어 있는 식품으로 맞는 것은 무엇인가요?
　① 당근　　　　② 고추　　　　③ 완두콩　　　④ 붉은 양배추

16 안토시아닌이 들어 있는 식품으로 맞는 것은 무엇인가요?
　① 감　　　　　② 가지　　　　③ 키위　　　　④ 딸기

17 루테인이 들어 있는 식품으로 맞는 것은 무엇인가요?
　① 시금치　　　② 수박　　　　③ 달걀 노른자　④ 보라색 옥수수

| 추론적 · 비판적 이해 문제 |

18 반조리 식품인 팝콘, 감자튀김, 도넛을 조심해야 하는 이유를 정확히 말한 친구는 누구인가요?
　① 인영 – 열량이 높지만 건강에는 문제가 없다.
　② 지수 – 눈이 피로해져 시력이 떨어진다.
　③ 수연 – 더러운 기름을 사용해서 깨끗하지 못하다.
　④ 수호 – 피 속의 나쁜 콜레스테롤을 증가시킨다.

팝콘, 감자튀김, 도넛 등은 트랜스지방이 많아 건강에 해로운 영향을 주는 음식이야.

19 과자 하나를 불에 붙여 물을 데워보는 실험을 합니다. 이 실험을 통해 우리가 알 수 있는 것은 무엇일까요? 빈칸을 채우세요.

> 과자를 다 태우고 난 후 (   )를 비교해보면 과자 속에 숨은 (   )를 알 수 있다.

20 식품을 구입할 때 소비자의 올바른 선택은 무엇이라고 생각하나요?

이런 독후활동 어때요?

식품첨가물이 들어간 음식의 유해성을 알리는 공익광고 만들기
- 광고에는 크게 이미지와 문장으로 채워져요.
- 이미지는 식품첨가물이 들어간 음식의 섭취를 막자는 내용이에요.
- 많은 사람들의 이익을 위한 광고를 공익광고라고 해요.

스스로 독서 – 나의 독서 태도를 점검해 보세요

	1	2	3	4	5

1. 책을 꼼꼼하게 잘 읽었나요?
2. 이야기의 줄거리를 알 수 있나요?
3. 이야기의 주제를 이해했나요?
4. 책을 통해 깨달은 점이 있나요?
5. 더 알고 싶은 점을 써보세요.

39 조금만, 조금만 더

존 레이놀즈 가디너 글 | 마샤 슈얼 그림 | 시공주니어

관련교과 **3학년 2학기 국어 읽기** 1. 마음으로 보아요 | **4학년 2학기 국어 듣기 말하기 쓰기** 1. 감동이 머무는 곳

난이도 ★

월리는 할아버지와 함께 와이오밍의 작은 감자 농장에 살고 있다. 월리는 병이 생긴 할아버지와 감자 농장을 지키겠다고 다짐한다. 그리고 오백 달러의 상금이 걸린 개썰매 경주에 참가하기로 한다. 월리는 늙은 개 번개와 시합을 위해 열심히 준비한다. 경기에는 만만치 않은 상대선수 얼음거인이 등장한다. 월리와 얼음거인의 경기 내용이 흥미진진하게 그려진다. 그러나 경기 도중 번개는 죽음을 맞게 된다. 경주 마지막, 얼음거인의 행동은 어린이들에게 감동을 선사하며, 월리와 번개의 우정, 할아버지에 대한 사랑도 느낄 수 있다.

 **독서퀴즈**

| 어휘 문제 |

01 맞춤법이 맞는 것을 고르세요.

① 월리는 마루바닥을 쳐다보았다.   ② 번개는 할아버지 수염을 핥았다.
③ 썰매를 메어 주길 기다렸다.   ④ 일어나다 눈을 브딛쳤다.

02 '번개는 전혀 개의치 않았다.'에서 밑줄 친 단어의 의미로 가장 알맞은 것은 무엇인가요?

① 큰 소리를 치지 않았다.
② 마음에 두고 신경쓰지 않았다.
③ 이를 드러내며 사납게 굴지 않았다.
④ 억지로 딴 곳을 바라보며 쳐다보지 않았다.

03 아래 밑줄 친 단어 중 소리와 모양을 함께 나타내는 흉내말이 아닌 단어는 무엇인가요?

① 손가락이 실룩실룩 했지만   ② 눈물 한 줄기가 주르륵 흐르며
③ 총알처럼 쌩 허공을   ④ 번개는 으르렁거리며

04 '자루' 라는 말이 가지고 있는 다양한 뜻으로 맞지 <u>않은</u> 것은 무엇인가요?

① 물건을 셀 때 쓰는 단위   ② 물건을 담는 주머니
③ 연장이나 기구의 손잡이   ④ 자주 일어나는 일

| 사실적 이해 문제 |

05 할아버지는 침대에서 일어나지 못하게 되었어요. 이유가 무엇인가요?

① 침대에서 일어날 수 없는 큰 병이 생기고 말아서
② 농장 일을 하다가 크게 다치셔서
③ 마음의 병이 생겨 살고 싶은 마음이 없어져서
④ 깊은 잠에 빠져서

06 할아버지 대신 윌리가 하려는 일은 무엇이었나요?

① 우유를 배달하는 일   ② 집안일
③ 번개를 돌봐주는 일   ④ 감자를 키우는 일

07 스나이더가 윌리와 할아버지를 찾아 온 이유는 무엇인가요?

① 할아버지의 병을 낫게 하기 위해
② 윌리의 농장 일을 거들어 주기 위해
③ 농장의 밀린 세금인 오백달러를 받기 위해
④ 번개를 데려가기 위해

08 윌리가 포스터씨를 찾아가서 들은 이야기는 무엇인가요?

① 내가 돈을 빌려주마.   ② 농장을 팔아라.
③ 개 썰매 경주에 나가라.   ④ 용기를 가져야 성공할 수 있다.

09 윌리가 레스터의 가게에서 본 광고지에는 어떤 내용이 있었나요?

① 전국 개 썰매 경주 대회 광고
② 농장을 비싼 값에 사겠다는 광고
③ 할어버지 병을 낫게 할 약 광고
④ 감자로 만든 음식대회가 개최된다는 광고

10 윌리가 포스터씨를 다시 찾아가 받은 것은 무엇인가요?
　　① 빌려주었던 돈　　　　　　　② 예금되어 있던 든
　　③ 빌려주기로 했던 돈　　　　　④ 심부름을 하고 받기로 한 돈

11 윌리가 본 얼음거인의 모습으로 맞게 표현된 것은 무엇인가요?
　　① 무척 수다스러웠다.　　　　　② 큰 덩치만큼이나 행동이 느렸다.
　　③ 눈빛은 근엄했다.　　　　　　④ 얼굴이 단단한 화강암 같았다.

※ **아래 문장을 읽고 맞으면 ○, 틀리면 ×로 답하세요.**

12 얼음 거인의 꿈은 인디언들을 위해 땅을 사고 다시 자신의 고향으로 돌아가는 것이다. (　　　)

13 얼음 거인이 백인과 이야기 나누는 것을 거부한 이유는 백인들에 의해 인디언 보호구역으로 가서 살게 되었기 때문이다. (　　　)

14 윌리가 시합 전 날 낡은 헛간에서 만난 사람은 레스터 씨이다. (　　　)

15 결승선이 30미터 남았을 때 윌리가 더 이상 경주를 할 수 없게 된 이유는 무엇인가요?
　　① 얼음 거인이 일등을 하고 말았다.　② 윌리가 썰매에서 떨어졌다.
　　③ 번개의 심장이 터져 죽고 말았다.　④ 경주 시간에 늦고 말았다.

16 결승선 근처에서 윌리를 본 얼음거인의 행동으로 맞는 것은?
　　① 윌리 말고 다른 선수가 결승선을 넘지 못하도록 막았다.
　　② 총을 들고 윌리를 위협했다.
　　③ 번개를 안고 사라졌다.
　　④ 제일 먼저 결승선을 통과했다.

| 추론적 · 비판적 이해 문제 |

17 "뜻이 있는 곳에 길이 있다."가 의미하지 <u>않는</u> 것은 무엇일까요?
　　① 하고자 하는 의지가 있다면 반드시 방법은 있다.
　　② 하고 싶은 마음이 있다면 반드시 이루어진다.
　　③ 어려운 일에 처해도 의지가 있다면 반드시 헤쳐나 올 수 있다.
　　④ 누군가의 도움을 기다렸다가 그대로 따르면 된다.

18 월리가 대학등록금인 오십달러를 썰매 대회 참가비로 신청하고 난 후의 마음을 잘못 표현한 친구는 누구일까요?

① 송이 : 월리는 반드시 썰매대회에서 상금을 받을 거야
② 지윤 : 월리가 훌쩍 자란 것 같은 성장한 기분이 든다.
③ 채영 : 할아버지를 도울 수 있을 것 같아 매우 기뻐서 웃음이 난다.
④ 철수 : 월리는 감자농사를 짓고 싶어했어. 대학에 가지 않는 것이 오히려 다행이야.

19 월리와 얼음거인의 경주에서 느껴지는 감정으로 맞는 것은 무엇일까요?

① 누가 승리할 지 긴장감이 생긴다.
② 개 썰매 경주는 너무 시시하다.
③ 월리나 얼음거인 중 누가 이겨도 좋다
④ 무슨 수를 쓰더라도 무조건 이겨야 한다.

월리와 얼음거인이 경주를 벌이는 장면을 떠올려 봐!

20 눈썰매 경기 도중 목숨을 잃은 번개가 보여준 행동에 대한 나의 생각을 써 보세요.

이런 독후활동 어때요?

뒷이야기 쓰기
• 이야기 전개와 흐름이 통일성 있게 쓰여져야 합니다.
• 경기 후 월리와 할아버지가 감자농장에서 어떻게 생활하고 있을지 이야기를 쓰세요.
• 얼음거인의 이야기도 함께 적어 보세요.

스스로 독서 – 나의 독서 태도를 점검해 보세요

        1   2   3   4   5

1. 책을 꼼꼼하게 잘 읽었나요?
2. 이야기의 줄거리를 알 수 있나요?
3. 이야기의 주제를 이해했나요?
4. 책을 통해 깨달은 점이 있나요?
5. 더 알고 싶은 점을 써보세요.

40 별똥별 아줌마가 들려주는 우주 이야기

이지유 글·그림 | 미래아이

관련교과 **5학년 1학기** 과학 1. 지구와 달 | **5학년 2학기** 과학 7. 태양의 가족

난이도 ★ ★ ★

"우리는 우주의 일부이며 우주를 공부하면서 배워야할 것은 우주의 질서, 자연의 질서에 관한 것"이라고 저자는 말한다. 이 책은 사람이 왜 우주와 함께 살아가야 하는지에 대한 이야기를 들려주고 있다. 우주이야기는 객관적인 관측 사실을 바탕으로 어린이들의 눈높이에 맞춰 쉽고 재미있게 설명이 되어 있다. 하늘의 천체들을 관측하는 방법과 과정 그리고 측정기기들에 다해서도 친절하게 설명하고 있다. 별과 은하에 대해 이해하고 올바른 우주관을 갖게 하는데 밑거름이 될 것이며 지구 밖의 환경에 대해서 정확하게 이해할 수 있다. 천문대를 견학하기 전에 미리 읽어 보면 좋을 것이다.

독서퀴즈

| 어휘 문제 |

01 띄어쓰기가 바르게 된 것은 무엇인가요?

① <u>만 개가 넘는</u> 소행성

② 작은 소행성은 <u>천개 정도</u>

③ <u>자연환경</u> 덕에

④ <u>여러가지</u> 답을

02 단어의 맞춤법이 틀린 것은 무엇인가요?

① <u>망원경은</u> 우리 눈과 같아요

② 공기 때문에 <u>종이장처럼</u> 구겨지고

③ 이 책은 모두 <u>여덟 권으로</u>

④ 2세 별인 <u>셈</u>이지요.

03 금성에 관한 설명을 읽고 맞는 것에 ○, 틀린 것에 ×를 하세요.

① 금성은 해질 무렵 해 근처에 잠시 나타났다가 사라지기도 하고, 해 뜨기 전 새벽에 해 근처에 잠시 나타났다가 사라지기도 한다. (   )

② 금성은 지구보다 태양에서 멀지만, 태양 근처에 붙어 있는 것처럼 보인다. (   )

③ 금성에는 유황으로 이루어진 두꺼운 대기가 있어 태양 빛을 빨간색으로 반사시킨다. (   )

④ 금성이 초승달처럼 보이는 이유는 지구보다 바깥쪽에 위치하고 있기 때문이다. (   )

04 하늘에 있는 별과 행성이 계속 움직이고 있는 이유는 무엇인가요?

① 지구가 공전하기 때문에

② 별이 자신의 자리를 계속 맴돌기 때문에

③ 행성이 조금씩 변화하기 때문에

④ 지구가 자전하기 때문에

05 토성에 대한 설명으로 맞지 <u>않는</u> 것은 무엇인가요?

① 토성은 물보다 가볍다.　　　　② 지구보다 750배 크다.

③ 토성에는 아름다운 고리가 있다.　④ 토성을 거인족이라고 한다.

06 태양계에서 가장 큰 행성은 무엇인가요?

① 지구　　　　② 토성　　　　③ 목성　　　　④ 금성

07 (   ) 안에 알맞은 수를 써 넣으세요.

> 수성에 살면 (   ) 일 만에 한 살씩 먹게 되고, 나이를 지구에서 브다 (   ) 배씩 빨리 먹게 된대요.
> 이유는 수성이 태양을 도는 데는 88일 정도가 걸리고, 스스로 한 바퀴 도는 데는 57일이 걸리기 때문이에요.

08 달의 모양에 따라 부르는 말이 달라요. 알맞은 말을 써 보세요.

오른쪽이 둥근 달을 (　　　　　), 왼쪽이 둥근 달을 (　　　　　)이라고 불러요
(　　　　　)은 저녁때 뜨고, (　　　　　)은 늦은 밤에 떠요.

09 달에 대한 설명으로 맞지 <u>않는</u> 것은 무엇인가요?
① 달은 공기가 없다.　　　　② 사막으로 이루어져 있다.
③ 바다로 이루어져 있다.　　④ 바위로 이루어져 있다.

10 화성에 대한 설명으로 맞는 것은 무엇인가요?
① 지구와 같은 풍부한 공기가 있다.　② 지금은 말랐지만 강 자국이 있다.
③ 지구와 달리 계절이 없다.　　　　④ 화성인이 살았던 흔적이 있다.

11 행성과 그리스 · 로마 신화에 나오는 신의 이름이 맞게 연결된 것은 무엇인가요?
① 금성 – 우라누스　　　　② 토성 – 비너스
③ 천왕성 – 새턴　　　　　④ 목성– 주피터

12 천왕성과 해왕성을 발견한 사람의 직업이 맞게 짝지어진 것을 <u>모두</u> 고르세요.
① 천왕성– 허셜 – 음악가　　② 해왕성 – 애덤스와 르미에르 – 미술가
③ 천왕성 – 허셜 – 건축가　　④ 해왕성 – 애덤스와 르미에르 – 수학자

13 2006년 체코 프라하에서 열린 국제천문학연맹총회에서 아홉 개의 행성 중에 제외하기로 결정된 행성은 어느 것인가요?
① 천왕성　　　② 해왕성　　　③ 명왕성　　　④ 카론

14 태양에 대한 설명으로 맞지 <u>않는</u> 것을 고르세요.
① 태양계의 중심은 태양이다.　② 태양은 주로 산소라는 기체로 이루어져 있다.
③ 표면온도는 6,000도이다.　④ 지구보다 삼십만 배나 무겁고 백만 배나 크다.

15 달이 태양을 가리는 현상을 (   ), 지구의 그림자가 달을 가리면 (   ) 으로 나뉘어진다.

16 혜성에 대한 설명으로 맞지 <u>않는</u> 것은 무엇인가요?
① 혜성은 시간이 지날수록 점점 작아진다.
② 돌과 얼음 덩어리인 혜성은 태양 가까이 오면 얼음이 수증기로 변한다.
③ 수증기 때문에 태양 반대 방향으로 긴 꼬리가 생기게 된다.
④ 혜성의 꼬리는 주변의 작은 소행성이 녹아서 만들어진 것이다.

17 태양 표면에는 흑점을 처음 발견한 사람은 누구인가요?
① 코페르니쿠스   ② 갈릴레이
③ 아리스토텔레스   ④ 아이슈타인

이 사람은 망원경으로 달과 목성 등을 발견하고 근대 물리학 발전에 기여한 사람.

18 서로 관련된 것끼리 알맞게 연결하세요.
① 최초의 우주정거장   • • ㉠ 우주 정거장

② 우주 공간에서 연구 공간으로 •   • ㉡ 허블 우주 망원경
  이용되는 곳

③ 공기의 방해를 받지 않고 우주의 •   • ㉢ 미르
  모습을 볼 수 있는 것

19 아래 내용을 읽고 맞는 것에 ○, 틀린 것에 ×를 하세요.
• 별들은 늘 같은 자리에 있다. (   )
• 과학자들은 블랙홀이 다른 우주로 가는 통로라고 생각하고 있다. (   )

20 태양계 식구들을 순서대로 써 보세요.

21 나만의 별자리를 그려보고 이름도 지어보세요. 별자리를 소개하는 글도 간단하게 써 보세요.

도시의 하늘에서 별 보기는 쉽지 않지. 그래도 밤하늘에 반짝이는 내 별자리를 만든다고 생각해 봐!

이런 독후활동 어때요 ?

우주 소개 책자 만들기
- 10개의 종이를 동그랗게 오려 태양계 식구들의 그림을 프린트하고 붙이세요.
- 맨 앞과 뒷장은 표지가 됩니다.
- 각 행성들의 특징들을 정리한 후 태양계 순서대로 종이를 겹쳐 할 핀으로 고정하세요.

스스로 독서 – 나의 독서 태도를 점검해 보세요

1   2   3   4   5

1. 책을 꼼꼼하게 잘 읽었나요?
2. 이야기의 줄거리를 알 수 있나요?
3. 이야기의 주제를 이해했나요?
4. 책을 통해 깨달은 점이 있나요?
5. 더 알고 싶은 점을 써보세요.

4 우리 민속 놀이에서 어떤 이야기가 담겨 있을까?

서창석 글 | 한창수 그림 | 채우리

관련교과 **3학년 1학기 국어** 2. 아는 것이 힘 | **4학년 1학기 사회** 1. 우리 지역의 자연환경과 생활 모습

난이도 ★

민속놀이는 각 지방의 풍속과 생활 모습이 반영되어 민간에 전해져 오는 여러 가지 놀이를 말한다. 민속놀이는 대부분 '설·정월대보름·단오·한가위' 4대 명절에 즐긴다. 민속놀이를 보면 우리 조상들의 삶과 정신을 배울 수 있다. 특히 다양한 놀이를 통해 오락성과 유희성, 예술성을 배울 수 있다. 동네 꼬마들이 즐길 수 있는 놀이에서 여성들의 놀이, 남성들의 힘겨루기, 협동심이 필요한 놀이 등이 소개되어 있다. 놀이의 유래와 기원, 특징, 놀이방법 등을 자세히 알려주고 있어 책을 통해 우리의 민속놀이에 관심을 갖고, 우리 민속놀이를 즐겨보는 시간을 가지면 좋을 듯 싶다.

독서퀴즈

| 어 휘 문 제 |

01 수량 세는 단위로 맞지 <u>않는</u> 것은 무엇인가요?

① <u>베</u> 15장을 줄 것이오.　　② <u>보리</u> 10섬을 줄 것이으.
③ <u>비단</u> 5필을 줄 것이오.　　④ <u>쌀</u> 한말을 줄 것이오.

02 밑줄 친 낱말의 뜻이 <u>잘못</u> 설명된 것을 고르세요.

① <u>선정</u>을 베풀었다. - 백성을 바르고 어질게 잘 다스리는 정치
② <u>대동단결</u>할 수 있는 힘 - 여러 집단이나 사람이 어떤 목적을 이루려고 크게 한 덩어리로 뭉침.
③ 승패를 <u>가름</u>하는 것이다. - 부나 등수 따위를 정하는 일.
④ 지방에서 <u>통용</u>되었다. - 알고 있는 사람들끼리 통하는 말.

03 연의 유래와 쓰임으로 맞는 것은 무엇인가요?

① 조선 정조 때 민중에게 보급되었다.

② 동지에 선비들이 연날리기 잔치를 벌였다.

③ 중국은 전쟁할 때 무서운 동물 얼굴 연을 띄워 적의 사기를 꺾었다.

④ 일본은 연을 사용하여 물고기를 잡았다.

04 연을 가지고 할 수 있는 놀이 방법이 <u>아닌</u> 것은 무엇인 가요?

① 높이 띄우기　　② 재주 부리기　③ 끊어먹기　　④ 크기 재기

05 씨름의 기원으로 맞는 것은 무엇인가요?

① 씨름에 관한 오래된 문헌은 〈조선왕조실록〉에 기록되어 있다.

② 주로 여성들의 힘겨루기 놀이였다.

③ 정월 대보름에 즐겼던 놀이이다.

④ 고구려 벽화 상박도에 그려져 있었다.

06 씨름의 종류로 맞지 <u>않는</u> 것은 무엇인가요?

① 씨름에는 왼씨름과 오른씨름이 있다.

② 1972년부터 오른씨름 하나로 통일하여 경기를 한다.

③ 허리에 두른 티를 잡고 경기하는 것을 허리씨름, 통씨름이라고 한다.

④ 샅바를 매고 하는 씨름은 약 40년 전부터 해왔다.

07 널뛰기에 대한 설명으로 맞는 것은 무엇인가요?

① 널뛰기는 삼국시대부터 전해졌다.

② 남성들의 놀이로 즐거움을 준다.

③ 신체단련으로는 부족하다.

④ 바깥세상에 대한 동경과 호기심을 해결해주는 역할을 했다.

08 강강술래의 우리말 어원으로 맞는 것은 무엇인가요?

① 둥그렇게 원형을 이루어 이리저리 돌아다닌다는 뜻

② 강을 돌고 돌아 건너 오다는 뜻

③ 강을 건너오는 배가 많이 있다는 뜻

④ 오랑캐들이 물을 건너 오다는 뜻

09 강강술래의 특징으로 맞지 <u>않는</u> 것은 무엇인가요?

① 여러 사람이 원을 이루어야 한다.

② 모두 원을 중심으로 평등한 관계를 갖게 된다.

③ 원의 중심이 되는 사람이 주인공이 된다.

④ 서로의 눈을 보고 발을 맞추어 갈등을 풀어 낼 수 있다.

10 쥐불놀이의 과학성으로 맞는 것은 무엇인가요?

① 논밭에 불을 놓아 잡초를 없앤다.

② 농경문화의 전통제례 중 하나로 금지된 불놀이를 즐긴다.

③ 여름 논밭의 온기를 준다.

④ 마른 풀에 붙어 있는 해충의 알과 유충을 태워 없앤다.

쥐불놀이는 논두렁이나 밭두렁에 불을 놓는 민속놀이야.

11 쥐불놀이에 대한 설명으로 맞지 <u>않는</u> 것은 무엇인가요?

① 지금도 농촌에서는 연례행사로 놀이를 하는 곳이 많다.

② 쥐불놀이에서 이긴 팀 마을에 풍년이 든다고 믿었다.

③ 한쪽 편이 불을 놓으면 나머지 편이 그 불을 꺼나가면서 시합한다.

④ 쑥방망이나 깡통을 돌리면서 하는 놀이이다.

12 농악에 대한 설명으로 맞는 것은 무엇인가요?

① 세종대왕과, 세조대왕, 고종은 농악에 관심이 없었다.

② 조선시대 제천의식 중 농악과 비슷한 형태의 여흥이 있었다는 기록이 있다.

③ 아주 오래된 농촌의 전통음악이라고 할 수 있다.

④ 고려 충렬왕은 농악을 금지시켰다.

13 농악의 구성에 대한 설명으로 바르지 <u>않은</u> 것은 무엇인가요?

① 고수 – 상쇠라고 하며, 법고를 치는 사람을 말한다.

② 태평소 – 유일하게 가락을 부는 악기이다.

③ 꽹과리 – 풍물패의 리더역할을 한다.

④ 영기 – 맨 앞 조그만 신호용 깃대

※아래 문장을 읽고 맞으면 ○, 틀리면 ×로 답하세요.

14 동채싸움은 경북 안동지방에서 전해져 오는 단체놀이다. (   )

15 동채싸움이 종료되는 때는 정해진 싸움 시간이 다 되었을 때이다. (   )

16 그네뛰기는 서민놀이에서 점차 양반의 놀이로 변화했다. (   )

17 윷놀이의 말뜻으로 맞지 않는 것은 무엇인가요?
　① 도 – 돼지　　② 걸 – 양　　③ 윷 – 소　　④ 모 – 사슴

18 썰매에 대한 설명으로 맞는 것은 무엇인가요?
　① 겨루기는 한 지점을 표시한 후 그곳을 먼저 돌아오면 이긴다.
　② 날의 숫자가 모두 같다.
　③ 한자어로는 말처럼 빠르다는 설마(雪馬)이다.
　④ 기차놀이는 길게 만들어진 썰매를 대 보는 놀이다.

19 팽이의 명칭으로 맞지 않는 것은 무엇인가요?
　① 경남 – 뺑이　② 전남 – 뺑돌이　③ 제주도 – 도래기　④ 충청도 – 패이

20 탈춤의 특징으로 맞는 것은 무엇인가요?
　① 양반의 입장을 대변하는 놀이　　② 놀이꾼과 관객이 모두 주인공이다.
　③ 서민들은 볼 수 없었다.　　　　④ 탈춤은 액운을 부르기 위해 추었다.

21 공기놀이에 대한 설명으로 맞는 것은 무엇인가요?
　① 꽁기놀이, 공기잡기, 조알채기 등도 공기놀이를 가리키는 말이다.
　② 김정호가 지은 〈오주연문장전선고〉에 잘 나타나 있다.
　③ 각진 돌알을 가지고 노는 놀이이다.
　④ 공기놀이는 고대에부터 전해 내려오는 놀이이다

22 우리 민속놀이를 통해 무엇을 배울 수 있다고 생각하나요?

우리 민속놀이에는 조상들의 생활모습이 담겨 있지. 책 소개도 읽어봐!

23 우리나라에 관광을 온 외국인 친구에게 소개하고 싶은 우리 민속놀이는 무엇인가요? 이유도 함께 써 보세요.

이런 독후활동 어때요?

민속놀이 소개 팜플렛 만들기
- 도화지를 레코디언 접기를 하세요.
- 소개할 민속놀이를 5~6개를 정하여 정리하세요. 관련 사진을 붙이고 유래와 방법 중심으로 소개 글을 쓰세요.
- 앞면에는 제목을 쓰세요.

스스로 독서 – 나의 독서 태도를 점검해 보세요

	1	2	3	4	5

1. 책을 꼼꼼하게 잘 읽었나요?
2. 이야기의 줄거리를 알 수 있나요?
3. 이야기의 주제를 이해했나요?
4. 책을 통해 깨달은 점이 있나요?
5. 더 알고 싶은 점을 써보세요.

42 조상들은 어떤 도구를 썼을까?

우리누리 글 | 고후식 그림 | 주니어랜덤

관련교과 4학년 1학기 사회 1. 우리 지역의 자연환경과 생활 모습 | 5학년 1학기 사회 전 과정

난이도 ★

사람들은 생활 속에서 여러 종류의 도구를 많이 사용하고 있다. 우리가 현재 사용하고 있는 편리한 도구가 만들어지기 전에는 어떻게 생활했을까? 바느질 도구, 시원하게 여름을 날 수 있는 도구, 건축도구, 옛날의 탈것들, 사냥도구와 어구, 장신구, 문방구와 옛날 그릇, 농사도구, 방아와 맷돌 등 재미있는 옛날이야기 속에 도구들의 다양한 쓰임과 종류를 알 수 있다.
옛날 사람들이 부르던 노래도 함께 실려 있어 일의 고단함을 노래로 불러 이겨냈음을 알 수 있다. 조상들의 지혜와 슬기가 담긴 옛날 생활도구들에 대해 알아보고 현재 내가 쓰고 있는 도구의 발전에 대해서도 생각해 볼 수 있다.

 독서퀴즈

| 어휘 문제 |

01 바느질과 관련된 단어의 뜻 설명이 맞지 <u>않은</u> 것을 고르세요.
　① 길쌈 – 실을 짜내는 일
　② 무명 – 무명실로 짠 천
　③ 쌈지 – 담배, 돈, 부시 따위를 싸서 가지고 다니는 작은 주머니.
　④ 명주 – 명주실로 무늬없이 짠 천

02 낱말의 받침이 틀린 것을 고르세요.
　① 최진사로부터 밀린 <u>품삯</u>　　② 등에 <u>짊어진</u> 봇짐
　③ 발걸음을 <u>옮길</u> 때마다　　④ <u>옳치</u> 저 녀석

| 사실적 이해 문제 |

03 바느질 할 때에는 예의범절이 중요하다고 하였어요. 특히 친정어머니가 딸에게 물려주는 바느질 솜씨 속에는 그 집안의 무엇과 무엇이 들어 있다고 하였나요?
　① 전통과 덕　　② 효심과 우정　　③ 용기와 끈기　　④ 지혜와 인내

04 바늘에 찔리지 말라고 꽃분이의 손에 끼워 준 것은 무엇인가요?

① 반지   ② 장갑   ③ 골무   ④ 팔찌

05 어머니와 꽃분이가 조끼를 만들고 구김을 펼 때 사용하지 <u>않은</u> 것은 무엇인가요 ?

① 인두판   ② 인두   ③ 화로   ④ 화두

06 바느질을 마치고 바늘과 실패, 골무, 가위 등 여러 바느질 도구를 어디에 넣어두었나요?

① 쌈지   ② 반짇고리   ③ 주머니   ④목 칠

07 옛날 어머니와 할머니들은 밤마다 (   )을 돌려 실을 짠 다음, 이것으로 옷감을 만들어서 옷을 만들어 입었다고 해요. (   ) 안에 들어갈 알맞은 낱말은 무엇인가요?

① 방아   ② 맷돌
③ 물레   ④ 바퀴

손잡이를 돌려 실을 자아내는 수동적인 도구였어.

08 부채는 생김에 따라 이름이 달라요. 접었다 펼 수 있는 부채와 둥근 대나무 판에 손잡이가 달린 부채이름으로 맞는 것은 무엇인가요?

① 단선 대선   ② 대선 접선   ③ 단선 접선   ④ 접선 단선

09 부채의 쓰임새와 색깔이 <u>잘못</u> 설명된 것은 무엇인가요?

① 흥을 돋울 때는 노란부채   ② 상을 당했을 때는 흰브채
③ 나쁜 일을 막을 때는 빨간부채   ④ 신랑은 파란부채, 신부는 빨간 부채

10 여름 밤 잠자리에 누울 때 대나무의 차가운 기운을 느낄 수 있었던 것은 무엇인가요?

① 등등거리   ② 부채   ③ 죽부인   ④ 적삼

11 목수가 사용하는 도구의 쓰임이 맞지 <u>않게</u> 연결된 것을 고르세요.

① 대패 – 못을 뽑을 때 사용하는 도구
② 못 – 접합이나 고정할 때 쓰는 도구
③ 끌 – 구멍을 뚫거나 깎아 내는데 쓰는 도구
④ 장도리 – 못을 박을 때나 뽑을 때 사용하는 도구

12 목수가 사용하는 도구의 쓰임을 맞게 연결해 보세요.

① 도끼 •   • ㉠ 나무를 일정한 간격으로 자를 때 쓰는 도구

② 쇠메 •   • ㉡ 망치와 같은 쓰임이나 훨씬 큰 도구

③ 톱 •   • ㉢ 나무를 찍거나 쪼갤 때에 쓰는 도구

④ 정 •   • ㉣ 돌을 깰 때 사용하는 도구

13 도구가 날이 슬거나 망가졌을 때 어디에서 고쳐 쓸 수 있었나요?

① 문방구   ② 대장간   ③ 방앗간   ④ 곳간

14 옛날 가축 중에 이동할 때 말보다 소를 더 많이 사용한 이유는 무엇인가요?

① 말은 무거운 짐을 많이 실을 수 없어서

② 우리나라는 다른 나라에 비해 산이 많아서

③ 우리나라는 땅이 좁아서

④ 멀리까지 여행할 일이 많아서

15 조랑말의 설명으로 맞지 <u>않는</u> 것은 무엇인가요?

① 작고 느리지만 산길을 달리기에 안전하다.

② 과하마라고 불렀다.

③ 급하게 소식을 전할 때 타고 다녔다.

④ 양반들이 사냥을 하러 나갈 때 탔다.

16 가마에 대한 설명으로 맞는 것은 무엇인가요?

① 가마는 아무나 탈 수 있었다.

② 가장 흔하게 볼 수 있었던 가마는 '가교'이다.

③ 벼슬이 높을수록 가마꾼의 수도 많았다.

④ 왕이나 세자가 타던 가마를 '사인교'라고 했다.

> 옛날 이동수단으로 집모양처럼 생겼지.

17 옛날에 사용하던 사냥도구로 맞는 것은 무엇인가요?

① 곰처럼 덩치가 큰 짐승을 잡을 때 벼락틀을 이용했다.

② 노루를 잡을 때 벼락틀이라는 덫을 이용했다.

③ 맷돼지를 잡을 때는 돌을 사용했다.

④ 물고기를 잡을 때는 작살과 낚싯대를 사용했다.

18 옛날 장신구에 대한 설명을 읽고 ○, ×로 표시하세요.

① 옛날 여인들은 노리개에 주머니를 달아 바늘이나 은은한 향을 풍기는 사향을 넣고 다니기도 했다. (   )

② 귀고리는 '이식' 반지는 '지환'이라고 했다. (   )

③ 옛날 아낙네들은 모두 거울을 가지고 있었다. (   )

④ 장도는 여인들이 장식으로 차고 다니던 조그만 칼이다. (   )

19 놀이를 하면서 불렀던 '유희요'에 해당되지 않는 것은 무엇인가요?

① 강강 수월래　　　　　　　② 쾌지나 칭칭 나네

③ 널뛰기 노래　　　　　　　④ 팽이치기 노래

20 선비가 글을 쓰거나 공부하는데 사용하는 '문방사우'를 써 보세요.

21 문방사우에 대한 설명으로 맞는 것은 무엇인가요?

① 종이는 주로 뽕나무로 만들었다.

② 붓은 멧돼지 털로 만들었다.

③ 먹은 소나무의 식물 기름을 태워서 얻은 그을음 가루를 굳힌 검은 물감이다.

④ 먹은 무게가 무겁고 향기가 없어야 하며, 먹을 갈 때 소리가 나지 않아야 한다.

22 양반들이 독특한 형식의 노래를 만들어 읊었는데 이를 무엇이라고 하나요?

① 농악　　　　② 시조　　　　③ 창　　　　④ 판소리

23 옛날 사람들은 놋쇠로 여러 가지 생활 용품을 만들어 사용했어요. 놋쇠가 들어가지 않은 것을 고르세요.

① 반상기　　　　② 거울　　　　③ 촛대　　　　④ 꽹과리

24 날이 더운 여름에는 흙으로 빚은 (　　　　　　)그릇을 사용하고, 이 그릇보다 강한 열에 잘 견디는 (　　　　　　)그릇을 사용하여 뜨거운 국물을 담았어요.

25 옛날 사람들이 농사를 지을 때 쓰는 도구로 적당하지 않은 것은 무엇인가요?

① 홍두깨　　　　② 낫　　　　③ 호미　　　　④ 가래

26 절구에 대한 설명으로 맞지 <u>않은</u> 것은 무엇인가요?

① 우묵하게 패어진 통 속에 재료를 넣은 다음 공이로 찧는 도구다.

② 주로 나무나 돌로 만들어 사용한다.

③ 곡식을 빻는 기구다.

④ 돌 중심에 쇠를 꽂아 돌리는 기구다.

| 추론적 · 비판적 이해 문제 |

27 '놋그릇'을 통해 알 수 있는 조상들의 지혜는 무엇일까요?

28 시대가 변하면서 도구들의 형태가 다양해지고, 편리해졌어요. 우리 조상들이 사용했던 도구 중 현대에 와서 달라진 것이 있다면 무엇일까요?

(예 : 맷돌 → 믹서기)

이런 독후활동 어때요?

옛날도구 사용설명서 쓰기

• 물건을 사용하기 전에 이용방법과 유의점이 있지요.

• 옛날 도구 몇가지를 골라 사용 설명서를 써 보세요.

• 현대에는 어떻게 변화했는지 사진도 붙이세요.

스스로 독서 – 나의 독서 태도를 점검해 보세요

　　　　　　　　　　　　　　　　　　1　　　2　　　3　　　4　　　5

1. 책을 꼼꼼하게 잘 읽었나요?

2. 이야기의 줄거리를 알 수 있나요?

3. 이야기의 주제를 이해했나요?

4. 책을 통해 깨달은 점이 있나요?

5. 더 알고 싶은 점을 써보세요.

43 고추장 담그는 아버지

윤희진 | 책과함께어린이

관련교과 **3학년 2학기 국어** 5. 주고 받는 마음 | **4학년 1학기 사회** 3. 더불어 살아가는 우리 지역

난이도 ★ ★ ★

우리는 언제나 누군가와 관계를 맺으며 살아간다. 가족을 이루고 친구와 가까운 이웃들을 만들어 가며 살아가고 있다. 그렇다면 역사 속 인물들은 어떤 관계 속에서 살아왔을까?

옛 위인들은 우리들과 많이 다를 것이라는 생각들을 가질 수 있는데 의외로 현재의 우리 가족들과 별반 다르지 않다는 것을 알게 될 것이다. 또한 각 관계들을 통해 역사 속 값진 이야기들을 발견할 수 있는 책이다. 사람은 누구나 자신을 알아주는 사람이 있을 때 가장 큰 기쁨을 느낀다는 것과 아무리 위대한 사람이라도 평범한 관계 속에서 살아간다는 사실을 알 수 있다.

독서퀴즈

| 어휘 문제 |

01 다음 설명에 알맞은 단어를 찾아 번호를 써 넣으세요

> ㉠ 은대 ㉡ 서까래 ㉢ 녹봉 ㉣ 봉양 ㉤ 문방사우 ㉥ 실학 ㉦ 의병 ㉧ 지기

① 나라에서 벼슬아치들에게 나누어 주던 물품, 보통 동, 쌀, 콩, 명주 등을 주었다. (   )

② 나무로 만든 건축물에서 지붕을 이루는 기본 재료 가운데 하나. (   )

③ 조선시대 왕의 비서 기관이었던 승정원을 이르는 말. (   )

④ 자신의 속마음을 알아주는 친구라는 의미로 지기지우(知己之友)라는 말에서 비롯됨. (   )

⑤ 부모님을 비롯한 웃어른을 모시는 일. (   )

⑥ 나라에서 어려움이 닥쳤을 때 백성들이 스스로 조직한 군대. (   )

⑦ 나라를 부강하게 하고 백성들의 실생활에 도움을 주는 것을 목적으로 한 학문. (   )

⑧ 선비들이 서재에서 쓰는 붓, 먹, 종이, 벼루의 네 가지 도구를 이르는 말. (   )

02 이항복과 이덕형의 관계를 표현한 말로 적절하지 <u>않는</u> 것은 무엇인가요?

① 막역지교(莫逆之交)　　　② 교우이신(交友以信)

③ 죽마고우(竹馬故友)　　　④ 수어지교(水魚之交)

│ 사 실 적 이 해 문 제 │

03 박지원의 글은 소재가 독특하고 이야기에 매력이 넘쳤는데, 그의 글이 <u>아닌</u> 것은 무엇인가요?

① 양반전　　　② 진복창전　　　③ 예덕선생전　　　④ 열하일기

04 지방에서 근무한 박지원이 아이들을 위해 손수 담가서 보낸 음식은 무엇인가요?

① 청국장　　　② 장조림　　　③ 육포　　　④ 고추장

05 박종채가 쓴 글로 박지원의 어린 시절부터 여러 일화를 기록한 글은 무엇인가요?

① 과정록　　　② 연암집　　　③ 해국도지　　　④ 광문자전

06 예로부터 신의, 예의, 절개, 지혜를 상징하는 새로 나무로 깎아 만든 새는 무엇인가요?

① 봉황　　　② 갈매기　　　③ 기러기　　　④ 토종닭

07 조선 중기인 16세기 시대 상황으로 맞지 <u>않는</u> 것은 무엇인가요?

① 화폐가 발달하지 않아 곡식이나 옷감으로 녹봉을 받았다.

② 여자가 어릴 때 남자 집으로 가서 살다가 성인이 되면 결혼식을 올린다.

③ 냉장고도 없고 빠른 운송수단이 없어 반찬거리들이 갈리거나 절인형태가 많다.

④ 남자가 여자 집으로 가서 결혼식을 올리고 처가살이를 한다.

08 방 하나를 채울 만큼 많은 책을 남편이 쉽게 찾을 수 있도록 송덕봉은 어떻게 정리를 했나요?

① 작가이름으로 모아놓았다.　　　② 오래된 책 순으로 정리했다.

③ 색으로 표시해 분류했다.　　　④ 테두리에 제목을 써 놓았다.

09 유희춘이 쓴 10년 동안의 일기가 우리에게 주는 중요한 의미는 무엇인가요?
① 혼란스러운 정치세력과 당파싸움에 대해 알 수 있다.
② 당시의 생활을 이해하는 데 매우 중요한 자료가 된다.
③ 임금님과의 친밀한 편지 내용으로 임금님의 성격을 알 수 있다.
④ 양반들의 부조리들을 재미있게 써서 후대사람들에게 교훈을 준다.

10 '동해바다에서 하늘로 오르는 검은 용꿈을 태몽으로 꾸었다'해서 어릴 적 이름이 '현룡'이라 불렸던 사람은 누구인가요?
① 이황　　　　　　　　② 오성
③ 이이　　　　　　　　④ 한음

이 꿈을 꾼 사람은 신사임당이야.

11 이문건 할아버지가 수봉에게 내밀어 준 책 '양아록'은 어떤 내용인가요?
① 태어나면서부터 기록한 육아일기　② 할아버지가 쓴 글 모음집
③ 옛 성인의 지혜로운 글　　　　　④ 예절을 가르치기 위한 기록

12 최초의 한글 소설로서 허균이 쓴 글은 무엇인가요?
① 춘향전　　　　② 홍길동전　　　③ 심청전　　　④ 별주부전

13 중국의 유명한 시인조차 "그는 인간 세계로 우연히 귀양 온 선녀다."라고 칭찬한 사람은 누구인가요?
① 황진이　　　　② 송덕봉　　　③ 신사임당　　　④ 허난설헌

14 정약용에 대한 설명으로 <u>틀린</u> 것은 무엇인가요?
① 실학을 집대성 했다.
② 정조에게 실력을 인정받아 수원화성을 설계했다.
③ 야생마 같은 기질 때문에 최신 서양학에 더 관심을 두었다.
④ 귀향길에 올라 여러 가지 중요한 책을 썼다.

15 정약용이 강진에 있을 때 부인 치마를 잘라 만든 작은 병풍 그림은 무엇인가요?
① 매화병제도　　② 광안전백옥루상량문　　③ 자산어보　　④ 목민심서

16 이항복과 이덕형에 대한 설명으로 <u>틀린</u> 것은 무엇인가요?

① 이항복은 호탕하고 유머가 있고, 이덕형은 신중하고 과묵한 선비였다.

② 이항복은 도승지로, 이덕형은 조선 역사상 최연소로 대제학에 올랐다.

③ 광해군의 정치에 방해되는 인목대비를 쫓아내야한다고 상소를 올렸다.

④ 이항복은 이덕형을 최고의 지기라고 했다.

17 고려 말 뛰어난 문장과 외교력으로 명나라와의 문제를 해결하고 정3품의 벼슬을 받은 사람은 누구인가요?

① 이성계　　　② 정도전　　　③ 정약용　　　④ 정몽주

18 정도전에 대한 설명으로 바른 것은 무엇인가요?

① 고려를 마지막까지 지키려했던 충절의 대명사로 불리었다.

② 정몽주에게 학문적으로 가장 많은 영향을 미쳤다.

③ 정몽주와 죽을 때까지 뜻을 같이 했다.

④ 재상이 중심이 되는 나라를 꿈꾸었다.

19 사람과 사람이 이해하고 인정하는데 꼭 시간이 필요한 것이 <u>아닌</u> 것임을 보여준 관계는 누구와 누구인가요?

① 이익과 안정복　　　　　② 세종과 장영실

③ 이항복과 이덕형　　　　④ 유희춘과 송덕봉

20 신분제 사회인 조선에서 가장 낮은 신분의 천민이었다가 실력으로 조선 최고의 과학자가 된 사람은 누구인가요?

① 이천　　　② 안정복　　　③ 장영실　　　④ 정인지

21 다음 사람들 중에서 서로 관계가 <u>다른</u> 사람은 누구인가요?

① 박지원과 박종채　　　　② 신사임당과 이율곡

③ 허난설헌과 허균　　　　④ 정몽주과 정도전

가족 관계가 아닌 사람을 생각해 봐!

22 박지원이 원칙을 지키며 살아가려고 노력한 이유는 무엇일까요?

① 청렴하게 보이기 위해
② 자신의 명예를 존중하기 위해서
③ 아랫사람에게 권위 있어 보이기 위해
④ 공정하고 바른 판단을 하기 위해

23 허난설헌은 천 여 편의 시를 지었다고 하는데 세상을 떠나기 전 자신의 글들을 모두 불태워 버린 이유가 무엇일까요?

24 선인들은 좋은 친구관계를 통해 많은 것을 배우게 되는데 진정한 친구의 조건이 무엇인지 5개 정도 요약해서 나열해 보세요.

이런 독후활동 어때요?

책속 주인공에 대한 기사 쓰기
• 등장인물을 선택하세요.
• 등장인물들의 관계를 신문 기사 형식(언제, 어디서 누가, 무엇을, 왜, 어떻게)에 따라 글을 쓰세요.

스스로 독서 – 나의 독서 태도를 점검해 보세요

1   2   3   4   5

1. 책을 꼼꼼하게 잘 읽었나요?
2. 이야기의 줄거리를 알 수 있나요?
3. 이야기의 주제를 이해했나요?
4. 책을 통해 깨달은 점이 있나요?
5. 더 알고 싶은 점을 써보세요.

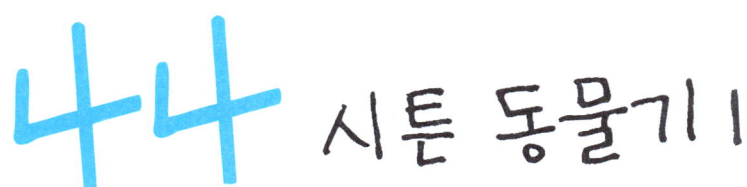

44 시튼 동물기

시튼 | 논장

난이도 ★★

새의 깃털 수를 일일이 세어서 4,915개라는 것을 알아낼 정도로 꼼꼼했던 시튼은 오랫동안 동물들을 관찰하여 직접 보고 듣고 체험한 것들을 바탕으로 많은 동물들의 삶을 그렸다. 실제 동물의 생활을 토대로 들려주는 이야기 하나 하나가 읽는 이의 마음을 사로잡으며 깊은 감동을 준다.
시튼 역시 인간이 자연과 함께 조화를 이루며 살아야 한다고 믿고 작품 속에서 자연과 인간에 대한 새로운 인식을 불어 넣어주고 있다. 어린이들은 이 책을 읽으면서 숲과 동물과 자연이 얼마나 놀라움으로 가득 찬 세계인지 깨닫게 된다.

 독서퀴즈

| 어휘 문제 |

01 다음 글과 같은 내용의 사자성어는 무엇인가요?

> 이튿날에야 집으로 들어온 나는 빙고가 문턱에 머리를 올려놓은 채 눈밭에서 죽어있는 것을 발견했다. 자신이 강아지 시절을 보냈던 바로 그 문가에서 말이다.

① 죽마고우(竹馬故友)　　② 우후죽순(雨後竹筍)
③ 수구초심(首邱初心)　　④ 이심전심(以心傳心)

02 다음 괄호 안에 들어갈 알맞은 말을 써 넣으세요.

> "털색은 대개 두 가지 중 하나의 색을 띤다. 하나는 (　　　　)으로, 주위 환경과 어우러져 적이 나타났을 때 감쪽같이 숨겨준다. 또 하나는 (　　　　)으로, 어떤 목적을 위해 다른 동물들 눈에 확 띄게 한다."

03 이 책의 동물에 관한 설명으로 바르지 <u>못한</u> 것은 무엇인가요?

① 실제로 존재한 동물의 이야기다.

② 비극적인 최후를 맞이한 동물은 글의 재미를 위해 더해졌다.

③ 몇몇 동물의 일생을 짜맞추어 하나의 이야기로 완성하였다.

④ 동물들의 행동을 놓치지 않고 관찰하여 썼다.

04 커럼포의 왕 로보는 어떤 동물인가요?

① 토끼　　　　② 여우　　　　③ 까마귀　　　　④ 늑대

05 로보에 대한 설명으로 <u>틀린</u> 것은 무엇인가요?

① 울음소리는 워낙 유명해서 쉽게 구별이 갈 정도다.

② 몸집이 작지만 영리하고 힘이 세다.

③ 갓 잡은 한 살배기 암소의 연한 살코기를 즐겨 먹었다.

④ 부하를 많이 거느리지 않았지만 권위가 있었다.

06 번개처럼 재빨라 영양을 서너 번이나 잡은 적이 있는 로보의 짝은 누구인가요?

① 커럼포　　　　② 태너　　　　③ 블랑카　　　　④ 루가루

07 '군인들이 전쟁터에서 타는 작은 말'이란 뜻으로 읍내에서 유명한 산토끼 이름은 무엇인가요?

① 리틀워호스　　　② 그레이하운드　　　③ 올리버　　　④ 레드러프

08 산토끼에게 심장에 무리가 왔거나 숨이 가쁘다는 신호는 무엇인가요?

① 눈이 붉어진다.　　　　　② 혀를 길게 늘어뜨린다.

③ 몸을 길게 뻗어 눕는다.　　④ 귀가 축 늘어진다.

09 다음의 설명과 가장 관련이 있는 것은 무엇인가요?

> 총을 가진 사람과 개가 나타나는 바람에 몇 년 새 산토끼를 잡아먹는 코요테며 여우, 늑대, 오소리, 매들이 줄어든 반면 토끼들은 엄청나게 불어났다.

① 자연재해
③ 먹이사슬

② 약육강식
④ 새옹지마

약육강식은 약한 사람은 강한 사람에게 먹힌다는 뜻이야.

10 토끼 사냥에 많은 돈이 오가는 등 부정한 일들을 해서라도 우승하려고 하는 이유는 무엇인가요?

① 스릴 넘치는 경기에 빠져서 끝까지 가보려고
② 그레이하운드를 많은 사람들에게 자랑할 수 있어서
③ 주에서 큰 명예를 얻을 수 있어서
④ 우승컵과 많은 상금을 얻을 수 있어서

11 관리인은 13번의 경주에서 살아남으면 자유를 주기로 약속했어요. 매 경기가 끝날 때마다 미키가 워호스 귀에 남긴 표시는 어떤 표시인가요?

① 하트
② 별
③ 원
④ 다이아몬드

12 오른쪽 눈과 부리사이에 은화같이 하얀 점이 찍혀 있다고 해서 붙여진 까마귀의 이름은 무엇인가요?

① 커트랜드
② 실버스팟
③ 클럽풋
④ 소헤니

13 무리를 진 까마귀들은 겨울이 따뜻하면 강을 따라갔고, 추우면 훨씬 더 남쪽으로 내려갔어요. 어떤 강을 따라 갔나요?

① 콩고강
② 나일강
③ 미시시피 강
④ 나이아가라 강

14 까마귀 떼에게 명령을 내리고 위험을 알리는 방법에는 어떤 것을 사용했나요?

① 울음소리
② 날갯짓
③ 비행모양
④ 독특한 냄새

15 다음 글의 내용은 까마귀들의 어떤 행동을 표현한 것인가요?

> 까마득히 높은 곳에서 아래쪽으로 앉아있는 까마귀를 향해 쏜살같이 곤두박질치다가 그 까마귀와 부딪치기 직전에 아슬아슬하게 몸을 돌려 다시 날아오르는 것이었다. 그 움직임이 얼마나 날쌘지 날갯짓소리가 마치 멀리서 들리는 천둥소리 같았다.

① 전투준비　　　② 위험을 알림　　　③ 짝짓기　　　④ 화가 난 태도

16 실버스팟은 컴컴한 하수구에 빵조각을 떨어뜨렸어요. 그 다음 어떤 행동을 했나요?
① 하수구 끝까지 내려가서 날개로 더듬거려 찾는다.
② 하수구의 돌들을 물어 떨어뜨려 물이 올라오게 했다.
③ 주위를 빙빙 돌다 포기하고 돌아갔다.
④ 하수구 끝으로 가 떠내려 온 빵을 물고 갔다.

17 강아지를 '빙고'라고 이름을 짓게 된 동요의 제목은 무엇인가요?
① 친구 집 개　　　　　　② 프랭클린네 개
③ 옆집 사는 개　　　　　④ 농부의 개

18 빙고를 비롯한 동물들의 연락소로 쓰였던 곳은 어디인가요?
① 말뚝　　　② 큰 나무　　　③ 울타리　　　④ 현관기둥

19 다음 설명 중 빙고에 대한 설명이 <u>아닌</u> 것은 무엇인가요?
① 투철한 책임감으로 소몰이 하는 것을 좋아했다.
② 자신의 야생친척들 만큼이나 말고기를 좋아했다.
③ 주인에게 충성을 보이기 위해 코요테를 보이는 데로 잡아왔다.
④ 늑대처럼 사는 것을 좋아했고 마지막까지 그렇게 살았다.

※ 다음 맞는 말에는 O표를, 틀린 말에는 X표를 하세요.

20 워호스는 적도 별로 없고 숨기도 쉬운 밤에 먹이를 먹는다. (　　　)

21 워호스는 추적자를 따돌리기 위해 빠르게 한자리를 빙빙 돈다. (　　　)

22 실버스팟이 반짝이는 물건들을 모으는 이유는 자신의 실력을 자랑하기 위해서다.
(　　　)

214

23 작가가 위험에 처해있을 때 빙고는 인간이 알지 못하는 무언가의 안내를 받아 구해 주었고 복수까지 했다. (   )

| 추론적 · 비판적 이해 문제 |

24 미키가 지친 워호스를 데리고 토끼들이 사는 시골에 가서 풀어 준 이유는 무엇일까 요?

25 '늙은 까마귀처럼 지혜롭다.'라는 속담이 왜 생겨났는지 추측해서 써보세요.

까마귀 실버스팟의 행동을 잘 생각해 봐!

이런 독후활동 어때요?

애완동물 관찰일기 쓰기
- 키우는 애완동물을 일정 기간을 정해놓고 관찰하세요.
- 관찰일기장을 만들어 먹이, 울음소리, 자라는 크기, 잠자는 시간, 깨어 있을 때 하는 행동 등을 관찰하여 기록해보세요.

스스로 독서 – 나의 독서 태도를 점검해 보세요

　　　　　　　　　　　1　　　2　　　3　　　4　　　5

1. 책을 꼼꼼하게 잘 읽었나요?
2. 이야기의 줄거리를 알 수 있나요?
3. 이야기의 주제를 이해했나요?
4. 책을 통해 깨달은 점이 있나요?
5. 더 알고 싶은 점을 써보세요.

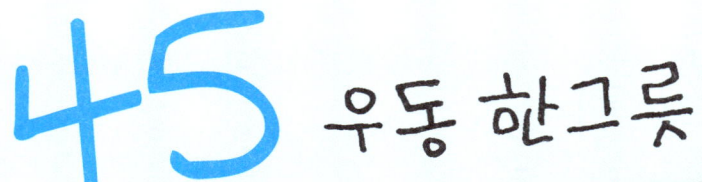

45 우동 한 그릇

구리 료헤이 저 | 청조사

난이도 ★ ★

가난했던 어린 시절을 체험한 어른들뿐 아니라 가난을 모르고 자란 아이들에게도 '따뜻한 마음'이 무엇인지 일러주는 작품이다.
세상에서 가장 아름다운 것은 무엇일까? 저마다 여러 가지를 이야기하겠지만 사람의 따뜻한 마음이 아닐까? 사람과 사람 사이의 훈훈한 세 가지 이야기는 사랑의 의미를 생각하게 한다.

 독서퀴즈

| 어휘 문제 |

01 우리나라 절기를 바르게 쓰지 <u>않은</u> 것은 무엇인가요?
   ① <u>섣달그믐날</u> 남자들은 집 안팎을 깨끗이 청소를 했다.
   ② <u>칠월 칠석</u>은 견우와 직녀가 오작교에서 만나는 날이다.
   ③ <u>삼월 삼짓날</u>은 강남 갔던 제비가 돌아오는 날이다
   ④ <u>정월초하루</u>에는 어른께 세배를 하고 떡국을 먹는 날이다

02 "그렇게 하면 <u>도리어</u> 부담스러워 다신 우리 집에 오지 못할 거요."에서 밑줄 친 말과 의미가 같은 낱말은 무엇인가요?
   ① 차라리   ② 오히려   ③ 진짜로   ④ 정말로

03 낱말을 바르게 쓴 것이 <u>아닌</u> 것은 무엇인가요?
   ① 하루 – 이틀 – 사흘 – 나흘 – 닷새
   ② 엿새 – 이레 – 여드레 – 아흐레 – 열흘
   ③ 일월 – 이월 – 삼월 – 사월 – 오월 – 육월
   ④ 칠월 – 팔월 – 구월 – 시월 – 십일월 – 십이월

216

04 〈우동 한 그릇〉에 온 세 사람이 우동을 먹으러 온 날은 언제인가요?
① 추석　　　　　② 설날　　　　　③ 섣달 그믐날　　　　④ 동짓날

05 사내아이 둘과 같이 들어온 여자는 어떤 옷을 입고 있었나요?
① 몸빼바지　　　② 월남치마　　　③ 기모노　　　④ 체크무늬 반코트

06 밤늦게 〈북해정〉에 온 세 사람이 시킨 것은 무엇인가요?
① 우동 세 그릇　　② 우동 한 그릇　　③ 오동 곱빼기 하나　　④ 우동 두 그릇

07 손님 세 명이 두 번째로 왔을 때 주인여자가 공짜로 3인분을 주자고 했을 때 주인 남자가 거절한 이유는 무엇인가요?
① 시간이 너무 늦어서　　　　　② 다음에 또 와서 더 달라고 할까봐
③ 장사하는데 손해를 볼까봐　　　④ 부담스러워 할까봐

08 큰아들 시로도는 어머니를 어떻게 도왔나요?
① 우유배달　　　② 신문배달　　　③ 저녁준비　　　④ 장보기

09 가게가 커지고 내부 장식도 바뀌었지만 낡은 2번 식탁을 그대로 둔 이유가 <u>아닌</u> 것은 무엇인가요?
① 유명해져서 사람이 많아지면 장사를 잘 할 수 있어서
② 세 사람의 손님이 준 예전의 감동을 잊지 않으려그
③ 손님들에 대한 배려와 따뜻함을 잃지 않도록
④ 세 사람의 손님을 이 식탁에서 맞이하고 싶어서

10 〈산타클로스〉에 나오는 겐보오의 병명은 무엇인가요?
① 급성 맹장염　　　　　　② 급성 신부전증
③ 급성 골수성 백혈병　　　④ 급성 십이지장 염

11 료헤이씨는 겐보오에게　어떤 사람이 친구가 될 수 있다고 했나요?
① 이해를 잘해야 한다.　　　② 배려를 잘해야 한다.
③ 나이가 같아야 한다.　　　④ 마음이 통해야 한다.

12 소아과 병동이 료헤이로 인해 변한 것 중 바르지 <u>않는</u> 것은 무엇인가요?

① 다른 사람을 생각할 줄 알게 됐다.   ② 울지 않고 주사를 잘 받게 됐다.

③ 밝은 웃음소리가 넘쳤다.   ④ 인사소리로 활기차졌다.

13 겐보오가 크리스마스 날 산타크로스에게 받고 싶은 선물은 무엇인가요?

① 학용품   ② 스웨터   ③ 로봇선물   ④ 인형

14 산타할아버지가 겐보오에게 하루 늦게 선물을 가지고 온 이유는 무엇이라고 했나요?

① 산타할아버지가 감기에 걸려 움직이지 못해서

② 눈이 너무 많이 와서 시간이 걸리기 때문에

③ 행복하지 못한 아이들 먼저 찾아가기 때문에

④ 산타마을에 장난감 기계가 망가져서

15 〈마지막 손님〉의 게이코의 직업은 무엇인가요?

① 옷가게 종업원   ② 레스토랑 종업원

③ 보석가게 종업원   ④ 제과점 종업원

16 마지막 손님은 먼 곳에서 왜 이 가게를 찾아왔나요?

① 유명한 가게여서   ② 어머니가 드시고 싶어 해서

③ 사장의 부탁을 받고   ④ 출장 왔다가 돌아가는 길이여서

17 게이코는 사람의 마음이란 어떤 것이라고 생각했나요?

① 믿음직한 것   ② 착한 것   ③ 아름다운 것   ④ 간사한 것

※ 다음 맞는 말에는 O표를, 틀린 말에는 X표를 하세요.

18 쥰의 편지내용에 감동받은 북해정 주인은 매년 '섣달 그믐날 10시 예약석'을 만들어 놓았다. (   )

19 엄마는 자신의 분홍 스웨터를 풀고, 다시 짜 겐보오에게 선물했다. (   )

20 겐보오에게 산타크로스가 되어준 사람은 겐보오를 좋아하는 의사였다. (   )

21 게이코가 나루도 씨의 장례식에 참석한 이유는 칭찬을 받기 위해서였다. (   )

22 게이코씨의 이야기를 들은 나루도 씨의 어머니는 과자를 먹지 못했지만 편안모습으로 눈을 감으셨다. (   )

| 추론적 · 비판적 이해 문제 |

23 〈북해정〉의 주인아저씨가 손님 모르게 국수를 더 넣은 이유는 무엇일까요?

24 죽어가는 겐보오에게 료헤이 씨가 동화나라에서 산타할아버지가 심부름을 시키고 싶다고 이야기한 이유는 무엇일까요?

25 게이코가 손님대신 코트적립금으로 과자 값을 지불한 이유는 무엇일까요?

이런 독후활동 어때요?

〈마지막 손님〉케이코 씨의 인터뷰기사쓰기
케이코 씨의 선행을 인터뷰 기사글로 써보세요.

스스로 독서 – 나의 독서 태도를 점검해 보세요

1 2 3 4 5

1. 책을 꼼꼼하게 잘 읽었나요?
2. 이야기의 줄거리를 알 수 있나요?
3. 이야기의 주제를 이해했나요?
4. 책을 통해 깨달은 점이 있나요?
5. 더 알고 싶은 점을 써보세요.

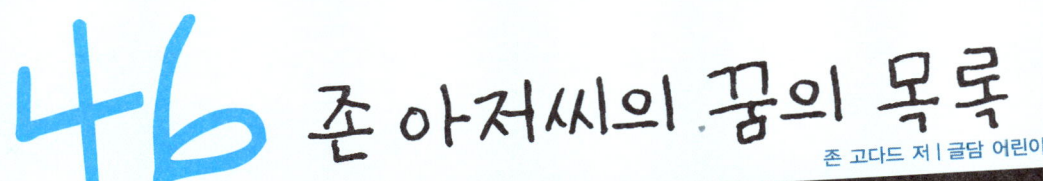

46 존 아저씨의 꿈의 목록

존 고다드 저 | 글담 어린이

난이도 ★ ★

이 책은 시험성적에 쫓겨 아무 꿈도 꾸지 못하는 지금의 어린이들에게 꿈에 대한 소중함과 꿈을 이루는 방법을 알려주는 책이다. 그의 이야기를 통해 어린이들은 단지 선생님이나 연예인이 되고 싶다는 천편일률적인 꿈에서 벗어나 자유롭고 다양한 꿈을 꿀 수 있게 될 것이며, 꿈을 기록하는 것이 꿈을 이루는데 어떤 의미를 지니는 것인지 자연스럽게 배우게 될 것이다.
존 고나드는 실천하기 어렵거나 크고 거창한 꿈이 아니라 작고 소박한 꿈들이 하나씩 이루어 나가면서 결국 큰 꿈을 이루게 된다고 말하고 있다.

| 어휘 문제 |

01 '나는 외동아들이었기 때문에 <u>온실 속의 화초</u> 같이 살 수도 있었단다.'에서 밑줄 친 말은 무슨 뜻인가요?

① 스스로 클 수 있도록 내버려둔다. ② 물을 많이 준다.

③ 많은 보호를 받으며 자라다 ④ 많은 사람들이 구경할 수 있도록 만들다

02 다음 중 맞춤법이 잘못 쓰여진 것은 무엇인가요?

① 사람들이 하마 때문에 죽는다고 하니 할 말을 잃을 만하지?

② 무서운 하마를 무수히 맞딱뜨려야 했어.

③ 너무 피곤했던지 우리는 곧 잠에 곯아떨어졌단다.

④ 여전히 우리가 있는 곳 근처까지 쫓아와서 겁을 잔뜩 먹게 했단다.

03 '우리는 <u>걸음아 날 살려라</u> 하며 끊임없이 노를 저어댔지.'에서 밑줄 친 말은 무슨 뜻인가요?

① 도망가니까 쫓아오지 말아라. ② 빨리 걷자고 부탁하는 말이다

③ 우리 열심히 노력해 보자. ④ 달아날 때 조급한 마음으로 발걸음을 재촉하다

04 '어린 시절 꿈을 갖는 일은 정말로 중요하다'고 말하는데 그 이유가 <u>아닌</u> 것은 무엇인가요?

① 세상을 살아가는 폭이 넓어진다.

② 도전과 성취를 통해 점점 많은 꿈을 갖게 된다.

③ 익숙한 곳에서 안정된 생활을 누릴 수 있다.

④ 나 자신을 위해 무엇을 할 수 있는지 생각할 수 있다.

05 꿈을 이루기 위한 과정에 대해 존 아저씨의 생각이 <u>아닌</u> 것은 무엇인가요?

① 꿈을 위해 준비하는 과정은 생각만큼 어렵지 않단다.

② 실패와 좌절도 꿈을 이루는 과정이니 실망할 필요가 없어.

③ 꿈은 키가 크고 힘이 세지는 만큼 의지를 강하게 할 거야.

④ 힘들 때 잠깐 쉬었다 가도 포기는 하지말자.

06 존 아저씨의 꿈은 무엇인가요?

① 작가 　　　② 등산가 　　　③ 여행가 　　　④ 탐험가

07 존 아저씨가 열여덟 살 공군 입대까지 해마다 여름이면 했던 것은 무엇인가요?

① 산장의 심부름꾼 　　　② 목장의 목부

③ 여행 안내원 보조 　　　④ 수영장 안전 요원

08 꿈의 목록을 쓸 수 있게 해준 여름방학 일들은 여러 가지를 길러주었는데 맞지 <u>않는</u> 것은 무엇인가요?

① 자신감 　　　② 독립심 　　　③ 열등감 　　　④ 인내심

09 존 아저씨가 생각하는 꿈을 이루어 주는 좋은 습관은 무엇인가요?

① 능력 　　　② 노력 　　　③ 정직 　　　④ 기록

10 앙드레 말로는 "오랫동안 꿈을 간직한 사람은 마침내 그 꿈을 닮아간다."라고 했어요. '꿈을 간직한다.'란 말은 무슨 뜻인가요?

① 남이 알지 못하도록 비밀로 한다. 　② 꿈을 위해 언제나 노력하고 준비하고 있다

③ 날마다 꿈만 생각한다. 　　　　　④ 꿈을 써서 상자에 보관한다.

11 존 아저씨는 꿈을 이루려면 어떻게 해야 한다고 했나요. 다음 중 <u>틀린</u> 것은 무엇인가요?

① 사람을 통해 배우는 것보다 자연을 통해 배워라.
② 건강을 지키고 끈기와 열정이 있어야 한다.
③ 돈은 꼭 필요한 수단이다.
④ 공부는 평생 해야 하고 교양을 키워야한다.

12 세쿼이아 국립공원에서 암사슴이 존 아저씨와 토비를 공격한 이유는 무엇인가요?

① 자기새끼를 보호하려고　　② 자기영역에 들어와서
③ 귀찮게 해서　　　　　　　④ 먹이가 모자라서

13 나일강의 급류를 무사히 빠져나온 이후로 어떤 중요한 일이 있을 따 하는 행동은 무엇인가요?

① 쉼 호흡을 크게 한다.　　　② 속으로 열까지 센다.
③ 마음속으로 예행연습을 한다.　④ 눈을 크게 뜨고 파이팅을 회친다.

14 사하라 사막에서 방향 감각을 잃어 헤매다가 열사병으로 거의 죽을 뻔했지만 누구보다 행복한 이유는 무엇인가요?

① 남이 해보지 못한 일을 했기 때문에　② 희귀한 새를 봤기 때문에
③ 물을 양껏 마셨기 때문에　　　　　　④ 위기를 극복했기 때문에

※ 다음 맞는 말에는 O표를, 틀린 말에는 X표를 하세요.

15 존아저씨는 다양한 책들을 읽으면서 꿈의 목록에 포함된 수 십 개으 목표에 관한 아이디어를 얻었다. (　　　)

16 세계에서 가장 긴 강은 아마존 강이다. (　　　)

17 바다는 우리가 경각심을 가지고 아끼는 마음으로 조심히 대할 때에만 아름다울 수 있다. (　　　)

18 빅토리아 호수는 세계에서 두 번째로 큰 호수이다. (　　　)

19 바소가 남자들은 가족을 가장 중요하게 여겼기 때문에 자신이 만든 '피로크'라는 배를 팔아 가족을 위해 쓰기 좋아했다. (　　　)

20 고대 인도에서 전해오는 시 중에 '오늘을 보라'에서 왜 오늘을 보라고 했을까요?

21 '꿈을 이루기 위해서는 용기가 필요하고 용기를 얻기 위해서는 희망을 잃지 않아야 한다.'는 말은 무슨 뜻일까요? 자신의 경험에 비추어 써보세요.

22 야생 동식물과 살아가는 일이 생각보다 굉장히 중요한 이유는 무엇일까요?

23 존 아저씨처럼 나만의 꿈의 목록을 적어보세요.

이런 독후활동 어때요?

미래 일기 써보기
20년 후 나의 모습을 상상하여 미래일기를 써보세요.

스스로 독서 – 나의 독서 태도를 점검해 보세요

	1	2	3	4	5

1. 책을 꼼꼼하게 잘 읽었나요?
2. 이야기의 줄거리를 알 수 있나요?
3. 이야기의 주제를 이해했나요?
4. 책을 통해 깨달은 점이 있나요?
5. 더 알고 싶은 점을 써보세요.

47 숲은 어떻게 만들어지는가?

윌리엄 재스퍼슨 | 비룡소

관련교과 **4학년 1학기 과학** 3. 식물의 한 살이 | **4학년 미술** 4. 자연환경과 미술

난이도 ★★

우리는 숲에 대해 얼마나 알고 있을까?

가끔씩 가까운 숲에 가보지만 숲이 어떻게 생겨났는지, 나무와 동물은 언제부터 살았는지 등에 대해 생각하지 않을 때가 많다. 숲의 성장과정을 쉽게 풀어쓴 이 책은 들판에 씨앗이 날아와 싹을 틔울 때부터 여러 나무와 풀들이 자라고 동물이 들어와 살게 되는 과정을 시간의 흐름에 따라 설명하고 있다.

무슨 일이든 처음의 모습을 보고 멋진 결과를 상상하기 어렵다. 하지만 시간이 지나고 자연의 자생력에 의해 숲이 길러지고 가꾸어지는 모습에 신기한 생각이 든다. 숲에 들어서면 나무의 이름도 모르고 이산이나 저산이나 다 비슷하게만 생각되는데 숲도 단계가 있고 각 단계마다 자라는 나무도 다르고 그곳에 사는 동물들도 다르다는 사실에 더 놀라게 된다.

 독서퀴즈

| 어 휘 문 제 |

01 다음 밑줄 친 낱말이 **틀리게** 쓰인 것은 어느 것인가요?

① <u>햇빛</u>이 씨앗을 비춰 줬다.   ② 잡초와 풀들은 <u>햇볕</u>을 못 받아 죽었다.

③ 여름날의 <u>햇빛</u>은 눈을 부시게 한다.   ④ 봄날 병아리들은 <u>햇볕</u>을 쬐고 있다.

02 '들쥐들은 <u>보금자리</u>를 만들 풀이 없어 다른 곳으로 떠났어요.'에서 밑줄 친 말의 뜻은 무엇인가요?

① 많은 식구가 있을 곳   ② 아기가 쉴 수 있는 곳

③ 방이 많아 넓은 곳   ④ 지내기에 매우 포근하고 아늑한 곳

03 '땅위에 야생화가 <u>그득</u> 피어났지요.'에서 밑줄 친 낱말 대신 바꾸어 쓸 수 **없는** 것은 무엇인가요?

① 여기저기   ② 가득   ③ 예쁘게   ④ 꼭 차게

숲이 생기려면 풀이 하나도 없는 것보
다 풀이 좀 있어야 하지 않을까?

04 매사추세츠 주의 숲은 200년 전 어떤 모습이었을까요?
① 사막　　　　　② 우거진 숲　　　③ 늪　　　　　④ 들판

05 바람에 날려 온 씨앗들이 싹을 틔우기 시작했어요. 그 땅에 자란 잡초가 <u>아닌</u> 것은
무엇인가요?
① 민들레　　　　② 미역취　　　　③ 검은 딸기　　④ 별꽃

06 해마다 새로운 식물들이 뿌리를 내리고 자랐어요. 잡초 사이를 비집고 자란 식물은
어느 것인가요?
① 밀크위드　　　② 찔레나무　　　③ 돼지풀　　　④ 루드베키아

07 땅이 덤불지고 물기가 많은 땅에 열린 검은 딸기를 먹으러 온 새가 <u>아닌</u> 것은 무엇
인가요?
① 멧종다리　　　② 참새　　　　　③ 쌀새　　　　④ 개똥지빠귀

08 햇빛은 좋아하지만 영양분과 물기가 좀 적어도 잘 자라 '개척자 나무'라 불리는 것
은 무엇인가요?
① 자작나무　　　② 포플러　　　③ 삼나무　　　④ 스트로부스잣나무

09 개척자 나무가 많아지자 작은 수풀에 사는 새가 <u>아닌</u> 것은 무엇인가요?
① 개똥지빠귀　　② 피리새　　　③ 솔새　　　　④ 참새

10 스트로브부스잣나무가 숲에 가득차자 그늘에서 싹을 틔우는 나무들이 자라기 시작
했어요. 어떤 나무들이 있나요?
① 사시나무　　　② 우엉　　　　③ 튤립나무　　④ 소나무

11 스트로브부스잣나무가 새로운 나무로 바뀌자 먹이를 찾아 떠나는 동물들이 많았어
요. 하지만 나무의 씨앗을 먹고 속이 빈 나무 그루터기에서 사는 동물은 살아남았
죠. 이 동물은 무엇인가요?
① 들쥐　　　　　② 발이 흰 쥐　　③ 다람쥐　　　④ 청솔모

12 부식질에 대한 설명으로 **틀린** 것은 어떤 것인가요?

① 동물이나 곤충이 썩은 것은 나무와 성질이 달라 부식질이라 할 수 없다.
② 나뭇잎과 잔가지들이 쌓여서 만들어진다.
③ 박테리아와 벌레와 곰팡이들이 부식질을 흙으로 바꾸어준다.
④ 나무들은 부식질 흙에서 영양분을 얻어서 산다.

13 작은 키나무 층이라 불리는 나무들은 어떤 것인가요?

① 참나무　　　　　　　　　② 회나무
③ 단풍나무　　　　　　　　④ 설탕 단풍나무

14 숲은 대부분 세 단계를 거쳐서 자랍니다. 나무가 숲의 단계별로 된 것은 무엇인가요?

① 서어나무 – 참나무 – 소나무
② 아까시나무 – 단풍나무 – 서어나무
③ 너도밤나무 – 단풍나무 – 아까시나무
④ 아까시나무 – 너도밤나무 – 서어나무

15 다 자란 숲은 다섯 개 층으로 이루어졌어요. **틀린** 설명은 어떤 것인가요?

① 지붕층 : 지붕처럼 키가 큰 나무들이 이루는 층
② 관목층 : 키가 작은 나무들이 이루는 층
③ 초본층 : 꽃나무들이 이루는 층
④ 숲바닥층 : 숲 바닥에서 붙어 자라는 식물이 이루는 층

※ 다음 맞는 말에는 O표를, 틀린 말에는 X표를 하세요.

16 새로운 나무나 동물이 지금 살고 있는 나무나 동물의 뒤를 이어 서는 것을 '천이'라고 한다. (　　　)

17 숲의 중간단계로 잣나무, 소나무들이 죽자 그 자리에 참나무, 회나무, 단풍나무가 자라기 시작했다. (　　　)

18 숲이 안정 되어가는 마지막 단계에는 너도밤나무, 서어나무 등이 자란다. (　　　)

19 숲의 천이에 따라서 동물들의 종류가 달라지는 이유는 무엇일까요?

20 키 큰 나무 때문에 풀이나 키 작은 나무들이 죽자 잎이 넓은 식물들이 자라기 시작한 이유는 무엇일까요?

21 숲에서 지켜야 할 일을 2개 이상 써 보세요.

이런 독후활동 어때요?

숲에 대한 마인드맵 그려보기
숲의 생성과정, 숲이 자라는 단계마다 사는 동물과 식물, 숲을 이루는 다섯 개 층 등 마인드맵으로 정리해보세요.

스스로 독서 – 나의 독서 태도를 점검해 보세요

	1	2	3	4	5

1. 책을 꼼꼼하게 잘 읽었나요?
2. 이야기의 줄거리를 알 수 있나요?
3. 이야기의 주제를 이해했나요?
4. 책을 통해 깨달은 점이 있나요?
5. 더 알고 싶은 점을 써보세요.

48 오즈의 마법사

라이먼 프랭크 바움 저 | 어린이작가정신

관련교과 **3학년 1학기 국어** 4. 마음을 전해요 | **6학년 1학기 도덕** 6. 용기, 내 안의 위대한 힘

난이도 ★★

마법사 오즈를 만나러 나선 도로시는 두뇌가 없는 허수아비, 심장이 없는 양철 나무꾼, 겁이 많은 사자를 만난다. 친구가 된 그들은 저마다의 소원을 이루기 위해 에메랄드 시로 가는 험난한 여행을 시작한다. 이들은 모험을 통해 지혜와 사랑, 용기 등을 얻게 된다. 지혜란 오랜 경험을 통해 얻어지는 것이며, 사랑은 다른 이들을 배려하는 것, 그리고 진정한 용기는 겁을 내지 않는 것이 아니라 두려운 상황에서도 그것에 맞서는 것이라는 깨달음을 안겨준다.

독서퀴즈

| 어휘 문제 |

01 다음 괄호 안에 들어갈 말로 순서대로 맞는 것은 어떤 것인가요?

> 나무에는 맛있는 과일이 (   ) 매달려있었다. 어디를 보아도 (   ) 꽃들이 피어 있었고, 새들의 (   ) 와 시냇물 소리도 들렸다.

① 소복이, 소담스러운, 지저귐   ② 주렁주렁, 예쁜, 노래
③ 대롱대롱, 활짝 핀, 우는 소리   ④ 옹기종기, 많은, 시끄러운 소리

02 다음 중 맞춤법이 바르게 쓰여진 것은 무엇인가요?
① 큰소리로 외치며 못된 마녀가 깔려 있던 곳을 가르켰다.
② 도로시 일행은 서로 몸을 찰싹 부친 채 문가에 서 있었다.
③ 마법사도 요술장이도 마술사도 남아있지 않을 거예요.
④ 저는 마녀라면 모두 못되고 심술궂은 줄 알았어요.

03 '토토에게 우유 한 <u>사발</u>을 주었다.'에서 밑줄 친 말과 바꾸어 쓸 수 있는 말은 무엇인가요?
① 한 통   ② 한 그릇   ③ 한 박스   ④ 한 접시

228

04 다음은 무엇 때문에 일어난 일인가요?

> 북쪽에서 불어오는 바람과 남쪽에서 불어오는 바람이 도로시네 집 서 있는 곳에서 맞부 딪쳐 집이 한복판에 휩쓸리게 된 것이다.

① 높새바람　　　　② 계절풍　　　③ 회오리바람　　　④ 무역풍

05 도로시와 하루 종일 즐겁게 뛰어다니며 도로시를 웃게 만드는 것은 무엇인가요?
① 강아지 토토　　　　　　② 고양이 뮤뮤
③ 햄스터 요요　　　　　　④ 방울새 제제

06 도로시의 통나무집에 깔려 죽은 마녀는 누구인가요?
① 서쪽마녀　　　② 동쪽마녀　　　③ 남쪽마녀　　　④ 북쪽마녀

07 나쁜 마녀로부터 먼치킨 농부들을 구해주고 받은 것은 무엇인가요?
① 마술지팡이와 검은 망토　　② 뾰족한 모자와 은 구두
③ 은 구두와 마녀의 입맞춤　　④ 검은 망토와 마술 지팡이

08 늙은 까마귀가 허수아비에게 말한 것 중 빈칸에 들어갈 단어는 무엇인가요?

> 네 머릿속에 (　　)만 들어 있다면, 너도 누구 못지않게 훌륭한 인간이 될 수 있을 텐데. 아니, 어떤 인간보다는 훨씬 훌륭한 인간이 될 수도 있어. 까마귀든 인간이든, 이 세상에서 가질 가치가 있는 것은 오직 (　　)뿐이다.

① 상상　　　　② 용기　　　③ 생각　　　④ 두뇌

09 허수아비가 가장 무서워하는 것은 무엇인가요?
① 농부　　　　　　　　② 성냥
③ 홍수　　　　　　　　④ 까마귀

허수아비가 무엇으로 만들 어졌는지 잘 생각해 봐!

10 꼼짝 못 하고 서 있는 양철 나무꾼을 움직이게 한 것은 무엇인가요?
① 도끼　　　② 기름통　　　③ 나뭇가지　　　④ 강아지

11 양철 나무꾼이 가장 갖고 싶어 하는 것은 무엇인가요?

① 몸   ② 두뇌   ③ 마음   ④ 사랑

12 양철 나무꾼은 무슨 일 때문에 마법에 걸렸다고 했나요?

① 아주 아름다운 먼치킨 아가씨와 사랑에 빠졌다.
② 나무를 너무 많이 베었다.
③ 동쪽의 악한 마녀를 싫어했다.
④ 먼치킨 아가씨의 할머니를 멀리 떠나보냈다.

13 도로시 일행은 누구를 만나러 에메랄드 시로 떠나게 되었나요?

① 북쪽 마녀   ② 엠 아줌마   ③ 동쪽 마녀   ④ 오즈의 마법사

14 에메랄드 시에 갈 동안 만나지 <u>않은</u> 것은 무엇인가요?

① 양귀비 꽃밭   ② 쾨들링   ③ 칼리다   ④ 험한 골짜기

15 오즈는 허수아비에게 "두뇌가 필요 없다. 너는 많은 일을 겪으면서 날마다 무언가를 배우고 있다."라고 말하고 지식을 가져다주는 건 무엇뿐이라고 했나요?

① 공부   ② 책읽기   ③ 경험   ④ 생각

16 오즈가 사자에게 한 말 중 빈곳에 들어갈 단어가 무엇인가요?

> "너는 이미 대단한 용기를 가지고 있어. 다만 용기가 없다고 생각하는 것뿐이지. 너한테 필요한 건 (　　　)이야. 위험이 닥쳤을 때 두려워하지 않는 동물은 없단다. 전정한 용기는 두려워하면서도 위험과 맞서는 거야. 그런 용기는 너도 충분히 가지고 있어."

① 배려심   ② 자만심   ③ 겸손함   ④ 자신감

※ 다음 맞는 말에는 ○표를, 틀린 말에는 ✕표를 하세요.

17 사자가 양귀비 때문에 잠들었을 때 수십 마리의 말들이 끌어내어 주었다. (　　　)

18 황금 모자를 가진 사람은 날개달린 원숭이들을 세 번까지 불러 명령을 내릴 수 있다. (　　　)

19 날개달린 원숭이들은 도로시의 구두를 보고 착한 힘을 느껴 건드리지 못했다.

(   )

20 못된 마녀는 도로시에게 구두 한 짝을 얻었지만 물에 녹아 버렸다. (   )

21 오즈는 서커스단에서 복화술사로 일하다가 마술을 배워 에메랄드 시에 왔다.

(   )

| 추론적 · 비판적 이해 문제 |

22 오즈는 양철 나무꾼에게 마음은 대부분의 사람들을 불행하게 만든다고 말했어요. 왜 그런 말을 했을까요?

23 오즈는 도로시 일행의 요구가 불가능한 일이라는 걸 다 알고 있지만 그것을 왜 들어 주었을까요?

24 만약 여러분이 여행을 하다가 사막에 떨어진 마법의 구두를 발견하게 된다면 어떻게 할 것인지 상상해보세요.

이런 독후활동 어때요?

상상하여 이야기 써보기
마법의 구두를 신는다는 상상을 하여 이야기를 써보세요.

스스로 독서 – 나의 독서 태도를 점검해 보세요

                              1   2   3   4   5

  1. 책을 꼼꼼하게 잘 읽었나요?

  2. 이야기의 줄거리를 알 수 있나요?

  3. 이야기의 주제를 이해했나요?

  4. 책을 통해 깨달은 점이 있나요?

  5. 더 알고 싶은 점을 써보세요.

49 우리 문화유산에는 어떤 비밀이 담겨 있을까?

햇살과 나무꾼 저 | 채우리

관련교과 **3학년 1학기 국어** 2. 아는 것이 힘 | **4학년 1학기 사회** 1. 우리 지역의 자연환경과 생활 모습

난이도 ★ ★ ★

우리는 여러 매체를 통해 세계 여러 나라의 생활모습과 문화유산들을 자주 접하게 된다. 그것은 화려하고 아름답거나 웅장하고 신비스러운 것들이 많아 절로 부러운 마음이 생기기도 하고, 우리는 왜 이런 것이 없는지 아쉬운 마음이 들 때도 있다.

하지만 문화유산이라는 것이 각 나라마다 똑같은 것이 아니고 고유하고 독특한 삶과 얼이 녹아 있기 때문에 그것 자체로 가치가 있다.

우리의 문화유산 중에는 세계 어디에 내놓아도 뒤지지 않는 값진 것이 많다. 이 책은 다양한 문화유산과 그 속에 미처 알지 못한 다양한 이야기가 숨어 있어 하나씩 알아가는 즐거움이 있다.

 독서퀴즈

| 어 휘 문 제 |

01 다음 밑줄 친 부분의 쓰임이 <u>다른</u> 한 가지를 고르세요.

① <u>한</u>낮   ② <u>한</u>여름   ③ <u>한</u>가운데   ④ <u>한</u>글

02 다음의 낱말과 뜻이 맞도록 줄을 이어보세요.

① 뒤주   • • ㉠ 도자기표면에 흙물을 채워 문양을 새기는 기법

② 명동   • • ㉡ 쇳물을 부어 물건을 만들 때 바탕으로 쓰이는 틀

③ 상감 법 •   • ㉢ 곡식을 담아두는 커다란 나무상자

④ 거푸집 •   • ㉣ 종 밑에 우묵하게 패인 구덩이

03 죽음을 이르는 말로 표현이 <u>다른</u> 것을 고르세요.

① 서거   ② 별세   ③ 생성   ④ 타계

232

04 흉내말을 넣어 표현한 것 중 바르지 <u>않은</u> 것은 무엇인가요?

① 며느리는 겁에 질려 <u>오돌오돌</u> 떨었습니다.

② 영감은 <u>뚜벅뚜벅</u> 거름더미로 걸어갔습니다.

③ 며느리는 <u>헐레벌떡</u> 스님에게 달려가 쌀바가지를 내밀었습니다.

④ 스님 말씀이 생각나 <u>부랴부랴</u> 산으로 달려갔습니다.

| 사 실 적   이 해   문 제 |

05 석빙고에 넣어둔 얼음이 여름에도 녹지 않는 까닭으로 <u>틀린</u> 것은 무엇인가요?

① 돌을 반구형으로 쌓고 돌 사이를 철물로 단단히 메우고 그 위에 흙을 덮었기 때문에

② 석빙고로 들어온 더운 공기가 굴뚝을 통해 빠져나가게 했기 때문에

③ 종이에 잘 싸두어 얼음물을 흡수하게 해서 다른 얼음과 붙지 않게 해서

④ 얼음을 짚과 왕겨로 덮어두어 온도가 올라가도 쉽게 녹지 않게 해서

06 세종대왕이 만든 '훈민정음'의 뜻은 무엇인가요?

① 백성을 위한 편리한 소리 　　② 백성을 가르치는 바른 소리

③ 백성을 깨우치게 하는 소리 　　④ 백성을 가르치고 훈계하는 소리

07 판옥선에 대한 설명으로 바르지 <u>않는</u> 것을 고르세요.

① 선체가 2층 구조로 되어있다.

② 선체가 높아 일본의 수군이 쉽게 기어오를 수 없었다.

③ 노 젓는 사람과 싸우는 병사들이 각기 다른 층에 타서 기동력 있게 움직일 수 있었다.

④ 최초의 철갑선으로 전쟁에 많은 도움을 주었다.

08 광개토대왕릉비에 대한 설명으로 맞는 것은 무엇인가요?

① 광개토대왕이 자신의 업적을 기리기 위해 세웠다.

② 중국, 일본의 관계는 잘 되어있지만 백제, 신라에 대한 글은 없다.

③ 보존이 잘되어 비문 해석에 어려움이 전혀 없다.

④ 고구려와 동북아시아의 고대사를 밝힐 실마리가 담겨있다.

09 아래의 문화재는 무엇을 위해 만들어진 것인지 공통점을 찾아보세요.

> 의림지, 첨성대, 해시계, 물시계, 자격루

① 천문학을 발전시키기 위해　　　② 농사를 잘 짓기 위해
③ 정확한 시간을 알기위해　　　　④ 과학을 발전시키기 위해

10 수원화성에 대한 설명으로 틀린 것은 무엇인가요?
① 정조임금이 아버지 사도세자를 위해 만들었다.
② 주변에 좋은 돌들이 많아서 빨리 건축할 수 있었다.
③ 유네스코가 정한 세계 문화유산 가운데 하나이다.
④ 정약용의 우수한 성의 설계도와 거중기로 공사를 쉽게 할 수 있었다.

11 금속활자로 찍은 세계에서 가장 오래된 책으로, 고려 흥덕사에서 찍어냈지만 지금은 프랑스가 가져가 돌려주지 않은 이 책의 이름은 무엇인가요?
① 팔만대장경　　　　　　　② 무구정광 대 다라니경
③ 직지심경　　　　　　　　④ 동의보감

12 팔만대장경이 만들어진지 750년이 지난 지금까지 흠집이 거의 없는 상태로 전해오고 있는 비결이 아닌 것은 무엇인가요?
① 글을 새기기 전에 목판을 맑은 물에 3년 남짓 담가두어서
② 뜨거운 물에 푹 삶아 해로운 벌레와 곰팡이를 죽여서
③ 불경을 새긴 목판에 두껍게 옻칠을 해 살충력과 살균력을 높여서
④ 대장경 판고를 그늘지고 통풍이 잘되게 만들어서

13 고려도공의 예술성과 독창성을 세계에 알린 청자의 꽃으로 알려진 것은 무엇인가요?
① 고려청자　　　② 항아리청자　　　③ 상감청자　　　④ 청 주전자

14 다음의 문화재를 시대적으로 나열해 놓은 것은 무엇인가요?
① 광개토대왕릉비 – 고려청자 – 석빙고 – 한글
② 고인돌 – 화포 – 첨성대 – 포석정
③ 의림지 – 팔만대장경 – 성덕대왕신종 – 거북선
④ 석가탑 – 금속활자 – 수원화성 – 대동여지도

15 다음 중 세계문화유산으로 등재된 것 중 바르지 <u>않는</u> 것은 무엇인가요?

① 고려청자　　　② 동의보감　　③ 고인돌　　　④ 팔만대장경판

16 문화재와 만든 사람의 연결이 바르지 <u>않는</u> 것은 무엇인가요?

① 거중기 – 정약용　　　　　② 자격루 – 장영실
③ 대동여지도 – 김종호　　　④ 화학 무기 화포 – 최무선

※ 다음 맞는 말에는 O표를, 틀린 말에는 X표를 하세요.

17 세종대왕이 시계 개발을 중요하게 여긴 이유는 중국을 이기기 위해서이다. (　　　)

18 의림지는 댐의 기능으로 물을 관리할 뿐 아니라 전기도 만들어낼 수 있었다. (　　　)

19 고려 때 만든 팔만대장경은 부처의 말씀으로 몽골을 둘리치고자 새긴 목판으로 해인사에 보관되었다. (　　　)

20 석가탑은 유영탑, 다보탑은 무영탑이라고 불렀다. (　　　)

| 추론적 · 비판적 이해 문제 |

21 김정호가 대동여지도를 분첩 절첩 식으로 만들어 좋은 이유는 무엇일까요?

① 쉽게 잃어버리지 않을 수 있다.　　② 전에 나온 지도보다 보기에 편리하다
③ 축척과 표시법을 잘 나타낼 수 있다.　④ 중요한 표시를 쉽게 할 수 있다.

22 하회탈은 한국인의 얼굴모습으로 천의 얼굴을 가졌다고 하는데. 하회탈춤을 노비와 농민들이 가장 즐기던 이유는 무엇일까요?

① 일을 안 하고 하루 쉴 수 있는 날이기 때문에
② 달리 할 놀이가 없었기 때문에
③ 못된 양반이나 돈벌이에 급급한 승려를 꼬집는 내용 때문에
④ 양반들이 이때는 술과 먹을 것을 주어 즐기게 했기 때문에

23 신라 사람들은 금관을 왕의 무덤에 왜 넣어두었을까요?

① 왕이 대단한 힘을 가지고 있었다는 것을 보여주기 위해서
② 죽음의 세계에서도 왕이 되라고
③ 죽어서 신이 되었다고 믿었기 때문에
④ 죽어서도 영원토록 나라를 지켜 줄 거라 믿어서

24 문화재를 통하여 알 수 있는 것이 <u>아닌</u> 것은 무엇일까요?

① 조상의 지혜 ② 역사를 올바르게 이해

③ 조상의 생활모습 ④ 동물의 생활환경

25 외국인에게 문화재를 적절히 소개한 친구는 누구일까요?

① 민우 : 고려청자는 아름다운 빛깔과 우아한 생김새로 사람들이 좋아해서 생활용품에도 쓰였어.

② 영아 : 독일에서 금속활자가 먼저 개발되었지만 아시아에서는 우리나라가 처음으로 개발했어.

③ 정현 : 선비들은 훈민정음을 보고 고급스러운 문자라고 해서 언문이라고 불렀어.

④ 지우 : 최무선이 만든 화약무기는 무척 정교하고 성능이 좋아 조선 후기까지 그대로 전쟁에 사용되어 많은 적군을 물리쳤어.

이런 독후활동 어때요?

문화재를 보호하자는 주장을 담은 주장 글쓰기
자신의 주장에 어떤 이유를 쓸지 생각해 보세요. 그 이유가 타당한지 생각해 보세요.

스스로 독서 – 나의 독서 태도를 점검해 보세요

	1	2	3	4	5
1. 책을 꼼꼼하게 잘 읽었나요?					
2. 이야기의 줄거리를 알 수 있나요?					
3. 이야기의 주제를 이해했나요?					
4. 책을 통해 깨달은 점이 있나요?					
5. 더 알고 싶은 점을 써보세요.					

50 초등학생을 위한 오케스트라의 모든 것

브루스 코실리악 저 | 주니어 김영사

난이도 ★★★

이 세상에는 악기가 얼마나 있을까? 또 우리가 알고 있는 악기는 몇 개나 될까?
오케스트라 음악은 자주 접할 기회가 있지만 구성 악기나 그 악기들이 어떤 과정을 통해 탄생
했으며, 어떻게 해서 오케스트라에 들어왔는지, 생김새는 어떻고 또 어떤 방식으로 소리를 내는
지에 대해 잘 모르기 때문에 관심 밖으로 밀려 날 때가 많다.
그러나 오케스트라에 나오는 악기들의 이름을 아는 것만으로도 음악 공부의 시작이다. 더 나아가 그
악기들이 어떤 소리를 내며 오케스트라에서 어떤 역할을 하는지를 안다면 음악 공부의 반을 한 셈이
다. 왜냐하면 음악은 기악과 성악으로 이루어졌고, '기악'은 악기로 연주하는 음악이기 때문이다.
그러므로 악기 이름과 특징을 아는 것만으로도 음악에 대한 친근감과 자신감을 가질 수 있다.
또한 이 책은 편한 그림과 친절한 설명으로 오케스트라의 역사와 악기의 변천사를
쉽게 알 수 있도록 도와주는 책이다.

독서퀴즈

| 어휘 문제 |

01 다음 단어의 뜻을 바르게 풀이한 곳에 줄을 이어보세요.

① 하모니 •

② 심포니 •

③ 관악기 •

④ 현악기 •

⑤ 타악기 •

• ㉠ 공기진동을 이용하여 소리를 내고
　금관과 목관악기가 있음

• ㉡ 여러 악장으로 된 관현악단을 위한 곡

• ㉢ 주로 두드려서 내는 악기의 종류

• ㉣ 여러 소리가 조화를 이룬 것

• ㉤ 줄을 튕기거나 활로 켜서 소리를 내는 악기

02 오케스트라와 앙상블의 차이점은 무엇인가요?

① 악기의 소리　　② 악기의 수　　③ 악기의 모양　　④ 악기의 기능

03 1600년 이전 음악의 특징을 바르게 설명한 것은 무엇인가요?

① 악기나 사람의 수가 규모 있는 기악합주였다.

② 악보에는 악기의 표시가 잘 되어 있었다.

③ 악기 모양, 크기, 연주 방법이 표준화 되지 않았다.

④ 현악기는 박력 있는 소리를 내었다.

04 1600년 이전의 비올과 류트, 하프, 치터 같은 현악기는 아주 부드러운 소리를 내었는데 이 현악기들의 줄은 무엇으로 만들었나요?

① 고무줄　　　　② 철사　　　　③ 말의 꼬리　　　④ 동물의 창자

05 오케스트라의 탄생에 중요한 역할을 한 가브리엘리에 대한 설명이 <u>잘못</u> 된 것은 무엇인가요?

① 1597년 악기 집단이 각각 다른 파트를 연주할 수 있는 종교 교향곡을 작곡했다.

② 경건한 교회 안을 부드러운 소리로 채울 수 있는 곡을 좋아했다.

③ 이탈리아의 베네치아에 있는 성 마가 대성당의 오르간 연주자였다.

④ 현악기들을 한데 합쳐 아주 강력한 화음을 만들어 내는 것을 좋아했다.

06 바로크시대 오케스트라를 위해 여러 기악곡을 많이 작곡한 사람은 누구인가요?

① 바흐　　　　　② 헨델　　　　③ 하이든　　　　④ 비발디

07 북부 이탈리아에 우수한 음색의 바이올린을 제작하여 기술을 인정받은 장인은 누구인가요?

① 가브리엘리　　　　　　　② 코렐

③ 안토니오 스트라디바리　　④ 텔레만

08 1650년 무렵 '음이 높은 목관 악기'라는 뜻을 가지고 새롭게 등장한 악기는 무엇인가요?

① 플룻　　　　　② 오보에　　　　③ 첼로　　　　④ 바순

09 고전주의 시대(1750~1820)의 특징이 <u>아닌</u> 것은 무엇인가요?

① 바로크 오케스트라보다 커지고 다양한 음악을 연주했다.

② 하이든은 백곡이 넘는 교향곡을 썼다.

③ 바이올린, 첼로 비올라를 만들어내기 시작했다.

④ 오케스트라가 커지자 지휘자가 필요했다.

10 1709년 크리스토포리가 만든 악기로 건반을 누르면 해거가 줄을 쳐서 여린 소리와 강한 소리를 다양하게 낼 수 있는 건반악기는 무엇인가요?

① 클라비코드   ② 실로폰   ③ 하프시코드   ④ 피아노포르테

11 다음 중 목관 악기가 <u>아닌</u> 것은 어느 것인가요?

① 플루트   ② 피콜로   ③ 클라리넷   ④ 코르넷

12 낭만주의 시대(1820~1910)의 특징이 <u>아닌</u> 것은 무엇인가요?

① 오케스트라의 소리를 크고 다양하게 만들었다.

② 목관 악기와 금관악기들의 차이를 없애려고 정밀하게 만들었다.

③ 여러 가지 구식악기들을 최신악기로 정밀하게 개발 했다.

④ 작곡가들은 오케스트라 연주자가 200명도 더 필요한 곡을 작곡하기도 했다.

13 〈봄의 제전〉이라는 관현악곡을 작곡해서 목관 악기와 강렬하게 활로 줄을 그을 수 있는 현악기와 타악기를 사용해서 강렬한 리듬과 불협화음을 가진 음악을 만들어낸 러시아 작곡가는 누구인가요?

14 체명악기에 대한 설명으로 바르지 <u>않는</u> 것은 무엇인가요?

① 두드리거나 치거나 긁거나 부딪치면 자기 자신의 몸을 진동시켜 소리를 내는 악기다.

② 음의 높낮이가 있는 체명악기는 실로폰, 마림바, 첼레스타, 차임벨 등이 있다.

③ 음의 높낮이가 없는 체명악기는 공, 심벌즈, 트라이앵글, 크라베스 등이 있다.

④ 오케스트라에서는 체명악기를 쓰지 않았고 주로 앙상블에서 사용하였다.

15 재즈 음악가들은 악보에 나와 있는 음을 뛰어 넘어 그 이상의 음을 만들어 내고 새로운 음악 분위기를 만들어 내는데 이런 새로운 연주방식은 무엇인가요?

※다음 맞는 말에는 O표를, 틀린 말에는 X표를 하세요.

16 소나타는 10명 이상의 연주자를 위한 곡이다. (　　　)

17 협주곡은 독주 악기와 오케스트라가 함께 연주하도록 되어 있는 곡이다. (　　　)

18 트럼펫은 처음부터 오케스트라에 포함되어 연주했다. (　　　)

19 바이올린의 활에는 살짝 구부러진 나무 막대에 말총으로 만든 가느다란 끈들이 매어져있다. (　　　)

20 크룩 호른은 관이 둥글고 길게 말린 커다란 금속제의 호른으로 악기 하나로도 여러 가지 음을 낼 수 있다. (　　　)

| 추론적 · 비판적 이해 문제 |

21 악기의 모양이나 기능이 계속 발전되어 가고 있는 이유는 무엇일까요?

22 오케스트라의 미래는 어떻게 변해 갈까요? 상상하여 써보세요.

이런 독후활동 어때요?

인터넷으로 악기에 대해 더 알고 싶은 사항을 조사해 보고서 쓰기
- 악기에 대해 조사하고 싶은 항목을 정해 보세요.
  (예 : 어떤 나라, 악기의 종류, 악기의 생김새, 악기의 소리)
- 표를 그려 조사한 내용을 써 보세요.

스스로 독서 - 나의 독서 태도를 점검해 보세요

　　　　　　　　　　　　　　　1　　　2　　　3　　　4　　　5

1. 책을 꼼꼼하게 잘 읽었나요?
2. 이야기의 줄거리를 알 수 있나요?
3. 이야기의 주제를 이해했나요?
4. 책을 통해 깨달은 점이 있나요?
5. 더 알고 싶은 점을 써보세요.

독서퀴즈 길라잡이

아하, 그렇구나!

내가 생각한 정답과 맞는지 알아봐요?

더 읽어보면 좋은 책들도 있어요.

■ 초등학교 3, 4 학년 필독도서

번호	도서명	출판사	저자	장르
1	강물아 강물아 이야기를 내놓아라	해와나무	양태석	옛이야기
2	완벽한 사람은 없어	개암나무	엘런 플래너건 번스	외국창작
3	그런데요, 생태계가 뭐예요?	토토북	김성화 · 권수진	과학
4	우리 독도에서 온 편지	계수나무	윤문영	문화
5	나는 무슨 씨앗일까?	샘터	강영우 외	인물
6	썩었다고 아냐 아냐!	창비	벼릿줄	과학
7	백제 소년 서동, 왜국 소년 쇼토쿠를 만나다	스콜라	김용만	역사동화
8	맛있는 정크푸드 왜 몸에 나쁠까요?	시공주니어	케이트 나이트	문화
9	너 정말 우리말 아니?	푸른숲주니어	이어령	기타
10	초등학생을 위한 그리스 신화	웅진닷컴	김홍래	옛이야기
11	신토불이 우리음식	어린이중앙	우리누리	문화
12	도서관에 가지마, 절대로	국민서관	이오인 콜퍼	외국창작
13	박물관은 지켜워	비룡소	수지 모건스턴	외국창작
14	악어의 강	대교출판	김도희	국내창작
15	악어랑 함께 살거야	푸른나무	파울 판 론	외국창작
16	사라 버스를 타다	사계절	윌리엄 밀러	외국창작
17	매듭을 묶으며	사계절	밀 마틴 주니어 · 존 아캠볼트	외국창작
18	아름다운 가치사전	한울림어린이	채인선	국내창작
19	헤르만의 비밀 여행	한길사	미하엘 엔데	외국창작
20	내 고추는 천연기념물	시공주니어	박상률	국내창작
21	만만치 않은 놈, 이대장	도깨비	김순이	국내창작
22	과학과 인류를 사랑한 마리 퀴리	랜덤하우스중앙	햇살과나무꾼	인물
23	안네 프랑크	아이세움	조세핀 풀	인물
24	숨 쉬는 도시 꾸리찌바	파란자전거	안순혜	환경
25	알파벳 벌레가 스멀스멀	문학동네어린이	유영소	국내창작
26	피타고라스 구출작전	주니어김영사	김성수	국내창작
27	재미있는 우리 고전 2	위즈덤북	이영	옛이야기
28	가마솥과 뚝배기에 담긴 우리 음식	해와나무	햇살과나무꾼	문화
29	우리 조상들의 의식주 이야기	다산교육	표시정	문화
30	블랙홀에 빠져버린 천재 물리학자 스티븐 호킹	파란자전거	홍당무	인물
31	북극곰도 모르는 북극 이야기	토토북	박지환	과학
32	곤충이 궁금할 때 파브르에게 물어봐	아이세움	정재은	과학
33	절 따라 이야기 구구절절	해와나무	이슬기	옛이야기
34	마녀 옷을 입은 우리 엄마	문공사	황규섭	국내창작
35	벽이	낮은산	공진하	국내창작
36	고맙습니다, 선생님	아이세움	패트리샤 폴라코	외국창작
37	복주머니랑 그네랑 신나는 명절 이야기	해와나무	햇살과 나무꾼	문화
38	공룡시대부터 살아온 개미의 일생과 역사	주니어김영사	찰스 미쿠치	과학
39	수학 첫발	문공사	이영민	기타
40	무서운 학교 무서운 아이들	푸른책들	송재찬	국내창작
41	하늘이 내린 시조 임금님들	어린이중앙	우리누리	인물
42	햄스터 땡꼴이의 작은 인생 이야기	예림당	소중애	국내창작
43	새동생	대교출판	배봉기	국내창작
44	멋져부러, 세발자전거	낮은산	김남중	국내창작
45	신기한 식물 일기	미래사	크리스티나 비일크	외국창작
46	아빠는 요리사 엄마는 카레이서	국민서관	목온균	국내창작
47	그림 도둑 준모	낮은산	오승희	국내창작
48	피오리몬드 공주의 목걸이	논장	매리 드 모건	외국창작
49	잔소리 없는 날	보물창고	안네마리 노르덴	외국창작
50	만년샤쓰	길벗어린이	방정환	국내창작

번호	도서명	출판사	저자	장르
51	거울이 없는 나라	분도	김율희	국내창작
52	내 짝꿍 최영대	재미마주	채인선	국내창작
53	내 이름은 나답게	사계절	김향이	국내창작
54	별이 흐르는 하늘	아이세움	권오철	과학
55	까마귀 소년	비룡소	야시마 타로	외국창작
56	아툭	한마당	미샤 다미안	외국창작
57	까만 나라 노란 추장	웅진닷컴	강무홍	인물
58	짜장 짬뽕 탕수육	재미마주	김영주	국내창작
59	내게는 소리를 듣지 못하는 여동생이 있습니다	중앙출판사	J.W. 피터슨	외국창작
60	마법의 설탕 두 조각	소년한길	미하엘 엔데	외국창작
61	경복궁에서의 왕의 하루	문학동네	청동말굽	문화
62	나무가 되고 싶은 화가 박수근	나무숲	김현숙	인물
63	모네의 정원에서	미래사	크리스티나 비욀크	예술
64	민들레 씨앗에 낙하산이 달렸다고?	시공주니어	햇살과 나무꾼	과학
65	일기 감추는 날	웅진닷컴	황선미	국내창작
66	조롱조롱 조롱박	문학동네	김진경	국내창작
67	나보다 작은 형	푸른숲	임정진	국내창작
68	헬렌 켈러	다산기획	마가렛 데이비슨	인물
69	모래가 꼭 필요해	문공사	이혜진	과학
70	유대인들은 왜 부자가 되었나	문공사	이혜진	경제
71	속담왕 대 사자성어의 달인	뜨인돌어린이	김하늬	기타
72	교과서 밖 기묘한 수학 이야기	주니어김영사	에릭 뉴트	기타
73	책 먹는 여우	주니어김영사	프란치스카 비어만	외국창작
74	최소리네 집	보물창고	윤소영	국내창작
75	어린이를 위한 과학자 이야기	파랑새	손영운	인물
76	세상을 바꾼 과학 천재들	산하	황중환	인물
77	목걸이 열쇠	시공주니어	황선미	국내창작
78	엄마가 사랑하는 책벌레	아이앤북	김현태	국내창작
79	안녕하세요 아그네스 선생님	동산사	커크패드릭 힐	외국창작
80	물음표와 느낌표2	꿈소담이	이규경	철학
81	유리구두를 벗어버린 신데렐라	뜨인돌어린이	노경실	국내창작
82	마루랑 온돌이랑 신기한 한옥 이야기	해와나무	햇살과 나무꾼	문화
83	청계천 다리 이야기 1, 2	가문비어린이	김숙분	문화
84	전우치와 황금대들보	가교출판	차하림	옛이야기
85	어린이 박물관 백제	웅진주니어	국립부여박물관	역사문화재
86	전학간 윤주 전학온 윤주	문학동네	장주식	국내창작
87	사라진 마을	미래M&B	앤 그리팔코니	외국창작
88	눈물 맛은 짜다	씽크하우스	김선희	국내창작
89	구비구비 사투리 옛이야기	해와나무	노제운	옛이야기
90	꿈꾸는 소년의 짧고도 긴 여행	마루벌	기 빌루	외국창작
91	엄마가 수놓은 길	웅진주니어	재클린 우드슨	외국창작
92	지도와 사진으로 만나는 지구촌 어린이	대교베텔스만	인그리트 펠라	기타
93	나의 를리외르 아저씨	청어람미디어	이세 히데코	외국창작
94	세상에 색을 입힌 엉뚱한 생각쟁이들 1	대교베텔스만	서인영	문화
95	슬기둥 덩뜰덩뜰 저 소리 들어보오	대교출판	연필 시 동인	문화
96	태진아 팬클럽 회장님	푸른책들	이용포	국내창작
97	김치는 영어로 해도 김치	푸른책들	이금이	국내창작
98	할아버지의 눈으로	보물창고	패트리샤 매클라클랜	외국창작
99	빙하가 뚝!	파란자전거	신정민	과학
100	교과서 미술관 나들이, 서양편	가나출판사	이주리	예술

01 말풍선 거울

정답

| 어휘 문제 | ❶ ① ❷ ③ ❸ ④

| 사실적 이해 문제 | ❹ ③ ❺ ② ❻ ② ❼ ① ❽ ① ❾ × ❿ ○ ⓫ ×
⓬ ○ ⓭ ④ ⓮ ② ⓯ ②

| 추론적·비판적 이해 문제 | ⓰ ④ ⓱ ① ⓲ ③ ⓳ ①
⓴ 예) 나하고 싸운 친구의 속마음을 알아보고 싶다.

더 읽어보면 좋은 책
- 일기 감추는 날 | 웅진주니어
- 나 뚱보 아니야 | 교학사

독서지도 길라잡이
- 주인공이 되어 마음을 담은 편지쓰기
- 이야기의 한 장면을 떠올리며 일기 써 보기

02 나는 나

정답

| 어휘 문제 | ❶ ③ ❷ ① ❸ ①

| 사실적 이해 문제 | ❹ ③ ❺ ② ❻ ④ ❼ ○ ❽ ○ ❾ × ❿ × ⓫ ③
⓬ ② ⓭ ① ⓮ ② ⓯ ④

| 추론적·비판적 이해 문제 | ⓰ ③ ⓱ ③ ⓲ ①
⓳ 예) 내가 너무 윤수의 마음을 배려하지 않고 억지로 내 생각만 강요했구나. 하지만 윤수도 내 마음을 좀 알아주었으면 좋겠다.
⓴ 예) 윤수가 용기를 낸다는 게 얼마나 어려운지 깨달았어. 넌 정말 멋진 아이야. 파이팅!

더 읽어보면 좋은 책
- 나도 할 수 있다고! | 크레용하우스
- 나는 나의 주인 | 토토북

독서지도 길라잡이
- 자신의 개성을 갖자는 주장 글쓰기
- 윤수에게 용기의 메시지 보내기

03 우리나라의 건국신화

정답

| 어휘 문제 | ❶ ③ ❷ ① ❸ ② ❹ ④

| 사실적 이해 문제 | ❺ ③ ❻ ② ❼ ④ ❽ ○ ❾ × ❿ × ⓫ ○ ⓬ ③

⑬ ②   ⑭ ①   ⑮ ②   ⑯ ②   ⑰ ④

| 추론적·비판적 이해 문제 | **⑱ ③   ⑲ ③   ⑳ ①**

㉑ 예) 알은 태양을 상징한다. 나라를 건국한 인물이 하늘에 떠 있는 태양의 자손이라는 것을 통해서 그만큼 특별한 인물이라는 것을 알리기 위해서이다.

더 읽어보면 좋은 책
- 삼국유사이야기 | 청년사
- 하늘이 내린 시조 임금님들 | 랜덤하우스코리아

독서지도 길라잡이
- 건국 신문 만들기
- 건국신화 바꿔 써보기

---

04 조커 학교가기 싫을 때 쓰는 카드

정답

| 어휘 문제 | **❶ ②   ❷ ③   ❸ ④**

| 사실적 이해 문제 | **❹ ①, ②, ④   ❺ ④   ❻ ③   ❼ ②   ❽ ①   ❾ ○   ❿ ✕**
⓫ ○   ⓬ ○   ⓭ ②   ⓮ ①   ⓯ ③   ⓰ ①   ⓱ ①   ⓲ ②
⓳ ④

| 추론적·비판적 이해 문제 | **⓴ ①   ㉑ ④   ㉒ ②**

㉓ 예) 마음대로 휴식하기 카드 – 선생님은 아이들을 위해 너무 애를 많이 쓰셨고 교장선생님께 너무 괴롭힘을 당하셔서 피곤할 것 같기 때문이다.

더 읽어보면 좋은 책
- 나는 선생님이 좋아요/양철북
- 선생님이 모르는 것/바람의 아이들

독서지도 길라잡이
- 나만의 조커카드 만들기
- 노엘 선생님께 편지쓰기

---

05 초록말 벼리

정답

| 어휘 문제 | **❶ ㉡   ❷ ㉣   ❸ ㉠   ❹ ㉢**

| 사실적 이해 문제 | **❺ ③   ❻ ②   ❼ ④   ❽ ✕   ❾ ㄷ   ❿ ✕   ⓫ ○   ⓬ ③**
⓭ ②

| 추론적·비판적 이해 문제 | **⓮ ③   ⓯ ①   ⓰ ②   ⓱ ②   ⓲ ②**

⓳ 예) 진정한 친구란 친구가 어려울 때 돕는 친구다. 그 이유는 어려움을 함께 할 수 있는 사람은 기쁜 일도 함께 할 수 있기 때문이다.

⓴ 예) 벼리의 친구는 '불화살'이다. 불화살은 벼리를 위해 자신이 나가는

경주는 포기하고 벼리에게 기회를 주려고 노력했으며 자신감을 잃은 벼리에게 용기를 주었다.

| 더 읽어보면 좋은 책 | • 3학년2반 전원 합격 | 국민서관 |
| | • 별똥별아 부탁해 | 웅진주니어 |

| 독서지도 길라잡이 | • 다시 만난 기수와 벼리의 뒷이야기 쓰기 |
| | • 벼리가 친구들에게 보내는 편지글 쓰기 |

06 리틀 수학 천재가 꼭 알아야 할 수학이야기

정답

| 어휘 문제 | ❶ ③　❷ ①　❸ ②

| 사실적 이해 문제 | ❹ ③　❺ ②　❻ ④　❼ ○　❽ ×　❾ ○　❿ ○　⓫ ③
❿ ②　⓭ ①　⓮ ②　⓯ ②　⓰ ④

| 추론적·비판적 이해 문제 | ⓱ ③　⓲ ③

⓳ 예) 피보나치 수열에 대해 처음으로 알게 되었다. 자연 속에 숨어 있는 일정한 규칙이 있다. 나뭇잎이나 꽃잎 등의 숫자가 일정한 규칙을 가지고 자라는데 이런 규칙을 피보나치 수열이라고 한다

⓴ 예) 수학을 잘하면 논리적으로 생각하게 된다. 그리고 문제를 풀다보면 집중력도 생긴다.

| 더 읽어보면 좋은 책 | • 수학첫발 | 문공사 |
| | • 수학귀신 | 비룡소 |

| 독서지도 길라잡이 | • 수학이야기를 읽고 새롭게 알게 된 점을 중심으로 독서 감상문 쓰기 |
| | • 수학적인 방법으로 암호 만들기 |

07 박씨부인 전

정답

| 어휘 문제 | ❶ ③　❷ ①　❸ ②

| 사실적 이해 문제 | ❹ ③　❺ ②　❻ ④　❼ ○　❽ ○　❾ ×　❿ ×　⓫ ③
❿ ④　⓭ ④

| 추론적·비판적 이해 문제 | ⓮ ②　⓯ ③　⓰ ①　⓱ ②　⓲ ②　⓳ ④　⓴ ①

㉑ 예) 사람을 겉모습만 보고 판단하지 마세요. 그리고 여자라고 업신여기지 마세요.

더 읽어보면 좋은 책 • 전우치전 | 창비
                        • 홍길동전 | 창비

독서지도 길라잡이   • 남녀평등을 주장하는 포스터 만들기
                        • 박씨부인의 활약을 담은 신문기사 써보기

08 쓰레기의 행복한 여행

정답

| 어휘 문제 | ❶ ①   ❷ ③   ❸ ④

| 사실적 이해 문제 | ❹ ②   ❺ ①   ❻ ②   ❼ ③   ❽ ④   ❾ ②   ❿ ×   ⓫ ○
                   ⓬ ×   ⓭ ○   ⓮ ○   ⓯ ○

| 추론적 · 비판적 이해 문제 | ⓰ ①   ⓱ ④   ⓲ ②   ⓳ ③
                   ⓴ 예) **음식물 쓰레기** : 사과, 포도   **재활용 쓰레기** : 색종이, 다 쓴 공책
                   버리는 쓰레기 : 지우개 가루, 코 푼 휴지

더 읽어보면 좋은 책   • 최열 아저씨의 지구촌 환경이야기 | 청년사
                        • 최열 아저씨의 지구 온난화 이야기 | 도요새

독서지도 길라잡이   • 지구 환경을 지키기 위한 어린이 헌장 짓기
                        • 내가 버린 쓰레기 분석표 만들기

09 파브르 곤충기

정답

| 어휘 문제 | ❶ ③   ❷ ①, ③   ❸ ②

| 사실적 이해 문제 | ❹ ③   ❺ ②   ❻ ④   ❼ ○   ❽ ○   ❾ ○   ❿ ×   ⓫ ③
                   ⓬ ④   ⓭ ①   ⓮ ③   ⓯ ②   ⓰ ④   ⓱ ③   ⓲ ②   ⓳ ①
                   ⓴ ②

| 추론적 · 비판적 이해 문제 | ㉑ ②   ㉒ ③   ㉓ ①
                   ㉔ 예) 끈기 있게 한 가지에 열중하는 자세가 본받을 점이다. 항상 의문점
                   을 갖는 태도가 훌륭한 것 같다.
                   ㉕ 예) 파리 애벌레가 먹이를 녹여 먹는 다는 사실을 알았다. 곤충들의 놀
                   라운 행동은 모두 본능일 뿐이라는 사실을 알았다. 나비와 나방의 차이점
                   을 알았다.

더 읽어보면 좋은 책   • 시튼 동물기 | 논장

• 주제를 정해 관찰 일기 써보기
• 과학 독서 감상문 쓰기

10 산 너머 산 이야기 너머 이야기

정답

| 어휘 문제 | ❶ ①　　❷ ① 흩날리기 ② 나뭇가지 ③ 돌멩이 ④ 날았습니다.
❸ 예) 약속 시간에 도착하지 못할까봐 조바심이 났습니다.

| 사실적 이해 문제 | ❹ ④　❺ ①　❻ ③　❼ ①　❽ ③　❾ ②　❿ ①　⓫ ③
⓬ ②　⓭ ④　⓮ ②　⓯ ④　⓰ ①　⓱ ②　⓲ ①　⓳ ④
⓴ ②　㉑ ③　㉒ ③　㉓ ④

| 추론적·비판적 이해 문제 | ㉔ 예) 산이 특별한 의미가 있는 곳이라는 것을 알리고 싶은 마음, 산을 자랑스럽게 여기는 마음을 표현하고 싶기 때문에 이야기를 만들었을 것이다.
㉕ 예) 우리 옛 조상들이 산이 커다란 힘을 가진 특별한 곳이라고 생각한 것 같다.

더 읽어보면 좋은 책　• 팔도 명산에는 어떤 전설이 담겨있을까?/채우리

독서지도 길라잡이　• 내가 만들어 보는 산에 얽힌 이야기
• 우리 산을 안내하는 안내도 그려보기

11 고추아저씨 발명왕 되다

정답

| 어휘 문제 | ❶ ④ (제초제 : 잡초를 없애는 약, 살충제 : 병을 옮기는 해충을 없애는 약)
❷ ②　❸ ①

| 사실적 이해 문제 | ❹ 썰매 ❺ ④　❻ ②
❼ **4H 맹세** : 나는 나의 클럽과 나의 공동체와 나의 나라를 위하여,
　　　　　　나의 머리(Head)를 더 명철하게 생각하는 데
　　　　　　나의 가슴(Heart)을 더 위대한 자부심을 가지는 데
　　　　　　나의 손(Hand)을 더 큰 봉사를 하는 데
　　　　　　나의 건강(Health)을 더 나은 삶을 위해 바치기로 맹세한다.
　　결심한 것 : 고향을 지키고, 남을 위해 봉사해야겠다.
❽ 인문계 고등학교를 가서 대학을 나와 공무원을 하든 일반회사에 취직을 해라　❾ ④　❿ ②　⓫ ①　⓬ 경운기　⓭ ①　⓮ ①
⓯ ①　⓰ 비닐하우스 자동개폐기　⓱ 고성 국영 남새 온실　⓲ ④

| 추론적·비판적 이해 문제 | ⓳ 열심히 공부해라
⓴ 아버지는 해극이가 학교에 빠지고 친구들과 어울려 놀러 다닌 것을 이

미 다 알고 계신 것 같아서

㉑ 나라가 잘 살아야 그 나라 국민들도 어딜 가나 대접받을 수 있다는 것을 깨달은 것   ㉒ ④   ㉓ 호밀은 기온이 낮아도 잘 큰다. 뿌리는 땅을 부드럽게 하고 밀짚은 썩어 거름이 된다.   ㉔ ②   ㉕ ③   ㉖ ④

㉗ 내가 원하는 '나의 모습'과 '부모님이 원하는 나의 모습'을 생각해 보면서 각자의 생각을 자유롭게 나눌 수 있도록 한다.

더 읽어보면 좋은 책
- 아프리카의 옥수수 추장 | 우리교육
- 이 세상에 태어나길 참 잘했다 | 어린이작가정신

독서지도 길라잡이
- 주인공의 일대기 정리하기
- 꿈을 이루기 위한 자신의 연표 만들기
- 가상의 나의 모습 인터뷰 기사 쓰기

12 비나리 달이네 집

정답

| 어휘 문제 |
❶ ② 어정쩡한: 분명하지 아니하고 모호하거나 어중간하다.
❷ ① 귀가 가렵다[간지럽다] : 남이 제 말을 한다고 느끼다.
❸ ③ 오도카니 : 작은 사람이 넋이 나간 듯이 가만히 한자리에 서 있거나 앉아 있는 모양

| 사실적 이해 문제 |
❹ 달이의 다리는 3개   ❺ ④   ❻ ②   ❼ ②   ❽ ①   ❾ ①
❿ ④   ⓫ ②   ⓬ ④   ⓭ 전쟁   ⓮ 다리가 네 개인 꿈

| 추론적·비판적 이해 문제 |
⓯ 달님을 닮았기 때문에   ⓰ ①   ⓱ ③
⓲ 다른 사람의 마음을 알면 어떤 점이 좋을지 생각해 본다.
⓳ 스님, 훌륭한 도사, 예수님의 공통점을 성각해본다.
⓴ 예) "달이는 꼭 달님을 닮았어. 그것도 둥그런 보름달님 말이야."

더 읽어보면 좋은 책
- 개들도 학교에 가고 싶다 | 푸른책들
- 안내견 탄실이 | 대교출판

독서지도 길라잡이
- 별점 주고 10자평 쓰기
- 애완동물 책갈피 만들기
- 뒷이야기 쓰기(시)
- 역할극 쓰기

13

아낌없이 주는 나무

정답

| 어휘 문제 | ❶ ③　　❷ ① 메달려 → 매달려

❸ ② ('간'의 경우 의존명사로 쓰일 때는 띄어 쓰고 접미사로 쓸 때는 붙여준다.)

❹ ③ (한 접은 백 개, 한 코나 한 쾌는 20마리)

| 사실적 이해 문제 | ❺ ④　❻ ②　❼ ④　❽ ①　❾ ②　❿ ④　⓫ ③　⓬ ③

⓭ ②　⓮ ①　⓯ ○　⓰ ○　⓱ ✕　⓲ ✕

| 추론적·비판적 이해 문제 | ⓳ 예) 너무 사랑해서

⓴ 예1) 나무 : 사랑하는 사이에는 계속 주어도 아깝지 않고 주는 기쁨이 크기 때문에 예2) 소년 : 무엇이든지 항상 들어주고 필요 할 때마다 찾아갈 곳이 있다는 사실 때문에

더 읽어보면 좋은 책　• 어린이를 위한 배려 | 위즈덤하우스

　• 나무를 심는 사람 | 두레

독서지도 길라잡이　• 나무의 입장에서 동화 다시 쓰기

　• 주인공에게 편지 쓰기

　• 나무의 고마운 점을 소책자로 만들기

14

이중섭과 세발자전거 타는 아이

정답

| 어휘 문제 | ❶ ③ 소장가 : 물건 등을 간직하고 있는 사람　❷ ①　　❸ ②

| 사실적 이해 문제 | ❹ ③　❺ ④　❻ ②　❼ ①　❽ ①　❾ ④　❿ ②

⓫ ②　⓬ ④　⓭ ②　⓮ ②　⓯ ④ (1953년 가족을 만나러 일본으로 갔지만, 금세 돌아와야만 했다. 다시 일본으로 가기 위해 열심히 그림을 그렸지만, 그림은 거의 팔리지 않았다. 1956년 9월 6일, 서대문 적십자병원에서 외롭게 세상을 떠났다.)　⓰ ④　⓱ ③　⓲ ③

| 추론적·비판적 이해 문제 | ⓳ ①　⓴ ④　㉑ ②　㉒ ③

㉓ 예) 이중섭은 아내와 두 아들을 무척이나 사랑했다. 수많은 엽서와 편지에 그림을 그려 보낸 이중섭의 마음을 헤아리고, 그의 입장이 되어 직접 가족에게 띄우는 엽서를 써 본다.

㉔ 예) 책에 실린 이중섭의 그림 중에서 마음에 드는 그림을 골라 느낌을 말해 보세요.

더 읽어보면 좋은 책　• 천재 화가 이중섭과 아이들 | 솔

- 이중섭 편지와 그림들 | 다빈치
- 조선시대 그림 여행 | 대교
- 박수근(나무가 되고 싶은 화가) | 나무숲

독서지도 길라잡이
- 가장 인상 깊은 그림을 보고 명화감상문 쓰기
- 이중섭의 입장에서 가족에게 보내는 엽서 쓰기(그리기)

15 그림 속 신기한 그림 세상

정답

| 어휘 문제 |
❶ ④ (원근법 : 사물의 형태가 보는 사람의 눈으로부터 거리가 멀어질수록 점점 크기가 작아지게 그리는 기법)
❷ ① 템페라 : 템페라는 안료를 달걀에 섞어서 만든다. 달걀 템페라는 빨리 굳기 때문에 짧고 가느다란 붓으로 조금씩 붓질을 해야 한다.

| 사실적 이해 문제 |
❸ ④   ❹ ①   ❺ ①   ❻ 반 에이크가 O 곳에 있었다. 1434년   ❼ ①
❽ 파란색   ❾ 튜브 물감의 발명 : 튜브 물감 덕분에 화가들은 야외 작업이 한결 쉬워졌다.   ❿ 흙 : 흙으로 갈색, 빨강, 노랑을 값싸게 만들어 쓸 수 있다. 원시 미술에서도 동굴 벽화를 그릴 때 비슷한 방법을 사용했다.
⓫ ①   ⓬ ①   ⓭ ①   ⓮ ②   ⓯ ①
⓰ ④ : 화가는 그림을 구성할 때 선과 형태와 색채와 형식을 사용한다.

| 추론적 · 비판적 이해 문제 |
⓱ ④   ⓲ ①   ⓳ 원근법
⓴ 예) 운하, 배, 나룻배 : 이 그림에는 17세기 초 네덜란드 사람들의 생활 모습이 잘 드러나 있다. 이 그림에서 사람들이 스케이트를 타는 곳이 어디인지 알 수 있는 증거가 나온다.
㉑ 클로드 모네   ㉒ 복원에 대한 자신의 생각을 서술해 본다. 복원의 문제점이나 필요성에 대해 자기가 강조하는 부분을 정리해보자.
㉓ 보는 것, 아는 것, 느낀 것을 그림으로 자유롭게 표현해본다.

더 읽어보면 좋은 책
- 한눈에 반한 서양미술관 | 거인
- 야, 그림 속으로 들어가 보자 | 다림

독서지도 길라잡이
- 해설이 있는 그림 감상법(미술 작품 감상문 쓰기)
- 명화 따라 그리기
- 그림 속에 담긴 이야기와 상징 찾기
- 복원에 대해 토의해보기

정답

| 어휘 문제 | ❶ ④   ❷ ①

| 사실적 이해 문제 | ❸ ①   ❹ ③   ❺ 생각들   ❻ ①   ❼ ③

❽ 가→나→다→라   ❾ ①   ❿ ①   ⓫ ②   ⓬ ①   ⓭ ③

⓮ ③   ⓯ ③   ⓰ 하나씩 꺼내서 흙 속에 심는다.(겨울에는 마당 뒤쪽에 있는 온실 속에다 심는다.)

| 추론적·비판적 이해 문제 | ⓱ ②   ⓲ ③   ⓳ 생각에는 그 나름대로 무게가 있고 담겨진 깊은 뜻이 있다.   ⓴ ②   ㉑ 우리 주변에는 많은 생각들이 숨어 있는데 항상 조용히 귀 기울여 그 생각들을 알아내고 다듬어서 새롭게 자라게 하자.

더 읽어보면 좋은 책
- 행복한 청소부 | 풀빛
- 철학하는 내가 좋다 | 해냄

독서지도 길라잡이
- 떠오른 생각을 정리하는 방법 써보기(한 줄 쓰기)
- 읽기 전에 '생각'에 대해 마인드 맵 하기

정답

| 어휘 문제 | ❶ ③   ❷ ④

| 사실적 이해 문제 | ❸ ②   ❹ ④   ❺ ①   ❻ ③   ❼ ④   ❽ ②   ❾ ③   ❿ ①

⓫ ②   ⓬ ④   ⓭ ②   ⓮ ③   ⓯ ②   ⓰ ①   ⓱ ×   ⓲ ×

⓳ ○   ⓴ ○   ㉑ ×

| 추론적·비판적 이해 문제 | ㉒ 예) 죽음   ㉓ 예) 할머니의 죽음을 받아들이고, 씩씩하게 살아가는 것을 할머니가 원한다고 생각하기 때문에

더 읽어보면 좋은 책
- 친구야, 우리는 언제나 너를 기억한단다 | 어린이작가정신

독서지도 길라잡이
- 씨실 날실을 이용하여 종이 천 만들어보기
- 애니가 되어 할머니께 엽서 보내기
- 유서 써보기

정답

| 어휘 문제 | ❶ ① (금세 : 지금 바로)

❷ ③ (질겅질겅 : 질긴 물건을 거칠게 자꾸 씹는 모양. / 군데군데 : 여러 군데. 또는 이곳저곳. / 뒤뚱뒤뚱 : 크고 묵직한 물체나 몸이 중심을 잃고 이리저리 가볍게 기울어지며 자꾸 흔들리는 모양. / 터덜터덜 : 지치거나 느른하여 무거운 발걸음으로 힘없이 계속 걷는 소리. 또는 그 모양.)
흉내 내는 말 예시) 모양을 흉내 내는 말 – 깡충깡충, 반짝반짝
소리를 흉내 내는 말 – 퐁당퐁당

❸ ④ : 메다 (1. 어깨에 걸치거나 올려놓다. 2. 어떤 책임을 지거나 임무를 맡다.) 매다 (끈이나 줄 따위의 두 끝을 엇걸고 잡아당기어 풀어지지 아니하게 마디를 만들다)

| 사실적 이해 문제 | ❹ ③ ❺ ④ ❻ ④ ❼ ① ❽ ㉡ ❾ ① ❿ ① ⓫ ②
⓬ ① ⓭ ② ⓮ ① ⓯ ③ ⓰ ② ⓱ ①

| 추론적 · 비판적 이해 문제 | ⓲ ③   ⓳ 할아버지는 아픈데 일 나가고 송이는 그런 할아버지한테 책가방을 사 달라고 하고   ⓴ 송이만 남겨 두고 절더러 어디 가지 않는다.
㉑ ①   ㉒ 심심하고 배고플 때, 할머니가 보고 싶을 때
㉓ 책임감 때문에 무겁고 혼자 감당하기어는 벅찬 일들이 많았지. 그때마다 너 혼자 몹시 힘들었겠구나. 동생을 지키기 위해, 자기 자신을 지키기 위해 하는 말인 거 다 알아. 나는 네가 우리한테 소중한 사람이란 걸 말해 주고 싶어. 지금 너, 그대로 말야 지금의 모습 그대로를 사랑해.

더 읽어보면 좋은 책
• 괭이부리말 아이들 | 창작과비평사
• 아주 소중한 사랑이야기 | 청개구리
• 엄마의 의자 | 시공주니어
• 리디아의 정원 | 시공주니어

독서지도 길라잡이
• 등장인물에게 내 마음 전하기(편지쓰기)
• 종이밥으로 동시 쓰기(책갈피 만들기)
• 토론하기(송이를 절에 보내는 것이 옳은가? 아무리 힘들어도 함께 살아야 하는가?)

19 로빈슨 크루소

정답

| 어휘 문제 | ❶ ④ 해지다 : 닳아서 떨어지다.
❷ ④ 조류 : 밀물과 썰물 때문에 일어나는 바닷물의 흐름 / 밀물 : 조수의 간만으로 해면이 상승하는 현상 / 썰물 : 달의 인력으로 바닷물이 밀려 나가서 해면이 낮아지는 현상

| 사실적 이해 문제 | ❸ ③ ❹ ② ❺ ④ ❻ ④ ❼ ① ❽ ① ❾ ① ❿ ④
⓫ ④ ⓬ ① ⓭ ④ ⓮ ①

⓯ ②

⓰ 의 : 염소 가죽으로 조끼 만들어 입기

식 : 가축 기르기 / 보리빵 구워 먹기 / 식물재배하기

주 : 책상과 의자 만들기 / 삽, 곡괭이, 손수레 만들기 / 그릇 빚기

생활방식과 태도 : 행복한 점과 불행한 점 찾아보기 / 자신의 손재주를 자랑스럽게 여기기 / 섬 주변을 배로 돌아보기 / 나만의 달력 만들기 / 하루 일과표 작성하기 / 야만인의 침입에 대비하기 / 성경 공부하기

⓱ ①   ⓲ ①   ⓳ ①

⓴ 예) 로빈슨이 한 일 중 내 힘으로 해낼 수 있는 것은 요리이다. 무인도는 과일, 산짐승, 물고기가 많은 곳이니 재료는 풍부할 것이다.

㉑ 여러분도 로빈슨 크루소와 같은 상황에 처한다면 어떻게 행동 했을 지에 대해 생각해 보세요.

더 읽어보면 좋은 책
- 티모시의 유산 | 뜨인돌
- 켄즈케 왕국 | 풀빛

독서지도 길라잡이
- 무인도에서 살아남기 위해 필요한 것 생각해 보기
- 대항해 시대에 대해 조사해보기
- 로빈슨의 입장이 되어 보기
- 로빈슨의 생활태도를 살펴보고 배우고 싶은 점을 넣어 독서 감상문 쓰기

20 석유가 뚝!

정답

| 어휘 문제 | ❶ ①-㉠, ②-㉢, ③-㉡, ④-㉤, ⑤-㉣, ⑥-㉥, ⑦-㉦, ⑧-㉧

❷ ③ 겨우 : 어렵게 힘들여.

| 사실적 이해 문제 | ❸ ④   ❹ ④   ❺ ④   ❻ ④   ❼ ①   ❽ ○   ❾ ✕   ❿ ○

⓫ ○   ⓬ ○   ⓭ ✕   ⓮ ✕   ⓯ ○   ⓰ ✕   ⓱ ○

| 추론적·비판적 이해 문제 | ⓲ 환경을 오염 시키는 자료를 찾게 하여 그 이유에 대해 이야기 나누어 본다.   ⓳ 현재 석유 에너지는 그 양이 한정되어 있다. 다 써 버릴 염려 없이 자유롭게 쓰면서 환경도 지킬 수 있는 자연을 이용한 미래의 대체 에너지에는 어떤 것이 있는지 근거를 들어 상상해 본다.

더 읽어보면 좋은 책
- 지구야, 말해 줘! | 한겨레아이들
- 세상을 움직이는 힘 에너지 | 토토북

독서지도 길라잡이
- 에너지의 흐름 책 만들기

- 자연을 이용한 에너지 상상화 그리기
- 낱말 퍼즐 풀어보기

21 이렇게나 똑똑한 식물이라니!

정답

| 어휘 문제 | ❶ ② 한 : ~가운데(한겨울 – 추위가 한창인 겨울, 한철 – 한때

❷ ④ 초비 – 풀로 엮은 문

❸ ① 달디단은 '다디단'으로 써야 어법에 맞다. '달디달다'에서 ㄹ이 탈락한 '다디달다'를 표준어로 삼고 있기 때문이다.

| 사실적 이해 문제 | ❹ ④ ❺ ③ ❻ ① ❼ ②

❽ ① 우엉 열매 – (벨크로) ② 단풍나무 열매 – (헬리콥터의 회전날개)

❾ ③ ❿ 1) ㉯ 2) ㉮ 3) ㉰ 4) ㉣ 5) ㉢ 6) ㉲ 7) ㉳

8) ㉵ 9) ㉩ ⓫ 1) ○ 2) ○ 3) ✕ 4) ✕ 5) ○ 6) ○

7) ✕ 8) ✕ 9) ○ 10) ○ ⓬ ④ ⓭ ① ⓮ ④ ⓯ ①

| 추론적·비판적 이해 문제 | ⓰ 식물은 자연의 생태계와 인간의 생활에 많은 도움을 준다. 만약 식물이 없으면 다른 생명체가 살 수 있을지 생각해 본다.

더 읽어보면 좋은 책
- 수생식물도감 | 보림
- 식물이 시끌시끌 | 김영사
- 떴다! 지식 탐험대 2 – 식물 | 시공주니어

독서지도 길라잡이
- 과학 독서 감상문 쓰기(일기, 편지, 관찰 기록문, 새로 안 내용 등)
- 식물의 한 살이 책 만들기
- 책 속에 나온 인상적인 식물 한 가지 선정해 소개해보기

22 지구를 구한 꿈틀이사우루스

정답

| 어휘 문제 | ❶ ① ❷ ①–ⓛ, ②–㉠

| 사실적 이해 문제 | ❸ ① ❹ ① ❺ ③ ❻ ④ ❼ ①–ⓛ, ②–㉠, ③–ⓒ

❽ ③ ❾ ① ❿ ① ⓫ ① ⓬ ③ ⓭ ④ ⓮ ③

| 추론적·비판적 이해 문제 | ⓯ ① ⓰ 사람 ⓱ 지렁이 응가 속에는 식물이 좋아하는 영양분이 듬뿍 들어 있고, 박테리아나 균류처럼 흙에 이로운 미생물도 많이 있다.

⓲ ④ ⓳ 꿈틀이 사우루스가 우리에게 하고 싶은 말은 무엇일지 생각해 본다. ⓴ 그동안의 역경을 견뎌온 지렁이에게 마음을 전하는 편지 쓰기

더 읽어보면 좋은 책
- 지구를 살리는 청소부 | 꿈소담이

- 꼬물꼬물 세균대왕 미생물이 지켜요 | 풀빛
- 해로운 화학물질에서 자신을 구하는 환경동화 | 현암사
- 그런데요, 생태계가 뭐예요? | 토토북

독서지도 길라잡이
- 그동안의 역경을 견뎌온 지렁이에게 편지쓰기
- 지렁이에 대한 내 생각의 변화를 담아 과학 독후감 쓰기
- 환경을 지킬 수 있는 방법으로 노래 만들기

23 15소년 표류기

정답

| 어휘 문제 | ❶ ② ❷ ① ❸ ④

| 사실적 이해 문제 | ❹ ④ ❺ ③ ❻ ②, ③ ❼ ④ ❽ ② ❾ ① ❿ ④ ⓫ ③
⓬ ① ⓭ ③ ⓮ ① ⓯ ②, ④ ⓰ ③ ⓱ ① ⓲ ④ ⓳ ①, ③
⓴ ④ ㉑ ② ㉒ ①

| 추론적·비판적 이해 문제 | ㉓ 부근 바다를 샅샅이 뒤졌지만 '슬라우기 호'라고 씌어진 이름판만 겨우 찾았기 때문이다. ㉔ 예) 용서할 수 있다. 쟈크는 나이가 어려 그 일이 그렇게 크게 될 줄은 몰랐을 것이다. 쟈크도 자신의 행동에 대해 뉘우치고 열심히 노력하는 모습을 보여주었다. ㉕ 지도자의 리더쉽, 서로 협동하고 자기가 맡은 일에 충실한 것. 인내심, 고향으로 돌아가겠다는 희망을 포기하지 않는 자세 등

더 읽어보면 좋은 책
- 로빈슨 크루소 | 삼성출판사
- 80일 간의 세계일주 | 삼성출판사
- 톰 소여의 모험 | 시공주니어

독서지도 길라잡이
- 독서 감상문 쓰기
- 내가 무인도에 있었다면 상상글쓰기

24 까마귀의 소원

정답

| 어휘 문제 | ❶ ② ❷ ② ❸ ① 베개 ② 뚫어지게

| 사실적 이해 문제 | ❹ ② ❺ ③ ❻ ① ❼ ④ ❽ ① ❾ ③ ❿ ① ⓫ ④
⓬ ③, ①, ⑤, ②, ⑥ ⓭ ① ⓮ ② ⓯ × ⓰ ○ ⓱ ×

| 추론적·비판적 이해 문제 | ⓲ 예) 내가 먼저 별 가루를 시험 삼아 해보고 친구들에게 나누어 주었을 것이다. ⓳ 예) 후회하지 않았을 것이다. 왜냐하면 친구들이 소원을 이루고 행복해 보였기 때문이다. /후회했을 것이다. 왜냐하면 내가 백조를 구해 주

고 보답으로 받은 선물인데 나를 위해 쓰지 못했기 때문이다. ❷⓿ 예) 친구들이 소원을 이룬 처음에는 행복했으나 그 뒤에는 행복하지 않았을 것이다. 자신의 노력으로 얻은 결과가 아니기 때문이다.

더 읽어보면 좋은 책
- 세 번째 소원 | 여우오줌
- 소원을 들어주는 선물 | 웅진주니어
- 루비의 소원 | 비룡소

독서 지도 길라잡이
- 뒷이야기 쓰기
- 까마귀의 소원상자 만들기

25 보물섬

정답

| 어휘 문제 | ❶ ㉢, ㉠, ㉡　　❷ ②　　❸ ①

| 사실적 이해 문제 | ❹ ③　❺ ①　❻ ②　❼ ①　❽ ②　❾ ③, ④　❿ ②
⓫ ①　⓬ ③　⓭ ②　⓮ ①　⓯ ④　⓰ ③　⓱ ④　⓲ ①
⓳ ③　⓴ ④　㉑ ③　㉒ ③　㉓ ③

| 추론적·비판적 이해 문제 | ㉔ 예) 무인도는 보물섬이기 때문에 언젠가는 누군가 올 것이라는 희망을 가지고 혼자 살 수 있었다.　㉕ 예) 치료해주지 않을 것이다. 왜냐하면 해적들은 보물을 갖는 것이 목적이기 때문에 몸이 건강해지면 그들의 목적을 이루기 위해 무슨 짓이든 서슴지 않을 것이다.

더 읽어 보면 좋은 책
- 허클베리핀의 모험 | 아이세움
- 걸리버 여행기 | 아이세움

독서 지도 길라잡이
- 독서 감상문 쓰기
- 주인공 짐이 되어 회고록 쓰기

26 이상한 나라의 앨리스

정답

| 어휘 문제 | ❶ ①　　❷ ③

| 사실적 이해 문제 | ❸ ③　❹ ①　❺ ②　❻ ①　❼ ③　❽ ④　❾ ②, ③
❿ ②　⓫ ①　⓬ ④　⓭ ③　⓮ ②　⓯ ①　⓰ ③　⓱ ②
⓲ ③　⓳ ×　⓴ ○　㉑ ○

| 추론적·비판적 이해 문제 | ㉒ ③　㉓ 토끼 굴, 문　㉔ 예) 동생의 말을 그대로 믿어주고, 왜 그런 꿈을 꾸게 되었는지 생각해 보았다.

독서 지도 길라잡이   • 상상하여 이야기 쓰기
• 수수께끼 만들기
• 단어 연상 게임하기

27 개구리 선생님의 비밀

정답

| 어휘 문제 | ❶ ③ 도움말) '아래, 위'의 반대되는 뜻이 없을 때는 '웃-'으로 적는다.
❷ ①   ❸ ③

| 사실적 이해 문제 | ❹ ③   ❺ ②   ❻ ④   ❼ ③   ❽ ①   ❾ ②   ❿ ③   ⓫ ④
⓬ ③   ⓭ ①   ⓮ ②   ⓯ ③   ⓰ ①   ⓱ ③   ⓲ ①   ⓳ ○
⓴ ×   ㉑ ×   ㉒ ○   ㉓ ×

| 추론적·비판적 이해 문제 | ㉔ 예) 프란스 선생님의 집안 몇 백 년 동안 물가에서 살았기 때문에 개구리와 늘 생활을 같이 해왔을 것이다. 그래서 자연스럽게 개구리의 행동과 습성을 닮아갔을 것이다.   ㉕ 예)배가 고파서 개구리 생각이 간절해질 때 황새로 변할 것이다.   ㉖ 예)선생님을 좋아하기 때문이다. 수업 시간에 재미있는 이야기도 해주고, 쉬는 시간에는 운동장에서 아이들과 놀아주기도 하고, 아이들을 속이는 일은 하지 않기 때문이다.

독서지도 길라잡이   • 자신의 학교 선생님들을 소재로 환상동화 쓰기
• 프란스 선생님과 수잔 선생님의 뒷이야기 쓰기

28 눈의 여왕

정답

| 어휘 문제 | ❶ ③   ❷ ④   ❸ ③

| 사실적 이해 문제 | ❹ ③   ❺ ①   ❻ ①,③   ❼ ②   ❽ ①   ❾ ②   ❿ ②   ⓫ ④
⓬ ①   ⓭ ③,④   ⓮ ②   ⓯ ①   ⓰ ④   ⓱ ②   ⓲ ③
⓳ ㅁ, ㄷ, ㄱ, ㄹ   ⓴ ①   ㉑ ○   ㉒ ×   ㉓ ○

| 추론적·비판적 이해 문제 | ㉔ 자신이 생각하고 믿는 바대로 행동하고 말하는 것이다. ㉕ 예) 케이는 마지막으로 남은 거울 파편을 맞았다. 눈의 여왕은 거울 파편을 모아 온 세계를 얼음의 왕국으로 만들려고 한다. 그래서 케이를 데려간 것이다.

❷⑥ 게르다는 친구를 향한 순수한 사랑의 힘으로 케이를 눈의 여왕으로부터 구한다. 케이를 가족처럼 사랑한 친구였기 때문일 것이다.

더 읽어 보면 좋은 책
- 눈사람 아저씨 | 마루벌
- 홀레 아주머니 | 보림

독서 지도 길라잡이
- 눈의 여왕 뒷이야기 쓰기
- 동화 재구성하여 쓰기
- 등장인물 기록카드 만들기

29 신나는 열두 달 명절 이야기

정답

|어휘 문제| ❶ ②　❷ ④　❸ ②

|사실적 이해 문제| ❹ ③　❺ ① 설빔 ② 차례 ③ 세배 ④ 덕담　❻ ③　❼ ①　❽ ④　❾ ④　❿ ①　⓫ ①　⓬ ④　⓭ ②　⓮ ②　⓯ ①　⓰ ③　⓱ ○　⓲ ×　⓳ ×

|추론적·비판적 이해 문제| ⓴정월 대보름, 유두, 추석　㉑단오, 칠월칠석, 중양절　㉒ 나쁜 귀신과 질병을 쫓을 수 있다고 믿음.

더 읽어보면 좋은 책
- 명절 속에 숨은 우리 과학 | 시공주니어
- 복주머니랑 그네랑 신나는 명절이야기 | 해와나무

독서 지도 길라잡이
- 새롭게 알게 된 명절을 소개하는 글쓰기
- 우리나라 명절 책 만들기

30 지구 둘레를 잰 도서관 사서

정답

|어휘 문제| ❶ ④　❷ ①　❸ ③

|사실적 이해 문제| ❹ 김나지움　❺ ④　❻ ①　❼ 이집트의 왕 프톨레마이오스 3세 아들　❽ ④　❾ ②　❿ 한 곳에 서서 지구 둘레를 알아내는 것　⓫ ④　⓬ ②　⓭ ①　⓮ ④　⓯ ③　⓰ ○　⓱ ×　⓲ ×

|추론적·비판적 이해 문제| ⓳ 지구가 둥글다.　⓴ 태양이 만드는 그림자로 알 수 있다.

더 읽어 보면 좋은 책
- 세상을 바꾼 해상시계 | 마루벌
- 에라토스테네스가 들려주는 지구 이야기 | 자음과 모음

독서 지도 길라잡이

- 에라토스테네스의 인생 아리랑 곡선 그리기
- 주인공 이력서와 소개서 쓰기

31 고래는 왜 바다로 갔을까

정답

| 어휘 문제 |

❶ ② ❷ ① ❸ ④

| 사실적 이해 문제 |

❹ 경남 울산 태화강 상류의 바위에 새긴 그림 ❺ ② ❻ ① ❼ ④
❽ ① ❾ 메소닉스 ❿ ③ ⓫ 이빨, 수염
⓬먹이, 사는 곳, 사는 방식 ⓭ 귀신고래 ⓮ ④
⓯ 갈비뼈, 팔뼈, 골반 뼈와 넓적다리뼈 ⓰ 초음파를 쏘아 보내어 되돌아오는 것을 감지해서 주변에 무엇이 있는지 알아낸다.
⓱ 그린피스 ⓲ ① ⓒ, ② ⓓ, ③ ⓐ, ④ ⓑ ⓳ ① ⓴ ○ ㉑ ○ ㉒ ×

| 추론적·비판적 이해 문제 |

㉓ ③ ㉔ ④

더 읽어보면 좋은 책

- 출동! 그린 팀 고래를 구하자 | 창비
- 귀신 고래 | 내인생의 책

독서 지도 길라잡이

- 과학 독서 감상문 쓰기
- 고래를 보호하는 캠페인 광고 만들기
- 고래 탐구에 관한 책 만들기

32 어린이를 위한 우리나라 지도책

정답

| 어휘 문제 |

❶ ③ ❷ ②(엑스포, 테마, 로켓, 블랙홀) ❸ ①

| 사실적 이해 문제 |

❹ ③ ❺ ① ❻ ③ ❼ ② ❽ ④ ❾ ① ❿ ③ ⓫ ④
⓬ ② ⓭ ③ ⓮ ③ ⓯ ① ⓰ ② ⓱ ④ ⓲ ② ⓳ ②
⓴ ④ ㉑ ② ㉒① ,③ ㉓④

| 추론적·비판적 이해 문제 |

㉔ 서울은 사방이 웅장한 산으로 둘러싸여 있고, 그 중심에는 한강이 흐르고 있기 때문이다. 한강은 교통의 중심지 역할뿐만 아니라 사람이 생활하는 데 필요한 물과 먹을거리를 제공한다. ㉕ 대구는 높고 낮은 산들이 병풍처럼 둘러싼 넓은 분지 지역이기 때문이다. ㉖ 경상남도 고성 바닷가에는 시루떡처럼 켜켜이 쌓인 암벽 '상족암'에 공룡 발자국이 찍혀 있다. 1억 년 전 우리나라는 거대한 호수 지역이었는데, 그 때 수많은 공룡들이 살았다고 한다.

더 읽어 보면 좋은 책

- 세상을 담은 그림 지도 | 보림

- 동에 번쩍 서에 번쩍 우리나라 지리 이야기 | 사계절
- 이우평 선생님이 들려주는 우리나라 지리 이야기 | 대교출판
- 지도를 알면 지리가 쉽다–우리 지리 | 애플비

독서 지도 길라잡이
- 책 만들기(9도의 특산물 및 특색 알아보기)
- 우리나라에 대해 알게 된 기록들을 지도에 표시하기

33 나비박사 석주명

정답

| 어휘 문제 | **❶** ② 〈책꽂이〉 **❷** ④

| 사실적 이해 문제 | **❸** ④ **❹** ① **❺** ③ **❻** ① **❼** ② **❽** ④ **❾** ③ **❿** ○
⓫ × **⓬** ○ **⓭** ② **⓮** ① **⓯** ① **⓰** ④ **⓱** ① **⓲** ④
⓳ ①

| 추론적·비판적 이해 문제 | **⓴** ③ **㉑** 예) 나비밖에 모르던 석주명 이곳에 잠들다. 이제는 한반도의 남북 하늘을 자유로이 오가며 나비들과 함께 노닐 것이오.

더 읽어보면 좋은 책
- 나비박사 석주명의 과학나라 | 현암사
- 쉽게 풀어 쓴 우리나비 | 사파리

독서지도 길라잡이
- 독서 감상문 쓰기
- 인물 신문 만들기
- 나비 채집과 관찰기록장 쓰기

34 소금이 꼭 필요해

정답

| 어휘 문제 | **❶** ③ (설명 : 밍밍하다 – 음식 제맛이 나지 않고 싱겁다.)
❷ ②살충제 : 해로운 벌레를 죽이기 위해 쓰이는 약제, 제설제 : 눈이 얼지 않고 녹도록 하는 것, 염장식품 : 소금을 첨가하여 저장성을 높힌 식품

| 사실적 이해 문제 | **❸** ④ **❹** ② ($CaCl_2$ 염화칼슘, $NaCl$ 염화나트륨, $MgCl_2$ 염화마그네슘, HCl 염화수소) **❺** ② **❻** ① **❼** 세포 **❽** ③ **❾** ① **❿** ④
⓫ ○, ○, × **⓬** ② **⓭** ③ **⓮** ④ **⓯** ② **⓰** ②
⓱ ③ **⓲** ① **⓳** ㄹㄴㄷㅁㄱ **⓴** ①

| 추론적·비판적 이해 문제 | **㉑** 소금 자체에 살균력이 있어서가 아니라 미생물이 자라지 못하는 환경을 만들어 주기 때문에 **㉒** 오징어 젓갈, 김치, 오이지, 굴비, 자반 등 / 오랫동안 보관할 수 있다. 오래 보관해도 상하지 않는다.

더 읽어보면 좋은 책
- 소금아 고마워! | 영교
- 바람과 태양의 꽃소금 | 미래아이
- 소금 세계사를 바꾸다 | 웅진주니어(웅진닷컴)

독서지도 길라잡이
- 소금을 이용한 음식 레시피 만들기(예: 김장김치)
- 책 광고하기(신문의 책광고를 참고하세요.)
- 소금 백과사전 만들기

35 임진왜란의 명장 이순신

정답

| 어휘 문제 | ❶ ② (설명 : 꼿꼿하다 –사람의 기개, 의지, 태도나 마음가짐 따위가 굳셈을 의미한다.)　❷ ①

| 사실적 이해 문제 | ❸ ④　❹ ③　❺ ④　❻ ③　❼ ②　❽ ①　❾ ③　❿ ×
⓫ ○　⓬ ①　⓭ ②　⓮ ③　⓯ ③　⓰ ④　⓱ ①　⓲ ②
⓳ ④

| 추론적·비판적 이해 문제 | ⓴ 전쟁 중에 병사들의 사기는 전쟁의 승패에 결정적인 영향을 줄 수 있기 때문에 자신이 희생되더라도 장군으로서의 소임을 지키고자 하는 이순신의 강직함을 알 수 있다.　㉑자신의 생각과 전쟁 중에 어떤 일을 했는지 적음으로써 그 시대에 대해 전체적으로 살펴볼 수 있는 귀중한 자료이다.

더 읽어보면 좋은 책
- 어린이 난중일기 | 홍진P&M
- 이순신을 만든 사람들 | 한겨레아이들(한겨레신문사)

독서지도 길라잡이
- 독서 감상문 쓰기
- 이순신 장군이 치룬 전투 가상 기사쓰기
- 인물 신문 만들기

36 찰리와 초콜릿공장

정답

| 어휘 문제 | ❶ ④ (설명 : 돼먹다–사람이 말이나 행동이 사리에 어긋난 데가 있다.)
❷ ③ (설명 : 종종걸음–발을 가까이 자주 떼며 급히 걷는 걸음을 말한다.)

| 사실적 이해 문제 | ❸ ④　❹ ③　❺ ①　❻ ④　❼ ④　❽ ③　❾ ①　❿ ①
⓫ ○　⓬ ×　⓭ ×　⓮ ②　⓯ ①　⓰ ③　⓱ ④　⓲ ①

| 추론적·비판적 이해 문제 | ⓳① 　⓴ 윙카씨의 공장에 간다면 좀 더 예의바르게 행동하겠다. 움파룸파 사람들과 이야기도 나누어 보고, 신기한 초콜릿도 맛보고 싶다. 초콜릿 강에 배를 타고 간다는 생각만 해도 재미있을 것 같다.

❹ 세상 사람들이 아주 작게 보일 만큼 높이도 날았다가 아주 낮게도 날았다가 마음대로 조종이 가능하다. 유리엘리베이터에 우리 가족이 함께 타서 월리윙카의 초콜릿공장으로 출발! 유리엘리베이터는 우리에게만 투명하게 보인다.

더 읽어보면 좋은 책	• 멋진 여우 씨	논장
	• 마틸다	시공주니어
	• 찰리와 거대한 유리 엘리베이터	시공주니어

독서지도 길라잡이	• 책 소개하는 광고 만들기
	• 뒷이야기 쓰기
	• 책과 영화 비교해보기

37 내 이름은 삐삐롱스타킹

정답

| 어휘 문제 | ❶ ④ (드리우다–한쪽이 위에 고정된 천이나 줄 따위가 아래로 늘어지다)
❷ ③ (독신주의자, 비밀장소, 뺨치는 묘기)   ❸ ④

| 사실적 이해 문제 | ❹ ④   ❺ ②   ❻ ①   ❼ ①   ❽ ③   ❾ ②   ❿ ○   ⓫ ×
⓬ ○   ⓭ ③   ⓮ ③   ⓯ ①   ⓰ ②   ⓱ ③   ⓲ ④

| 추론적·비판적 이해 문제 | ⓳ ①   ⓴ ③   ㉑ 예) 삐삐와 함께 뒤죽박죽 별장에서 놀고 싶어요. 원숭이 닐슨, 토미, 아니카와 도시락을 싸서 소풍도 가고 싶어요.

| 더 읽어보면 좋은 책 | • 삐삐는 어른이 되기 싫어 | 시공주니어 |
| | • 꼬마 백만장자 삐삐 | 시공주니어 |

독서지도 길라잡이	• 삐삐롱 스타킹에게 편지쓰기
	• 삐삐롱 스타킹에게 별난 상장 만들어 주기
	• 책을 읽고 재미있는 장면을 중심으로 독후 감상문쓰기

38 알록달록 과자의 비밀

정답

| 어휘 문제 | ❶ ③ (강화식품–특정의 영양소를 첨가시켜 영양분을 강화한 식품 다)
❷ ②   ❸ ①

| 사실적 이해 문제 | ❹ ①   ❺ ③   ❻ ②   ❼ ①   ❽ ③   ❾ ④   ❿ ×   ⓫ ×
⓬ ○   ⓭ ④   ⓮ ③   ⓯ ①   ⓰ ②   ⓱ ①   ⓲ ④

| 추론적·비판적 이해 문제 | ⓳ 물의 온도, 에너지   ⓴ 제품표시를 잘 살펴보고 식품을 선택해야

263

한다. 문제가 있다고 알려진 식품은 구매하지 않고 또는 먹지 않는다.

더 읽어보면 좋은 책 · 과자가 무서워요! | 국일미디어

독서지도 길라잡이 · '식품첨가물'에 관련된 신문기사 검색하여 의견쓰기
· 과자성분 분석표 만들기
· 식품첨가물이 들어간 음식의 유해성을 알리는 공익광고 만들기

---

39 조금만, 조금만 더

정답

| 어휘 문제 | ❶ ② (마룻바닥, 매어 주길, 부딪쳤다)   ❷ ②   ❸ ①   ❹ ④

| 사실적 이해 문제 | ❺ ③   ❻ ④   ❼ ③   ❽ ③   ❾ ①   ❿ ②   ⓫ ④   ⓬ ○
⓭ ○   ⓮ ×   ⓯ ③   ⓰ ①

| 추론적·비판적 이해 문제 | ⓱ ④   ⓲ ④   ⓳ ①   ⓴ 주인을 위해 최선을 다하고 죽음을 맞은 번개의 충성심이 대단하다. 자신의 목숨을 바쳐 끝까지 달려 준 번개가 용감하다.

더 읽어보면 좋은 책 · 광합성 소년 | 책과콩나무

독서지도 길라잡이 · 중심사건을 중심으로 주인공의 감정 곡선 그리기
· 뒷이야기 쓰기
· 책 표지와 제목 다시 꾸미기

---

40 별똥별 아줌마가 들려주는 우주 이야기

정답

| 어휘 문제 | ❶ ①   ❷ ②

| 사실적 이해 문제 | ❸ ×, ×, ○, ○   ❹ ④   ❺ ①   ❻ ③   ❼ 88번, 4배씩
❽ 상현과 하현   ❾ ③   ❿ ②   ⓫ ④   ⓬ ①, ④   ⓭ ③   ⓮ ②
⓯ 일식과 월식   ⓰ ④   ⓱ ②   ⓲ ① ⓒ   ② ㉠   ③ ㉡
⓳ ×, ○

| 추론적·비판적 이해 문제 | ⓴ 수성·금성·지구·화성·목성·토성·천왕성·해왕성·명왕성
㉑ 검은 도화지에 야광별을 붙여 자신의 별자리를 그려보고 이름을 지어본다. 예시) 하늘의 별들을 몇 개씩 이어서 그 형태에 동물, 물건, 신화 속의 인물들의 이름을 붙여 만들어 놓았다.

더 읽어보면 좋은 책 · 별똥별 아줌마 우주로 날아가다 | 웅진주니어(웅진닷컴)

• 손에 잡히는 과학 교과서 3 | 길벗스쿨

독서지도 길라잡이
- 별자리와 관련된 이야기 조사해보기
- 우주 소개 책자 만들기
- 가족 생일별 별자리 알아보기

41 우리 민속놀이에는 어떤 이야기가 담겨 있을까

정답

| 어휘 문제 |
❶ ① (필 / 일정한 길이로 잘라놓은 베, 무명, 비단 따위의 천을 셀 때 쓰는 말) ❷ ④ (통용 / 어떤 말이나 사물이 어떤 뜻이나 수단으로 널리 쓰인다는 뜻)

| 사실적 이해 문제 |
❸ ③ ❹ ④ ❺ ② ❻ ② ❼ ④ ❽ ① ❾ ③ ❿ ③
⓫ ④ ⓬ ③ ⓭ ① ⓮ ○ ⓯ × ⓰ × ⓱ ④ ⓲ ③
⓳ ④ ⓴ ② ㉑ ①

| 추론적·비판적 이해 문제 |
㉒ 흥이 실려 있는 유희성, 아름다움을 추구하는 예술성, 놀이로서의 오락성 ㉓ 친구들과 겨울이 되면 얼음판에서 나무로 만든 썰매를 타고 싶다. 추운 겨울에 운동도 되고 썰매로 여러 가지 놀이를 하면 추위도 잊을 것 같고 건강해 질 것 같다.

더 읽어보면 좋은 책
- 얼쑤, 좋다! 우리 놀이 | 책읽는곰
- 흥겨운 우리 춤, 신명 나는 마당놀이 | 주니어랜덤

독서지도 길라잡이
- 민속놀이 체험하기
- 연이나 팽이 만들기
- 민속놀이 소개 책자 만들기

42 조상들은 어떤 도구를 썼을까

정답

| 어휘 문제 |
❶ ① (길쌈–실을 내어 옷감을 짜는 모든 일을 통틀어 이르는 말.)
❷ ② (짊어진)

| 사실적 이해 문제 |
❸ ① ❹ ③ ❺ ④ ❻ ② ❼ ③ ❽ ④ ❾ ① ❿ ③
⓫ ① ⓬ ①ⓒ, ②ⓛ, ③ㄱ, ④ⓔ ⓭ ② ⓮ ② ⓯ ④
⓰ ③ ⓱ ① ⓲ ○, ×, ×, ○ ⓳ ④ ⓴ 종이, 붓, 벼루, 먹
㉑ ③ ㉒ ② ㉓ ② ㉔ 사기그릇, 질그릇 ㉕ ① ㉖ ④

| 추론적·비판적 이해 문제 |
㉗ 놋그릇은 뜨거운 국을 담아도 쉽게 식지 않을 정도 보온성이 좋아요. 음식에 독이 들어 있으면 그릇의 색깔이 변해요 김치나 간장, 된장을 놋그

릇에 담으면 맛이 더 좋아요.
❷❽ 가마 – 자동차/ 수레 – 트럭/ 부채 – 선풍기, 에어컨 /가래 – 트랙터/ 맷돌 – 믹서기 등

더 읽어보면 좋은 책
• 조상들의 지혜가 하나씩 15가지 생활 과학 이야기 | 채우리

독서지도 길라잡이
• 옛날 생활도구 전시 책 만들기
• 부채 디자인해서 만들기
• 옛 도구 사용 설명서 쓰기

---

43 고추장 담그는 아버지

정답

| 어휘 문제 |
❶ ①-ⓒ ②-ⓛ ③-ⓗ ④-ⓞ ⑤-ⓔ ⑥-ⓢ ⑦-ⓑ ⑧-ⓓ
❷ ② (막역지교(莫逆之交) : 허물없이 지내는 친구 / 고우이신(交友以信) : 벗을 사귐에 있어 믿음이 있어야 함. / 죽마고우(竹馬故友) : 어렸을 때부터 같이 놀며 친하게 지내온 벗 / 수어지교(水魚之交) : 매우 친밀하게 사귀어 떨어질 수 없는 사이)

| 사실적 이해 문제 |
❸② ❹④ ❺① ❻③ ❼② ❽④ ❾② ❿③
⓫① ⓬② ⓭④ ⓮③ ⓯① ⓰③ ⓱② ⓲④
⓳① ⓴③ ㉑④

| 추론적·비판적 이해 문제 |
㉒④   ㉓ 예) 세상이 덧없다는 생각과 자신의 작품을 남긴다는 것이 부끄러운 생각이 들어서   ㉔ 진심, 이해, 의리, 양보, 신념, 믿음으로 위해 주는 마음

더 읽어보면 좋은 책
• 아버지의 편지 | 함께읽는책
• 초등학생을 위한 인물 사전 | 웅진주니어

독서지도 길라잡이
• 좋은 관계를 맺고 있는 사람 소개하는 글쓰기
• 책속 주인공에 대한 기사 쓰기
• 친구와 의형제 서약서 쓰기
• 인물사전 만들기

---

44 시튼 동물기 1

정답

| 어휘 문제 |
❶ ③ (죽마고우(竹馬故友) : 어릴 적 대나무 말을 같이 타던 친구 / 우후죽순(雨後竹筍) : 비가 온 뒤에 많이 솟은 죽순처럼, 어떤 일이 한때에 많이

일어남 / 수구초심(首邱初心) : 여우가 죽을 때 머리를 자기가 살던 굴로 향한다는 뜻 / 이심전심(以心傳心) : 말이나· 글을 쓰지 않고 마음에서 마음으로 뜻을 전한다는 말) ❷ 보호색, 경계색

| 사실적 이해 문제 | ❸ ② ❹ ④ ❺ ② ❻ ③ ❼ ① ❽ ④ ❾ ③ ❿ ④ ⓫ ② ⓬ ② ⓭ ④ ⓮ ① ⓯ ㉢ ⓰ ④ ⓱ ② ⓲ ① ⓳ ③ ⓴ ○ ㉑ × ㉒ × ㉓ ○

| 추론적·비판적 이해 문제 | ㉔ 모든 미국인들처럼 싸워서 자유를 얻어왔기 때문에 워호스도 자유로워질 권리가 있다고 생각해서 ㉕ 예) 세상을 오래 살다보면 삶의 지혜가 생기기 때문에

더 읽어보면 좋은 책
- 시튼 동물기 2~5 | 논장
- 파브르 곤충이야기 | 사계절

독서지도 길라잡이
- 애완동물 관찰일기쓰기
- 동물원에서 크로키 그리기
- 동물사전 만들기

45 우동 한 그릇

정답

| 어휘 문제 | ❶ ③ (삼월 삼짓날 → 삼월 삼짇날) ❷ ② ❸ ③ (육월 → 유월)

| 사실적 이해 문제 | ❹ ③ ❺ ④ ❻ ② ❼ ④ ❽ ② ❾ ① ❿ ③ ⓫ ④ ⓬ ② ⓭ ① ⓮ ③ ⓯ ④ ⓰ ② ⓱ ③ ⓲ ○ ⓳ × ⓴ × ㉑ × ㉒ ○

| 추론적·비판적 이해 문제 | ㉓ 예) 불편해 하지 않고 조금 더 먹으라고
㉔ 예) 죽음을 두려워하지 말라고, 행복하게 죽음을 맞이하라고
㉕ 예) 이 세상 마지막에 자신이 근무하는 가게의 과자를 잡숫고 싶다는 손님께 모처럼 성의를 다하기 위해

더 읽어보면 좋은 책
- 자전거 도둑 | 다림
- 아이떼이떼이까 | 해와나무

독서지도 길라잡이
- 겐보오가 되어 료헤이씨에게 편지쓰기
- 〈마지막 손님〉케이코씨의 인터뷰기사쓰기

존 아저씨의 꿈의 목록

정답

| 어휘 문제 | ❶ ③　　❷ ② (맞딱뜨려야 → 맞닥뜨려야)　　❸ ④

| 사실적 이해 문제 | ❹ ③　❺ ①　❻ ④　❼ ②　❽ ③　❾ ④　❿ ②　⓫ ①
❿② 표기 확인

❶❷ ①　❶❸ ③　❶❹ ④　❶❺ ○　❶❻ ×　❶❼ ○　❶❽ ○　❶❾ ×

| 추론적·비판적 이해 문제 | ❷⓿ 어제는 이미 꿈이고 내일은 환상일 뿐이나 오늘을 충실히 살았을 때 어제를 행복의 꿈으로 모든 내일을 희망의 환상으로 만들 수 있기 때문에
❷❶ 예) UN총장이 되기 위해서는 컴퓨터 오락을 하고 싶은 유혹을 이기려는 용기가 있어야하고 목표를 생각하며 어려운 단어나 문법을 익혀야한다.
❷❷ 야생동물이 멸종되어 갈수록 생태계가 망가지기 때문에, 인간도 식량이 부족하거나 병이 들거나 자연재해를 입게 되기 때문에
❷❸자신만의 꿈의 목록을 적어보세요

더 읽어보면 좋은 책
- 평화를 꿈꾸는 곳 유엔으로 가자 | 한겨레아이들
- 성공한 사람들의 10살 습관 | 벨류앤북스

독서지도 길라잡이
- 나의 꿈 목록 적어보기
- 존 아저씨 인터뷰 기사쓰기
- 미래일기 써보기

---

47 **숲은 어떻게 만들어지는가?**

정답

| 어휘 문제 | ❶ ②　　❷ ④　　❸ ③

| 사실적 이해 문제 | ❹ ④　❺ ③　❻ ②　❼ ②　❽ ④　❾ ①　❿ ③　⓫ ②
❶❷ ①　❶❸ ④　❶❹ ②　❶❺ ③　❶❻ ○　❶❼ ○　❶❽ ○

| 추론적·비판적 이해 문제 | ❶❾ 각 동물들은 먹이가 풍부하고 살기 좋은 환경을 찾아가기 때문에
❷⓿ 넓은 잎으로 적은 햇빛이나마 모으며 살 수 있기 때문에
❷❶숲에서 어른 없이 불을 피우면 안 된다. 나무에 절대 상처내지 않는다. 딸기나 버섯 같은 야생 식물은 절대 먹어서는 안 된다. 숲에 절대 혼자가면 안 된다. 나무껍질을 절대 벗기지 않는다.

더 읽어보면 좋은 책
- 우리 숲의 딱따구리 | 천둥거인
- 나무의사 큰손할아버지 | 사계절

독서지도 길라잡이
- 숲 지킴이가 되어 숲을 지켜야하는 연설문 써보기
- 숲에 대한 마인드맵 그려보기

• 숲이 우리에게 주는 것을 책으로 만들어보기

48 오즈의 마법사

정답

| 어휘 문제 | ❶ ②　　❷ ④　가르켰다.–가리켰다 / 부친–붙인 / 요술장이–요술쟁이

| 사실적 이해 문제 | ❸ ②　❹ ③　❺ ①　❻ ②　❼ ③　❽ ④　❾ ②　❿ ②
　　　　　　　　⓫ ③　⓬ ①　⓭ ④　⓮ ②　⓯ ③　⓰ ④　⓱ ×　⓲ ○
　　　　　　　　⓳ ×　⓴ ○　㉑ ×

| 추론적·비판적 이해 문제 | ㉒ 예) 마음은 감정을 느낄 수 있게 하므로 나쁘거나 무서운 일이 생기면 불안해하고 슬퍼지는 마음이 커지므로
㉓ 예) 각자의 소원이 너무 간절하기 때문에 거절할 수가 없었다.
㉔ 예) 구두 뒤꿈치를 두드리며 내가 가고 싶은 곳을 찾아다닌다. 세계일주 뿐 아니라 우주에도 나가 볼 것이다.

더 읽어보면 좋은 책
• 내 이름은 삐삐 롱스타킹 | 시공주니어
• 이상한 나라의 엘리스 | 웅진주니어

독서지도 길라잡이
• 테이블 인형 만들기
• 모험 게임 판 만들기
• 뒷이야기 써보기

49 우리 문화유산에는 어떤 비밀이 담겨 있을까?

정답

| 어휘 문제 | ❶ ④ (크다, 하나의 뜻, 그 외는–한창인, 정확한의 뜻을 더함)
❷ ①–ⓒ, ②–ⓔ, ③–ⓖ, 4 –ⓛ
❸ ③ (서거 : 죽어서 세상을 떠남/ 별세 : 윗사람의 죽음을 이르는 말/생성–사물이 생겨남 타계–인간계를 떠나 딴 세계로 감. 귀인의 죽음을 이르는 말)　❹ ① (오돌오돌–깨물기에 조금 단단한 상태, 오들오들–춥거나 무서워서 심하게 떠는 모양)

| 사실적 이해 문제 | ❺ ③　❻ ②　❼ ④　❽ ④　❾ ②　❿ ②　⓫ ③　⓬ ①
　　　　　　　　⓭ ③　⓮ ④　⓯ ①　⓰ ③　⓱ ×　⓲ ×　⓳ ○　⓴ ×

| 추론적·비판적 이해 문제 | ㉑ ②　㉒ ③　㉓ ④　㉔ ④　㉕ ①

더 읽어보면 좋은 책
• 친절한 우리 문화재학교 | 길벗어린이
• 문화재에 얽힌 8가지 재미있는 이야기 | 어린이작가정신

- 우리나라 문화유산을 세계에 알리는 글을 써보기
- 우리나라 문화재 소개 책자 만들기
- 문화유산 연표 만들기
- 문화재 광고 만들기

50 초등학생을 위한 오케스트라의 모든 것

정답

| 어휘 문제 | ❶ ①-ㄹ, ②-ㄴ, ③-ㄱ, ④-ㅁ, ⑤-ㄷ   ❷ ②

| 사실적 이해 문제 | ❸ ③   ❹ ④   ❺ ②   ❻ ①   ❼ ③   ❽ ②   ❾ ③   ❿ ④
❶❶ ④   ❶❷ ②   ❶❸ 이고르 스트라빈스키   ❶❹ ④   ❶❺ 즉흥연주
❶❻ ×   ❶❼ ○   ❶❽ ×   ❶❾ ○   ❷⓪ ×

| 추론적·비판적 이해 문제 | ❷❶ 예) 더 편리하고 더 아름다운 소리를 만들고 싶어서
❷❷ 예) 소리의 웅장함 뿐 아니라 전위예술이 더해져서 동물을 데려다 소리를 내게 하고, 춤과 더불어 사람이 내는 소리를 넣어 듣고 연주하는 사람들이 즐길 수 있게 될 것이다.

더 읽어보면 좋은 책
- 나와 악기 박물관 | 미래 M&B
- 티나와 오케스트라 | 비룡소

독서지도 길라잡이
- 시대별 악기 박물관 책 만들어 보기
- 내가 좋아하는 악기 소개 글 써보기

독서 일기

책을 읽은 때	년 월 일		
책 이름			
저자		출판사	

1. 책의 주제는?

2. 책을 읽게 된 동기, 계기를 나의 꿈과 관련해서 적어보기

3. 책의 줄거리를 간략하게 소개하고 특히 인상 깊은 부분과 이유를 나의 꿈과 관련지어 정리해보기

4. 책을 접하기 전과 후의 변화 과정을 나의 꿈과 관련지어 생각해보기

5. 책에 대한 평가와 이 책을 통해 더 관심 갖게 된 분야, 그리고 더 읽어보고 싶은 책을 나의 꿈과 관련지어 정리해보기

독서 일기

책을 읽은 때	년	월	일
책 이름			
저자		출판사	

1. 책의 주제는?

2. 책을 읽게 된 동기, 계기를 나의 꿈과 관련해서 적어보기

3. 책의 줄거리를 간략하게 소개하고 특히 인상 깊은 부분과 이유를
   나의 꿈과 관련지어 정리해보기

4. 책을 접하기 전과 후의 변화 과정을 나의 꿈과 관련지어 생각해보기

5. 책에 대한 평가와 이 책을 통해 더 관심 갖게 된 분야, 그리고 더 읽어보고 싶은 책을
   나의 꿈과 관련지어 정리해보기